散文中国 精选

时间的皱纹

杨献平 主编

天津出版传媒集团

天津人民出版社

图书在版编目(CIP)数据

时间的皱纹 / 杨献平主编.— —天津:天津人民出版
社, 2013.1(2019.7 重印)
　　(散文中国精选)
　　ISBN 978-7-201-07902-8

　　Ⅰ.①时… Ⅱ.①杨… Ⅲ.①散文集-中国-当代
Ⅳ.①I267

中国版本图书馆CIP数据核字(2013)第000681号

时间的皱纹

SHIJIANDEZHOUWEN

出　　版	天津人民出版社
出 版 人	刘　庆
地　　址	天津市和平区西康路 35 号康岳大厦
邮政编码	300051
邮购电话	(022)23332469
网　　址	http://www.tjrmcbs.com
电子信箱	tjrmcbs@126.com
责任编辑	孙　瑛
装帧设计	汤　磊
印　　刷	天津兴湘印务有限公司
经　　销	新华书店
开　　本	700 毫米×960 毫米　1/16
印　　张	13
字　　数	120千字
版次印次	2013 年 8 月第 1 版　2019 年 7 月第 3 次印刷
定　　价	28.00 元

目录

序
散文是个人的一种姿态

杨献平

危地马拉作家奥古斯托·蒙特罗索有一则名叫《无法入睡的镜子》的寓言：有一面镜子，当无人去照的时候，它会觉得十分难受，仿佛自己不存在似的。别的镜子全都在嘲笑这面镜子，因为它们每到夜里被人放进梳妆台的抽屉后，都能宽心地倒头大睡，绝对没有那类神经质的忧虑。这一寓言的意味是繁复的，有着多维的指向和令人思考的启发力。

我之所以引用，是觉得，这则寓言暗合了我对散文乃至其他艺术创作的一种认知。即任何人的创作都是独立的，尽管有诸多的不同，如境界、气质、寓言、思想、觉悟等等。但在艺术门前，所有的从业者都是值得并且必须给予尊敬和颂扬的。因为，在这个年代，仍旧以艺术为人生梦想的人已经不多了，以艺术陶冶和确立自己的人又何其少也？艺术总是能够间接或者直接地验证一个人的内心品质和生命质地。

正如蒙特罗索寓言所示：那些嘲笑那面镜子的所有镜子，只有被放进黑暗当中（初始或自我），才能够宽心地倒头大睡。这时候，镜子才是真正的镜子，它回到了作为物和灵的本分之处，才能解除被类比、观摩和设置等强加的功能。引申到写作上，我觉得，当一个写作者扔掉了周遭的比照和压力，他们才是自由的，也才是创造的。以我个人经验论，这一种心境才是创作的，它万物皆空，楷模和范本全无，剩下的就是自己了。在这一时刻，也才可以心无旁骛地对艺术的核心做出各种各样的试探和进击。这是"静谧的、深邃的，灵魂与灵魂对话，灵魂与众生环视晤谈的美妙时刻"。

由此而言，艺术在某种程度上展现的就是每个人在尘世当中各异的姿态及其内心的某些图景。这种姿态可以是与世态大局无关的，可以是一个人的生活片段，也可以是一个人的内心叹息，甚或一丝灵魂的掠动及生命的风吹。这一切，才构成了艺术的丰富性和差异性。我总是对那些对某一些散文大声叫好的言论及喊声心怀警惕。似乎除了他们赞美的那些，就再也没有好的作品了。其实，这是最大的常识性谬误，更是对诸多写作者的集体遮蔽和不尊重。

所幸的是，在这样一种环境下，一些人仍旧没有放弃，没有被冷落和遮蔽推到悄无声息的角落。他们始终在走,在自己孤独的艺术创作之路上,举目四望,天地熙攘,低头尘埃,蚁虫奔忙。但一旦抬起头来,顺直目光,他们还是会义无反顾地向前。夜悬孤灯,心在天际;捉梦为衣,拈草深思。有时候,我们看到的是一群背影,一群蠕动的雕像。他们的坚持有时候徒劳无功,文字沉箱,灰尘蛛网;当然也会不期然暴得大名,水随风传,行遍天下。而真正的写作者,从一开始就是舍却俗世功利的,他们的作为,是对梦想的忠实践约,是对世道、人心、人性乃至生命形态不懈解读与思考,发现和确认。相对于以文字获得名利,甚至以此倨傲同道的成功者,这些人其实最值得称颂和赞扬。

几乎每一个"独立"的写作者和艺术者都能够深刻地体验到个人在"独立"之道路上的那种"寂寞无声",甚或某种弥漫于整个时代的不容置疑的偏颇及甚嚣尘上的功利主义。因此,在很多时候,艺术判断和评价及其社会推广也是不公正的,尤其在当下这个时代,当文学成为一种从业者最直接的利益工具,那么,这种勾连甚至蒙蔽就是无可避免的。"不公正有两种类型,其一是有些人行不公正行为,其二是有些人虽然可能,但也不使受到不公正对待的人免遭不公正行为。"(西塞罗《正义的义务》)2006 年,我把这套丛书的目的定为:为那些已经具备一定实力,且没有得到大范围认可的散文写作者搭建桥梁,为那些在写作路上开始显现自己的清晰足迹的潜力者再加一阵好风。

在这本《时间的皱纹》当中,赵立春散文非常大气,有燕赵古风,读起来给人一种鲜明的"纵横感"。他关照的是文化的当下和当下的人群、地域及其文化传习。赵立春散文的这种纵横感来自于他对地域的熟稔和透彻理解,来自于对文化及其本相的深刻把握。赵立春没有沉在故纸堆里,凭着一些发黄的文字去触摸文化的体温,而是将过往与现在拢在一起,穿插进行,既有历史的厚度与光亮,又有现实的关照与发现。李智红散文写自己熟悉的云南,文笔朴实老到,有一种天然的浑厚感。他没有故弄玄虚地把文字写成咒语,也没有把大地之美搓捏成各式各样的泥人,供人把玩之后,继续水冲若无。他的长篇系列作品《云南这边》应当是对云南风物的本真描摹,是对大地的文字塑像和心灵融合。

石红许的散文柔软中有骨头,篇幅虽短,但内涵却是丰富的。他笔下的物事都与自己的内心贴得很近,是一种相互融入。这使得他的作品有一种刚柔并济的气质。他在行走中思接千载,心神万里。在一处景色中发现内在的自己,乃至事物的本质、世事的沧桑,显得率真自然,有色有味,有一种阅读的美感和快感。天疆的散文写得沉实,有一种坚韧气质。可能是个人经历丰富使然,他的作品多状写大地雄伟之物,且能够在书写当中,赋予其一种理想化的品质和境界。他写在新疆的生活及物事,写个人在江城的生活及自己的观察体验,都非常地果决,其中有欲飞九霄的苍茫感,也有试图览尽天下的雄心。并且努力以较为新鲜的角度,去践行自己对散文乃至艺术创作的认知和理解。

喻红的散文整体上是洒脱和热切的,有一种暖阳照心的自由性。当然,她还关注了一些自然物象和底层生活,富有感染力。《兴化映象》彰显了一些独立的思想意识,还有一种源于内心的生长力。杨慧俐的散文总体给人一种唯美的玲珑的阅读感觉。文章篇幅不大,颇具古典气息,且有着潮湿与忧郁的南方气息。有对亲情的写照,也有对自我某种状态的描绘。尤其是《长驱千里去》《凤凰小记》两文,对陌生之地的观察和体验,发现和认同,思考和触摸,都非常地自然真切。佛刘的散文善于从小处走,抓细节,抓具象,说人叙事,道物穷理,文字很少,说的都是人间事,写的都是生命形态和人生体悟。其中,有一些对自然的状写,对所在小城及个人工作生活的记叙和截取,出于生活且能出脱其外,具备了一定的弹跳力。

我一再强调或者确认的是:艺术应当抛弃"阶级"。这种阶级主要表现在人总是以人的优越性去凌驾万物,似乎只有自己才是至高无上的,以至于对笔下事物进行随意的、非人性和非人道的"肢解",使得其作品面目可憎。艺术也应当出脱于"个人的现实",不应当就我而我,必须由我而他,而你,而群人,而众生。在写作理念上,按部就班是最要不得的。与传统决裂,实际上就是要挣脱那些制约自由发挥的陈俗思维和形式,而更加注重艺术自身所具备的拓展性和创新性。散文文体小,但作者的心怀不能小,散文容量小,可作者的境界不能低,散文是小制作,但不能没有大格局。

收录在本书当中的七位散文作家的作品,我以为是各具特色的,书写和呈现的是个人在大地上一种生命形态和内心品质,是个人对生命本身的体察、发现和觉悟。其中一些显然已经到了一定的高度或者说境界。在这七位作家身上,最可敬的一点就是:不管他们在号召和喝彩什么,这些人一直在坚持自己的方向。我觉得,真正的写作者就应当如此,绝不随波逐流,看到打工的(散文)吃香就想办法打工,乡村的走红就赶紧挽起裤脚,身体的流行就脱衣自照。

文学不是追星,关键是有没有可以让自己独立起来的基点和深邃的洞察力及自由的思想。当然,还有不羁的创造欲望及必要的天赋,还有对人心人性的发现和究问能力。

博尔赫斯说:"让写在虎皮上的神秘和我一起消亡吧。见过宇宙、见过宇宙鲜明意图的人,不会考虑到一个人和他微不足道的幸福和灾难,尽管那个人就是他自己。"(《神的文字》)其实,写作永无穷期,一个写作者所能梦想的,仅仅是一次偶然的光亮。所谓的不朽是梦想。但是,这一梦想绝不无迹可寻。它就在每位创造者的骨头、血液和灵魂当中,就在这纷繁世事和苍茫人间之中,就在梦想与梦想的边缘,还有人心和人性的纹理与通道之间。

编选者信箱:xiongnu@yeah.net.

赵立春散文

【作者简介】

　　赵立春，曾出版学术专著五本，在国家、省级学术刊物发表论文四十余篇。承担国家重点出版项目《中国美术分类全集》、《中国石窟雕塑全集》编纂工作；其学术论文被中国人民大学资料复印中心《宗教》杂志全文转载；现担任邯郸市峰峰矿区响堂山石窟景区管理处常务副主任，峰峰文物所副所长，中国农工民主党峰峰支部主委，邯郸市政协文史委员会特邀委员，政协邯郸市峰峰矿区委员会常委，中国磁州窑文化艺术研究会副会长、秘书长，邯郸市作家协会副秘书长。近年来，文学作品散见于《十月》、《当代人》、《华夏人文地理》等杂志；散文曾被《文摘报》、《中国老年报》等报刊转载；作品被中央电视台（一套）改编为三集专题片；2010年在作家出版社出版散文集《风干的文化》。

撩开尘封已久的面纱

我一直以为我对八特村是很熟悉的。

八特位于邯郸市西南峰峰矿区和村镇，是北方很常见的一座极为不起眼的村庄。我的孩童时代就在距离八特不远的一所中学度过，那时我的父母在那所学校任教，我们便居住在学校的向阳院，说是院，其实只是两排房子而已。父亲和母亲有很多学生都是八特村人，而且，学校还有两个老师也是八特人，一个姓韩，另一个也姓韩。在那个使用布票和粮票的年代，多数人穿着补丁衣服，而韩老师的衣着不仅没有补丁，还总是干净利索，发型也总是梳理得油光整洁，我们暗地里都叫他韩老阔，对他总是另眼相看。韩老师有一个和我们年龄相仿的女儿，也很少和我们这帮野孩子在一起混耍，听大人们说，他们的祖上是八特最有钱的人家，我们深信不疑敬而远之，在内心中距离他们也越来越远了。距离产生美也产生神秘，对我们这些孩子们来讲，韩家和八特的神秘几乎伴随着我们度过了短暂的童年。另一个韩老师也是一个整洁利索的人，而且，身上透着一股有别于那个年代的文气，后来这个韩老师成为我的语文老师，他的文采直接影响到我后来的写作。

再后来我们举家迁往那个著名的北方陶瓷之都彭城，童年的记忆也渐渐疏远。但多年之后儿时的伙伴偶尔遇到一起，还总会絮叨起那个阔绰老师和他的女儿。末了，酒至酣时，还会"感叹"一番：八特村出人才呀之类的话，这才快快而散。八特在我和伙伴们的记忆深处已经不是一个普通的村庄概念。

八特再次引起我的兴趣，是在2000年。记得那是一个秋日的午后，我独自在书房阅读吴先宁先生著的《北朝文化特质与文学进见》一书，书中引用了很多原始文献资料，一些生僻字我不得不查字典，但有些字新华字典里都没有。我心疼地拿出了我爷爷留下来的唯一的一套书——已经发黄发脆的清版《康熙字典》，每一次翻阅总要掉落一些纸屑，所以很少翻动。当我打开书卷，居然在书中翻出了同样发黄的一张爷爷的照片和一张纸片。打开纸片，上面用毛笔写着"武安八特村公益坡煤窑股票"，落款是"民国三十八年元月"，上面还密密麻麻地盖着些红印章。那个生僻的文字没有找出来，这张纸片却把我给弄蒙了。爷爷当时生活在磁县南涧城，距八特至少还有几十里脚程，而且，我们家在八特也没有亲戚，爷爷怎么会在那样一个小村庄购买股票呢？后来我问爹，爹也说不清楚。八特又多披了一层疑问和神秘色彩装在我

的脑海中。

见证：古镇·古碑·古桥

听说八特是个古镇，我也有些吃惊，可这是八特的老支书张宪云亲口对我讲的。

到达八特的时候已经是上午 10 点，在南八特村口，张宪云早已等候在那里。张宪云今年 70 岁，20 世纪 70 年代曾在村上任过干部，退下来后专门研究八特村的历史，现在已经是村上有名的"村史专家"了。老张直接领着我们来到南八特村委大院里的一块石碑前。石碑的文字有些漫漶。老张指着碑上最后一排文字说，这是清代同治八年（1869 年）的碑记，碑上记载着八特的历史。碑的上面还有一首诗："左鼓右行日悠悠，临磁背洺几度秋。前朝拜相人何在，后世封神殿自留。"左鼓即指的是鼓山，右行指的是太行山。临磁背洺是说八特村北依洺河，与著名的有七千五百年历史的磁山文化隔河相望。老张一边解释这首诗，一边讲起了八特的历史。

八特村旧属武安，后划归峰峰矿区管辖。相传春秋战国时期，赵国的大臣蔺相如和廉颇来到八特，二公看到这里"山水锦乡，河渠潺潺，林木参天，果实累累"，而且牛羊遍坡，骡马成群，农田庄稼喜人。这里的人勤劳而知理，有世外桃源之象，非一般农田庄户而为。蔺相如和廉颇在村边的地头上还遇到了来自八个村庄的八位老人，八老"言语出众，儒行礼教，素习彬彬，有高贤逐士之风"。八老请廉颇和蔺相如给这八个村庄起个名字，廉颇和蔺相如在得知这八位老人是曾子的学生后，感慨地说："尔等学遇明师故特然于异人也。如是，命此村为八特而以为如何？"八特村由此而得名，且一直沿用至今。说起八老与蔺相如的这段对话，张宪云有些兴奋和自豪，就像介绍昨天发生的事儿一样。看得出来，张宪云对碑上的文字记载早已熟记在心。

其实碑上说的只是八特村名来历之一。张宪云小的时候听老辈人说，过去八特有八个村、八大姓、八座山、八道河，有八种色彩斑斓的奇石，有八种奇异少见的树木，还有八位圣贤儒雅的老人，所以叫八特。20 世纪 70 年代，北八特村村民王秀文曾经对八特早已消失的八个古村名和古树木进行过考证，这八个小村庄是西南庄（在石井沟东口，南崖上边，新桥地西边，现五队耕地，苏家坟地周围）、庙台村（大庙，老学校沟西南侧，高台上三面环沟涯）、中台村（村西沟正西，老药材园地，现一队耕地）、西台村（弘济桥正西头沟亲岸地）、耿家谷栋村（北八特果园东侧）、椿树谷栋村（亦叫牛家谷栋，大水坑西边）、常家谷栋村（北八特加油站往东，东沟西岸地）、东寨村（李家圪台东沟，东岸地往东至东堰边）。八种生长茂盛的奇树是菜树、柏树、杨树、槐树、柳树、椿树、练子树、楸树。现在八特人很少知道这些古村落和古树的名称了。

"八特从明代开始到清代一直到民国，都是洺河南岸的一个商贸重镇。"张宪云如数家珍地介绍。"从八特村南山庙顶旧存的一块《重刻八特镇始初之由碑记》中可以知道，八特至晚在明代嘉靖三十年（1552 年）就已经是镇，到民国时期八特作为镇的地位开始衰落。民国二十六年编纂的《武安县志》记载，当时武安有十六个镇（八大镇和八小镇），八特镇已经沦落成武安的八小镇之一。民国晚期，武安县撤销了八特的行政镇设置，改设八特村。自此结束了八特四百年古镇历史。"在我开始关注八特村的时候，我一直以为八特其实就是儿时记忆当中的那个很普通很普通的北方小村，根本不知道这个不起眼的小村庄背后会隐藏着如此大的历史变迁，更不知道八特延续了近四百年的古镇传奇。

八特镇在民国晚期走向了衰败，衰败除了跟战乱有关外，最重要的因素便是水源。水是维系一个聚落生存的最主要条件。民国时期，镇北的洺河干涸，大河没水小河干，穿流在小镇中间的渠河也随着干涸，这对八特古镇的发展无疑是一个致命的打击。此时位于八特咫尺之遥的和村镇因为濒临近水，居住环境和生存环境明显优于八特而逐渐得以发展，和谐稳定的居住环境使和村镇在商业方面也迅速发达，一跃成为武安的八大镇之领先者。"武安八大镇，数了阳邑数和村"，当地流传甚广的顺口溜可以说明和村镇在那个时候的地位。和村镇的崛起无疑对八特作为镇的地位是很大的冲击。一个地区的行政建制不可能在一步之遥的弹丸之地设置两个镇，八特在这样的竞争环境下逐渐沦落为一个被和村镇管辖的普通村庄。"八特古镇"这一名词，也逐渐被尘封在历史的灰烬中，只有张宪云这样的老人，偶尔会掸掸覆盖在古镇上的尘土，晒一下古镇真容。

八特的地位从明代古镇跌到了武安八小镇之一，又从武安八小镇一下子跌落到村，沧桑巨变使八特显得有些尴尬和不安。尽管如此，八特作为村却庞大起来，毕竟八特的气质和气势都不是普通的农庄。人口众多，土地广阔，这样庞大的村庄百里之内也很难找到。由此也导致了管理的很多不便。尴尬的八特，在不得已的情况下只能再次尴尬，1961 年八特村又被分割成了南北两个小的行政村。自此八特彻头彻尾地变成了我童年记忆中那个普通的北方小村。

南北八特的界线是村中的泓济桥，这是一座造型奇特的明代古石桥。桥下层为单孔拱券式，拱券上面又为双孔拱券。桥面两侧望柱上雕刻狮子、绣球等造型。"两个和尚俩平头，九个狮子仨绣球，廿四条石栏杆，廿四条石枕头，"老张边数着桥上的构件边说，"和尚、平头、狮子、绣球都是指桥上的望柱头，石枕头是桥上的栏板。"道光十年彭城大地震，石桥丝毫未损，而桥两侧的石堰却坍塌了。"桥断路不通，路不通则商不流。"古桥是维系南北通衢的主要命脉，镇上商户很快便集资九十四千文将大堰和路面修葺一新。补修的石碑还镶嵌在古桥东头。泓济桥是八特现存最早的建筑，古桥陪伴着古镇经历了两次尴尬，也见证了八特的历史变迁；现在的古桥有些残破不堪，像一位饱经风霜风烛残年的老人。桥上的栏杆有些毁坏，桥下的河道里堆满了垃圾。老张说，他正在和南北八特两个村的村干部商量古桥整修清理的事情，现在还没有眉目。看来古桥又将遭遇一场尴尬了，不过，这次尴尬古桥不孤独，因为有张宪云这样爱好八特历史的老人坚定地陪伴着它。

大户：韩家·龙家·王家

在八特，像张宪云这样爱好八特历史的老人有好几位，他们利用业余时间，自费收集和整理八特的有关历史资料。早在 2000 年左右，张宪云和北八特的申海顺以及我的另一个韩老师就开始对八特的族人进行调查，通过那次调查，我们得知八特古镇在过去主要居住着 42 个不同姓氏的家族。其后又陆续迁来温、邓、史、荚、贾、陈、冯、肖、何、任、吕、郜、甄等 13 个姓氏，目前八特共有 55 个姓。在众多的族姓当中，韩家、龙家和王家在八特古镇可谓是大户人家了。

清朝光绪年间，当著名的红顶商人胡雪岩的生意走向没落时，位于中国北方不起眼的八特小镇上，韩氏家族的韩锦城正在接受朝廷敕封的"五品翰林院待诏"。此时韩家的家业已经步入辉煌。韩锦城弟兄九人，他排行老五，乡人们习称他为韩老五。"出南门（武安城南门），三只虎，谁人不知韩老五。"从这句至今仍流传在武安南乡一带的顺口溜可看出韩家在当时的影响。今年 62 岁的申海顺，对韩家的历史很有研究，据申海顺讲，韩老五在鼎盛时期拥有耕地五百余亩，房屋一百多间。韩家主要经营绸缎和旅馆生意，同时兼营农业生产，仅在八特古镇就开有药行、粮行、酒店、绸缎庄、车马店、染坊、面坊、油坊、山货行等店铺，同时还在苏州、开封、郑州等地开有绸缎庄和旅馆等商号。

位于北八特的韩家大院是韩老五遗留下来的唯一财产，高大的门楼还可以看出当年的繁华。韩家大院坐北朝南，青砖黛瓦。大门东西两侧各有十几米长的廊檐，廊檐坍塌，柱础还在。墙上一溜拴马石，使人似乎看到当年韩家车来人往的景象。大院门口青石雕刻两只石狮，张宪云告诉我，那对石狮是对脸笑,在方圆百里内都很难看到。可惜,狮子的头已经被砸掉了。韩老五大院的建筑结构为珍珠倒卷帘式,现在还保留有两串完整的院落。盛满吉祥如意的月亮圆门和东西两院的门楼上保存着精美的砖雕图案。今年70岁的韩庆奇是韩老五的后裔,尽管是农民出身,看上去却颇有几分书卷气,使我脑海里闪现出我的两个韩老师的形象;讲起韩老五的故事,韩庆奇滔滔不绝——韩老五为人厚道,乐善好施,为商而不奸,有逢镇上修路架桥,盖庙建学,韩老五总是毫不吝啬地施舍钱财,至今散存在村子里的很多石碑上都刻有韩老五捐资的银数。韩老五对佣人和邻居以及乡人也都是以礼敬之。每逢夏秋农忙季节,韩老五就命佣人将自家马牛等牲畜拴在门外的廊檐下,并将犁楼耙耢等农具摆在大门口,专供购买不起农具的乡人免费自取使用。韩老五每年还要拿出一部分银两专门资助镇上贫穷的孩子上学堂。韩老五一生经商,富甲一方,如今除留下这数十间青砖瓦房之外,所有财富都湮没在历史的长河之中,而韩老五的操行却在八特村人的口碑中代代相传下来。

从张宪云给我提供的资料来看,龙家在元朝就已经定居于八特,是八特村最早迁来的户姓。据传,山西、陕西、湖广等地的龙姓先祖龙元朱,为求家道发达,四处寻找好的风水地理,一日来到武安南乡的红山之侧占卜,看到这里山环水抱,明堂清秀,暗藏龙脉之象,遂不惜重金买下此地,并在此定居下来。其后,龙家一门三科,俱受皇封。在南八特龙家祠堂门口,龙姓第二十世孙龙泰洁正在等着我们到来。今年60岁的龙泰洁精神健旺,只是耳朵有些背。他拿出珍藏的《龙氏家谱》,家谱上记载元朝至正年间,龙家先祖因得龙脉而发达,龙氏先祖龙资官升御前带刀。一次龙资在朝廷觐见皇上,被皇上看出其有天子之象,后得知其家住八特,位居龙脉,于是暗中派人来到八特,假意修坟,在坟后掘一壕沟,将龙家祖穴的龙脉斩断,并设计陷害龙资。有感于朝廷昏暗的龙资最终告老还乡,自耕自食,了却一生。龙姓先祖龙元朱也隐姓埋名。若干年后更名为朱元龙的龙氏先祖在南方起兵一举灭了元朝,建立了大明江山。《龙氏家谱》上的记载让我有些吃惊,若依此家谱,这个朱元龙就是大明开国皇帝朱元璋,那朱元璋也就成了八特人。可史书上记载朱元璋为安徽濠州人,幼名重八,字国瑞,父亲朱世珍,母亲陈氏,朱元璋起兵后才正式改名为元璋。这和龙元朱朱元龙又有什么关系呢?查阅有关文献,南宋时期曾经有过一个叫朱元龙的人,曾任温州平阳左司郎,国史院编修,实录院检讨等职。这个朱元龙因清正、直言,得罪了朝廷的不少官员而被弹劾还乡,他的老家是浙江义乌县。面对我的疑问,龙泰洁笑而不语,不知他是听不到还是根本不想回答。龙家曾经的大院已经不在,现在只留下三间残破的龙家祠堂。龙泰洁说,过去三乡五里的龙姓每年都要来这个祠堂祭祖,祭祖仪式

和规模都很壮观,"文革"开始后再也没有人搞这一套了;龙家祠堂早已失去往日的光彩,腐朽退色的木门上隐约刻着"龙家祠堂"几个大字,透过门缝,借着昏暗的光线可以看到祠堂内已经长满了齐人高的蒿草。

八特镇另一大姓是王姓,现在的八特村里还有一条街就以"王家街"命名。正在王家街小卖铺前晒太阳的王家后裔王世昌介绍,王姓在大清顺治元年迁到八特,始祖王美,字德修,是恩赐登仕郎,敕封赵孺人。至清朝末期,王家九世王步廷、王步殿已经发展成为八特首富,自有耕地八百多亩,骡马成群,房屋数百间。当时八特镇有一句顺口溜:"进南门,往东瞧,王家粪堆比房高。"王家产业涉及多种贸易,并开有钱庄"永兴成",是当地颇有影响的唯一一家地方票号。

在王家街不远的一座宅院内,保留着一块完整的砖雕富贵影壁。影壁上雕刻着两株盛开的牡丹,牡丹之上一只灵动的凤鸟正在啄食,砖雕工艺精湛传神,文物价值极高。宅院主人说,这是目前八特保存最完整的一块影壁墙,像这样的影壁在八特过去的大户人家中都有,可惜大部分都在破四旧时毁掉了,这块影壁当时涂满了黄泥,所以被保留下来。站在宅院主人身旁的张宪云有些感慨:"八特古镇的遗迹越来越少,古镇的影子只能从这些残存在家家户户的砖雕、石雕、木雕中去寻找,不定几年,连这些恐怕也看不到了。"

拐道街:商人·店铺·卷棚

城镇的形成原因主要是财富的聚集和人口的增长。八特地处河北通往山西的交通要道之上,早在曹魏之时,曹操便将这条道路称为"上党粮道",而八特所居之地正是滏口陉上党粮道的咽喉所在。八特位居高台之上,旧有东南西北四个城门,封闭严密,在安全上无忧。城北有洺河,城中也有小河流过。加之八特镇民风淳朴,村民待人宽厚。在这样的环境下,牲畜和行人均可得到良好的休息和放松。因此,不管是东来的商贾还是西来的晋商,车马行走到八特都是最好的打尖歇憩之所,八特在这种条件下,想不成为一个商贸重镇都很难。

八特村拐道街是当时八特最繁华的商业中心,店号林立,商贾云集。张宪云和申海顺曾经对八特镇拐道街的商号进行过统计和调查。在拐道街有阳邑人张袭渭开的"德一恭"店铺,八特人王连生开的"义盛永"馍铺。拐道街路东有八特韩泰山开的"广泰昌"号药铺,紧挨"广泰昌"药铺的是韩玉和的"明盛源"杂货铺。拐道街路西是韩泰山和韩玉和开的"泰盛广"杂货铺和"利民药房"。在这条街上还有"恒源"油坊、"同心"油坊、"恒兴"油坊、"兴一"药房、"三和永"油坊等。在拐道街不远的龙家堂街和王家街还有"志和祥"杂货铺、"三和永"杂货铺、"鸿兴厚"山货行、"誉丰厚"绸缎庄、"晋远堂"药店、"兴盛龙"商号、"永兴成"钱庄等。张宪云说："过去这里车水马龙，商贾云集，遇上单月赶大集的日子更是门庭若市，叫买的、叫卖的、走亲串户的，熙来攘往，肩摩踵接。"

八特商人与隔河而望的喜欢外出经商的武安商人不同，武安商人有"关东帮"和"河南帮"，主要到外地经商，而八特商人除韩洪元开的"晋远堂"药店在山西介休、河北石家庄开有分号外，其他字号均不出八特镇。这种现象可能取决于八特特殊的地理位置。南来北往的商人云集八特，使八特成为了磁武涉三界的物流中心。人的流通也是货物的流通，更是货币的流通，生性恬淡的八特商人不用出门便可以赚足银两，何乐而不为呢？

八特商人知道"人气就是商气，人缘就是商机"的道理。因此，八特人对外来的客人格外善待。现在的八特村还保留有很多公益性的建筑，位于南八特村中的关帝庙卷棚就是其中之一。这是一个三面通透的歇山顶建筑，伫立在一个丁字形路口，正壁墙龛里供奉有关帝的神像。据村中的老人讲，这个卷棚就是专门供过路的行人遮风避雨、歇脚休息的，卷棚每天有专人负责提供免费茶水。八特村的南大门还有一座茶棚，茶水也是全部免费供应。后因外来客人的增多，八特的商户又专门集资在茶棚旁盖起了一座宏伟的白衣大士庙，供外来人食宿。在参观茶棚和卷棚之前，遍布八特古镇的古宅大院和众多的店铺商号建筑使我惊讶，我被八特商人创造的奇迹所吸引，也被他们的聪明才智所折服。在茶棚，我真正感受到八特商人豁达开放的侠义秉性，"在商言商，无商不奸"的俗语在八特根本看不到，八特商人所做的只是"在商言义，商德为天"的"江湖道义"。这是八特商人的大智慧，体现出八特商人的精明。在关帝庙卷棚，我才真正领略到，原来八特商人的精明之处并不在于卷棚的遮风避雨，也不在于免费提供的温馨茶水——尽管这一点已经比现在一些大公司倡导的"顾客就是上帝"早了几百年，但并没有完全显露出八特商人的聪明加精明。八特商人把聪明藏在了卷棚西壁的墙龛里，藏在了关帝爷的身后，而且，不显山不露水；在坐西朝东三面通透的卷棚里，八特商人在西壁正中供奉起了关帝爷的神像。关帝是山西运城解州人，在明清时期，晋商把关公作为他们最尊奉的神明，以关公的"诚信仁义"来规范他们"以德治商"的行为和经商活动，很多商号在号规中大都规定了"重信义，除虚伪"、"贵忠诚，鄙利己，奉博爱，薄族恨"等等"职业德行"。关公在一定程度上成为晋商诚信忠义的化身，晋商所到之处必有关帝庙。清朝末期，仅山西归化城就有七座关帝庙，可见晋商对关帝的崇拜程度。八特作为晋商来往于山东和山西

的必经之地，很多的商机都有赖于晋商的往来停留。细心的八特人不仅为这些走遍天下的晋商提供了遮雨避风的港湾，更为他们构建了临时的精神家园。卷棚墙龛内的关帝庙虽然不大，但对于这些旅途劳累的山西商人来讲，已经体贴到了极点。他们可以一边品茗一边休憩劳顿的身体，同时还可以打理一下他们精神支柱，祈求财神关公的护佑。八特人的无微不至感动了晋商，晋商也毫不吝啬地回报了八特，八特古镇的四百年繁荣一定程度上得力于晋商。民国晚期晋商衰败，八特的商贸也随之步入低谷。

晋商做着天下人的生意，八特人做着晋商的生意；晋商将天下人的钱装进腰包，而八特人则将晋商的钱装进了口袋。这就是八特人。你说精明不精明？

精明善商的八特人在经历了财富的积累之后，近代又开始开挖煤窑。八特开采煤炭的历史可追溯到元代——至今在八特还保留着一口元代的方口煤井。明清两代八特采煤的历史资料欠缺，无法考证，但在近代，八特已经拥有"同心坡"、"长新坡"、"公益坡"、"碧心坡"、"存心坡"、"成盛坡"、"龟盖"、"石井沟"等八座煤窑。这些煤窑的经营方式采用股份制，既有合资经营又广泛吸收社会资金入股。同心坡煤窑由磁县索井村赵志宽、武安崔炉村齐才良和八特镇李本志合资开办。长新坡煤窑由峰峰西佐村杜长清和八特镇张存昌合资开设。八特公益坡煤窑则面向社会发放股票，广泛吸收社会资金，爷爷留下来的那张"八特公益坡煤窑股票"就是最好的见证。

八特商人在生意的经营管理上，借鉴了晋商较先进的管理办法。镇内一般店铺多是由东家自己经营打点，店内掌柜和店员除年俸外，还可以顶身股。稍具规模的字号就要另请掌柜来经营：碧心坡煤窑的东家是八特的韩锦余妻张氏，大掌柜则是西苑城村的孔繁怀；龟盖煤窑的东家是当时的武安县伪县长李聘三，大掌柜则是八特人韩三成。

近代煤炭业的繁荣，是八特这个四百年古镇最后的灿烂，煤炭业兴起拉动了八特镇的纺织业、运输业、车马住宿、饮食等行业。八特的煤炭主要销往西部的涉县和北部的武安等地。精明的八特商人将煤炭卖掉后，再从涉县武安等地换回粮食，然后再将换回的粮食拉到不远的瓷都彭城换回陶瓷，将陶瓷再销往北部山区。这一来一往，庞大的八特运输队伍几乎没有空车返回的可能。八特在商贸经营上已经很是成熟。

民风：堂号·墓志·牌匾

"八特崇商而不奸，好客而不卑，重德而轻利，与人为善。"这是张宪云对八特民风的评价。八特村名的传说，便注定了八特人尚德的民风。廉颇蔺相如大德大义的故事家喻户晓，八特人不仅把村名的来历与廉颇蔺相如紧紧相连，更把蔺相如作为图腾般供奉在大庙里，世代相传。在八特老人的记忆中，很难找到八特奸商的线索，有的多是八特商人助人为乐、仗义疏财的行侠故事。时近中午的时候我们来到张宪云家，他从一个深色的箱子里拿出了一沓用普通方格信纸撰写的文稿，这上面记录着八特人的家庭堂号，我看到有"积善堂"、"崇德堂"、"德善堂"、"积善家"、"存德堂"等等。从这些旧有的家庭堂号中足可以看出八特尚德的民风。

八特民风淳朴，且世代相传。在张宪云收集整理的八特墓志手抄本上，处处可以看到八特人淳朴好德，仗义疏财的故事：

八特韩家的一块光绪三年的墓志上，清楚地记录着墓主人的为人："处事忠厚敦朴，素裕仁让，有抑恶扬善之心，无毁谤刻薄之念，悠悠然为和之至也。至若，临财不苟，见义必为。"

清代道光时期的韩玉成，自幼"寡言语，慎交友，薄饮食，出入用度，不事繁华"。就这样一个老实巴交的人，对待父母兄弟和邻居却是"事父母竭觞豆之欢，处兄弟焉手足之情，待邻里推任恤之恩"。韩玉成待人接物的准则是"家庭内外一归浑厚"。

与韩玉成同时期同姓的还有德高望重的韩希德，在同族、乡邻甚至陌生人遇到困难时，更是"周之恤之，虽倾囊无吝啬"。韩希德八十大寿时，三乡五里的乡亲"不期而会"前来祝寿，人数达到数千人。邑侯听说八特有如此德高长贤之人，也特意送来一块"义声流传"的牌匾以示敬意。

八特人苏顺，字成章，家境富裕，却生性"小气"，有"八特第一抠"之称。苏顺一年四季穿一件衣服，连换季的衣服都没有，每顿饭只吃一个菜，吝啬到了极点。而当他七岁的远房侄孙失去父亲之后，苏顺却毫无怨言地将其抚养长大并为其娶了媳妇，盖了房子；还是这个"苏老抠"，得知苏家同族一女仆病故，留有一女，其父家贫无力抚养女儿，苏顺考虑到其家境和一个男人抚养女儿的不便，便让夫人杨太君亲自照顾抚养此女，视同骨肉，直到其出嫁，并为其准备了丰厚的嫁妆。八特人就是这样，宁可委屈自己也要善待他人，像这样的事情在八特还有很多很多。

石碑上的文字虽然是在评价亡者，而实际作用却是为后人树立一个道德标准，使一代一代的八特人将这种良好的民风传承下去。正如八特《重修广生殿碑记》中记载的那样，"礼以义起，事以时兴。故凡有功德悠于民者，为民捍患者，而民皆立庙祀之，以报其恩"。这是八特人的做人准则，也是所有八特人的座右铭吧！

中华民国乙丑年荷月，对八特村所有人来说都是一个特别的日子。在八特镇的张家街张家轩府门前，张灯结彩，锣鼓喧天，人声鼎沸。八特乡镇甲长带领八特商号义盛永、复盛和、三盛恒以及八特申家、韩家、苏家、龙家、李家、杜家等数百人的队伍，浩浩荡荡抬着一块精致的木质牌匾，串大街走小巷，来到张家门前贺喜。牌匾上刻着'五世同堂'几个大字，匾额的起首上方写着"轩府张老先生德尊"，八特人尚德的民风在这一天被演绎到了极致。如今人去楼空，"五世同堂"的匾额还在。在轩府老宅，张家妯娌二人从厢房抬出了落满灰尘的牌匾，张宪云说："通过这'五世同堂'牌匾，可以看出生活在八特古镇上的人没有家族之见，没有排外之心，大家和睦相处，互敬互爱。"我恍然间有些醒悟——这不就是我们一直在提倡和追求的和谐吗？

经历了数百年恢宏，淘净了人间万象的八特古镇，渐渐淡出了人们的视线，被掩藏在历史的角落。青石铺就的石板路，不知在哪年被水泥覆盖。灰砖黛瓦的深宅大院，也不知道什么时候被各种颜色的涂料涂抹得无法分辨。八特老城的影子早已退隐在古道里弄寻常巷陌人家。

现在，很少人知道八特曾经有四百年古镇历史，更没有人知道这里曾经是一方和谐的家居乐土，只有像张宪云这样几个怀旧的老人，才会偶尔撩起古镇尘封已久的面纱。可是又有谁能明白，在那若隐若现的面纱背后，到底还埋藏着多少令人心动的传奇故事？到底还有多少令人匪夷所思的谜团呢？

我一直以为我对八特村是很熟悉的。

雕刻的时光

> "遥望灵光,艺术之始,雕塑为先。雕塑之术,实始于石器时代,艺术之最古也。"
>
> ——梁思成《中国雕塑史》

从高速公路定州出口下道再向西走,沿着定州通往曲阳的道路行驶,不时看到一些拉运石材的货车疾驶而过,柏油路面被沉重的货车碾压得有些高低不平。随着车辆驶过,路面扬起一层灰,挂在路两侧笔直的白杨树上,在太阳的炙晒下更让人感觉烦躁。白杨树下,沿着路两侧,摆放着大大小小各色石头以及各种形状的石雕成品、半成品。未进县城,已经能听到电锯切割石块的刺耳声音,间或夹杂着几声"叮叮当当"的斧凿声。几个工人赤裸着上身,高高挽起裤管,有的戴着宽大的墨镜,有的戴着面罩,笼罩在一片白色粉雾之中,各自忙着手中的活计,浑身挂满了白粉。

这里是素有中国雕刻之乡称号的曲阳,相传春秋战国时期与鬼谷子齐名的诸子百家流派之一的黄石公,就出生在曲阳县。他出生不久便被抛弃在曲阳的黄山上,后无名无姓被人发现,人们便以此山为他的姓,取名为黄石公。黄石公长大之后隐居在黄山著书立说,写下了《太公兵法》和《雕刻天书》两本书。他把前部书传给了张良,把《雕刻天书》传给了同乡的宋天昊、杨艺源两位弟子,曲阳人从此与雕刻结了缘。

车子抵达县城的时候已近正午,曲阳开元雕刻公司的宋占海如约站在一座新修的石雕牌坊下等候我们。白色的石雕牌坊在正午强光的照射下隐约散发出一层光晕,我眯着眼睛勉强看到牌坊上雕刻着"石雕城"三个大字。宋占海年轻时远离家乡从事过很多工作,但因为是曲阳人的缘故,他的工作多少都与石雕有关联。年近半百才发现,原来最割舍不掉的居然还是家乡的石雕艺术,他说:"后来我就回到这里,在石雕城开了家石雕厂。有人订货就卖,没人订货就搞创作。"

进入雕刻城,反倒没了声响。街道布局规整,干净整洁。九公里长的街道两侧,排列着一家挨一家的石雕厂厂房或店面,路边摆放着或大或小、各种各样的石雕作品。街旁还有一所曲阳雕刻学校,据说这是全国唯一一所专门传授雕刻技艺的中等专业学校。没有人的身影,没有切凿石头的声音,静悄悄的，只有巨大的毛泽东雕像挥手耸立着，或者孔子像和蔼可亲地冲你颔首微笑，美丽的仙女摆着各种造型，他们脚下横七竖八躺着各种加工到一半的石料。明晃晃的白色石头反射着正午热烈的阳光，只一会儿，我眼前就变成了模糊糊一片白色，再难分辨哪座是陶行知哪座是孔子。

"虽然还没到六月，但现在天气太热，工人们都在休息，只有凌晨和傍晚光线没那么强的时候才工作。"老宋领我到他的办公室说。他的办公室很简陋，只有十几平方米，对着门口放着两张对放的办公桌，玻璃板下记满了可能是买家的电话号码，另外一面放着一个三人皮革沙发，沙发前的条形桌上放着三座白石雕像，是两座立式观音还有一座坐式毛泽东像，刻工明显比院子里的巨大石像精致了许多。

"坐一下，先喝点儿水。外面太亮，在屋里坐会儿视力就恢复了。"说着，老宋端来水，递上一根烟，兀自点上一根，继续说："我现在主要做的就是毛泽东像和观音像，大的有十几米高，小的只有十几厘米，他们别的家有做维纳斯等欧洲题材雕刻的，主要是出口，今年国际经济形势不好，订单越来越少，我们这里还有一些厂家专门提供用于城市形象工程的现代雕塑，各种类型都有。要说起曲阳与雕刻的结缘，通常从黄石公的神秘传说讲起，传说归传说，有史料记载的是，曲阳的雕刻艺术至少有两千多年的历史。早在西汉，曲阳的石工就开始用本地产的大理石雕刻碑碣等物。原来在曲阳县城城南有座狗塔，相传是东汉光武帝刘秀为纪念一只曾保护他逃出大火的义犬而征召本地石匠修建的。"

按照梁思成先生的说法，中国古代的雕刻艺术早在石器时代便已产生，但那时主要是以制造生产工具为主。虽然到了商周时期石雕艺术已经趋于成熟，但这门艺术真正得以大发展还是在魏晋南北朝之后，随着佛教雕塑艺术的发展而得到发展。佛教属于像教，需要创造大量的膜拜对象，于是随着佛教的流布，佛教造像艺术也传到了中国。中国早期的佛教雕塑主要受印度犍陀罗风格影响。

佛教的传入是在汉代，到了北魏时期，皇室贵族、高官富绅多信奉佛教，统治者更是将佛教视为国教，于是，在中原地区开始了大规模的雕刻佛像活动，位于甘肃的敦煌莫高窟、山西的云冈石窟、河南洛阳的龙门石窟以及稍晚些开凿的河北响堂石窟、山西天龙山石窟等，都是这个时期留下的皇家雕刻作品。

比如云冈石窟。据《魏书·释老志》载，和平初年，一个叫昙曜的僧人"自中山被命赴京……帝后奉以师礼"。昙曜的赴京之行引发了中原地区佛教造像艺术的高潮。昙曜在平城西侧武州山下"凿山石壁，开窟五所，镌建佛像各一。高者七十尺，次六十尺，雕饰雄伟，冠于一世"（《续高僧传》），这就是现在著名的云冈石窟。由昙曜雕刻的五所石窟（即现在的云冈第十六窟至二十窟）被后人称为"昙曜五窟"。据史料记载，这五座洞窟内的佛像是仿照北魏五个皇帝的形象开凿的。因此，云冈石窟名为佛寺，实际兼有北魏皇室贵族家庙祠堂的功能。

到了北魏太和十八年，孝文帝把都城由平城迁到洛阳，改变了过去对中原遥控的形势，也摆脱了一百多年来鲜卑贵族保守势力在平城的羁绊和干扰。北魏皇室又在洛阳东南伊水河畔的龙门山下建筑了他们新的精神家园——龙门石窟。公元534年，北魏分裂为东魏和西魏，东魏权臣高欢因洛阳无险可据而率领四十万户仓皇迁都邺城，"皇舆迁邺，诸寺僧尼，亦与俱徙"（《洛阳伽蓝记》），一些大德高僧如慧光、菩提流支等也随之迁来，使本来就有佛教土壤的邺城，很快建立起更加浓厚的佛教氛围，一跃成为北方佛教中心。

当时东魏高氏贵族集团佞佛之举几近痴狂。他们将国家财产分成三份，其中三分之一供养僧尼，并在邺城西的鼓山之腰开凿了壮观宏伟的鼓山石窟（北响堂石窟），在都城西侧开凿了滏山石窟（南响堂石窟），同时在陪都晋阳（太原）西侧天龙山大兴土木，开凿了天龙山石窟。《北齐书》记载："北齐幼主……凿晋阳西山为大佛，一夜燃油万盆，光照宫内。"在这样的社会环境下，北齐雕刻艺术走向了辉煌，而曲阳所在的定州，古为中山国，与北齐都城邺城相去不远，佛教在这块沃土上的播种同样具有良好的土壤。从北魏时起，定州就形成了深厚的信仰基础和造像传统，北齐时，这里已经成为一个重要的佛教文化交流中心。唐道宣著的《续高僧传》中就大量记载了定州僧人的事迹。如北魏时期著名的少林寺二祖僧稠法师，在去少林寺之前，青年时代便一直隐居在"定州嘉鱼山"，"岁居五夏"。到北齐初年，年老的僧稠法师又来到定州修行不肯复出，北齐文宣皇帝专门下达诏书到定州，请他到京城讲学。北齐时著名高僧灵裕也是定州曲阳人，出家后往来于邺城、定州之间拜访名师学习佛法。北齐时还有定州的僧人到五台山出家修行的记载，"定州僧人明勖，少怀倜傥，志概凝峻。因闻（五）台山神秀，文殊所居，遂裹粮负籍，杖锡而至"。可见，定州在古代特别是北齐时期的佛教发展是非常辉煌的，而作为定州佛教信仰重要组成部分的曲阳白石造像，正是在这种历史背景下出现的。

定州出僧，曲阳出佛。有人说，定州佛教徒增多相应地带动了曲阳的佛像雕刻，所以，曲阳的雕刻艺术才发展起来。有人说是因为曲阳的黄山盛产汉白玉石料，而这种石料最适合雕刻精美的佛像，定州的僧人外出云游，总要带上一尊曲阳的佛像，如《曲阳县志》上说"黄山自古出白石，可为碑志诸物，故环山诸村多石工"。久而久之,定州在佛教界逐渐成为了圣地,而曲阳成了白石造像的重要出产地。

　　这两种说法均有道理,却没有实证可以成为确凿之据。自北魏以来,佛教造像艺术空前发达,大量的造像活动需要大量的雕刻艺人,于是,靠家传手艺的石雕匠人也便应运而生。在古代,石雕艺人是属于皇家或大官僚私有的财产,所以,在中国石窟中,石雕匠人当时没任何地位可言,很多题记里只记载着供养人的名字,而很少有雕刻匠人名姓的记载,因此无法考证曲阳工匠是否参与了敦煌石窟、云冈石窟、龙门石窟等造像活动。但有一点是可以肯定的,在敦煌出土的文书中不断有定州僧的记载。嵩山少林寺的第一代住持初祖佛陀禅师的大弟子慧光就是定州人,其后他成为东魏最高的僧官。而另一个大弟子僧稠曾担任过鼓山大石窟寺的寺主,另外一个出自定州的僧人灵裕住持开凿了邺西的宝山石窟。因此可以说,这些来自定州或与定州有一定渊源的僧侣们将佛教理念带到了这里,同时他们又将曲阳的石雕佛像传播到了各地。

　　二十世纪五十年代,在距离曲阳护城河不足一百米的修德寺旧址,考古人员发掘出佛教造像二千二百件,这些造像上至北魏下至盛唐,除少量青砂石像和陶像外,绝大部分是白石造像。考古人员在经过研究后认为,这些白石造像的石材就取自曲阳的黄山。其中最早一件造像是北魏时期的,与云冈石窟的雕刻时间颇为相近。这批造像雕刻精美,形态传神,参加发掘的考古人员对这种娴熟的雕刻技艺赞不绝口。这些佛像的题材不仅有僧侣们经常供养的释迦佛、弥勒佛和观音菩萨,还有不被人们熟悉的释迦多宝二佛对坐、无量寿佛、弥陀佛、双弥陀佛、立佛、双立佛、坐佛、双坐佛、双观音菩萨、双思惟菩萨、双菩萨、三尊式等数十种,这些佛像在人们惊讶的神色中被运到了博物馆收藏。这批窖藏佛像印证了定州僧曲阳佛的历史史实,也是曲阳石雕艺术最高成就的实物证据。这批造像是中国佛教造像艺术自北魏至唐朝顶峰时期的作品,具有很强的代表性,因此,一出土便引起了学术界的关注。其中一件东魏武定元年的观音像,薄纱透体,圆肩鼓腹。一件武定六年的造像表现出东魏时期的审美取向,被学术界定为"武定型造像"。还有一件北齐武平六年高修陀造菩萨像,身材丰满,衣纹简练,刀法爽朗,体积突出,与东魏造像比较有了质的变化。而出土的唐代造像体态丰满圆润,富有现实主义的情感。修德寺出土的这批造像是研究北魏至唐中国佛教造像巅峰时期的最好例证,也是研究外来佛教造像艺术向中国化转变的重要实物资料。

　　除了修德寺窖藏外,北魏至盛唐时期的曲阳样白石造像在他处也零散可见。距离曲阳县城不远的黄山脚下有一个杨平村,村口立着一尊三米多高的大石佛，大佛的脖子上系着一条红色飘带，一位骑自行车正赶路的中年男子见我在看大佛，热情地介绍起来："这尊大石佛有上千年历史了，'文革'时期把大石佛的头部砸坏了，现在这佛的头是后来补上去的。香客们给石佛爷披上红袍，行善积德，希望得到佛爷的保佑。"仔细端详这尊大佛，在身体比例上略显上长下短，而且体态上有些僵硬，衣着稠密且繁细富丽，刀法洗练，在造像风格和雕刻技法上与云冈、龙门石窟的北魏佛像十分相似，当属于同时期作品。

"这个佛头可不是'文革'时期砸坏的，现在上岁数的老人也记不清楚了，太早了……"与中年男子一起来的中年妇女接过话头说，"有一次来了个北京专家，说是古代灭佛的时候破坏的。"在中国古代有四次灭佛运动，佛教史上称为"三武一宗"法难。第一次是在北魏太武帝时期。太武帝拓跋焘早先信仰佛教，还经常敦请佛教界一些著名僧侣进宫说法论道，但佛教日渐庞大的寺院经济和僧团组织，在政治、经济、权利上对政权日渐显现其威胁。于是，太武帝借口某寺院私藏兵器意欲谋反，下令废除佛教。这是佛教传入中国后遭到第一次打击。此后一次是在北周武帝时期，北周武帝灭了北齐之后，看到北齐境内寺院众多，僧侣过众，于是在邺城下令毁佛，强迫僧侣还俗，毁损佛像。这两次灭佛运动虽然惨烈，但延续时间都不太长，佛教很快又得以复苏。

最大的一次灭佛运动是在唐武宗时期，曲阳修德寺出土的两千多件窖藏佛像可能就是在这次法难中被善众埋藏起来的。入唐以后，佛教继续发展，寺院经济的恶性膨胀，再一次与封建王朝的政治经济利益产生了尖锐的矛盾。会昌五年（公元845年），唐武宗颁布了废佛诏令，佛教遭到巨大的打击。据《旧唐书·武宗本纪》载，"拆寺四千六百余所，还俗僧尼二十六万五百人"，给佛教的发展带来了巨大创伤。

在经历了会昌法难之后，中国的佛教自此走向下坡路，与其相伴的佛教造像艺术也度过了它的黄金期。唐代之后，除了四川一带有些较大的民间造像活动外，在中国的版图上几乎很难再找到像云冈、龙门、响堂山那样大规模的雕刻活动。虽然没有了大型佛教石窟雕凿，但小型单体佛像的雕刻依然不衰。自此，除了佛像外，中国的石雕对象变得更加丰富，有了更多具装饰意义的作品。

宋代以降，更多富有现实主义的世俗化作品成为石雕的主要题材，雕刻家们将目光从神像转移到了现实中的人和物。石雕对象更加生活化，很多人物其实成了现实人物的真实写照，如四川一带出现的柳本尊造像等。而曲阳在经历了北朝、唐两个造像盛世之后，到了宋代受泥塑发展的影响，石雕艺术也一度陷入低迷。此时,曲阳的石雕作品相对发现较少。但曲阳毕竟经历过两个巅峰期的洗礼,雕刻技艺得到了很大的发展和提高。所以,曲阳石雕技艺并没有因为佛教造像热的衰落而衰微,也没有因为宋代泥塑的发展而一蹶不振。在经过沉淀和思考之后,曲阳刻工将目光从神坛转向了民间,打开了石雕艺术表现形式的新天地。元代,一个叫杨琼的曲阳人将他雕刻的"一狮一鼎"作为贡品送给了当时的皇帝元世祖忽必烈,并受到高度赞赏。到了清朝末年,又有个叫刘普治的曲阳石雕匠人,将他雕刻的"仙鹤"、"干枝梅"拿到了巴拿马国际艺术博览会上,在这届博览会上,他的作品荣获第二名。至此,曲阳石雕技艺自汉代出现以来,经历了孕育、发展和鼎盛时期,在延续了一千多年之后,走出了中华的版图,有了"天下咸称曲阳石雕"的佳话。

社会的变革和发展直接影响着曲阳的雕刻艺术。二十世纪三十年代,随着日军的侵略,曲阳的雕刻业日渐式微,到了奄奄一息的地步,从事雕刻的艺人寥寥无几。这种境遇延续到新中国成立才有所变化。曲阳出了个刘东元,刘东元将放置多年的石雕手艺传给了外甥卢进桥和弟子甄彦苍、安荣杰,古老的曲阳石雕技艺得到了传承。

早在二十世纪九十年代,我就曾造访曲阳,拜访过刘东元的得意弟子卢进桥大师,目睹了他的雕刻技艺。他的"三大士"雕刻作品,现在就供奉在我所在的南响堂寺的靠山阁内。天资聪颖好学的卢进桥少年时代便从曲阳周边遗存下来的古代雕刻艺术中寻找到了现代雕刻的灵感。他还将牙雕、木雕、玉雕等各种雕刻技法融会贯通,运用到了石雕技艺当中,拓宽了曲阳石雕的技艺。此次再到曲阳,大师已经仙逝。他的雕刻人生正是曲阳千年雕刻历程的写照:卢进桥青年时代以佛像雕刻为主,当佛像雕塑日渐萎缩时,他的凿子开始雕刻城市。他创作的《五羊》等城市雕塑作品遍布全国二十多个省,海外也有收藏。

同门不同艺。与卢进桥同门的甄彦苍选择了不同的创作道路。"现在的雕刻作品并不是都放在寺庙里让信徒朝拜,而是以艺术品的形式展现在众人面前,这就要求我们不能墨守成规,要研究骨骼、肌肉的比例。"在甄彦苍的雕刻公司,甄彦苍老人谈起雕刻艺术便抑制不住内心的激动。墙上挂着国家授予他的"中国民间文化杰出传承人"的证书。甄彦苍大师在继承传统雕刻技艺的基础上,吸收了西洋雕刻技法,开辟了曲阳石雕的"西洋流派"。现在曲阳各个雕刻坊的很多西洋人物都是受"甄版"影响。

如今遍布曲阳县城的诸多雕刻坊基本延续了卢进桥和甄彦苍两位大师的风格,既有仿古的佛像石雕,也有城市雕塑及西洋流派雕刻作品。现在,从事这门手艺的艺人有五万多人,雕刻坊达二千二百八十八家。

　　浮华的背后必定掩藏有哀伤。看似繁荣的曲阳雕刻在新世纪的新时代里面临着尴尬。"曲阳石雕首先是工艺品，其次才是商品"，曲阳雕刻学校副校长张瑞芳说："现在曲阳石雕是手和电气相结合的雕刻。分割一块石头，用电锯只几分钟，而用手工却是几个小时甚至几天。电气工具提高了效率，但还是手工雕刻的工艺性好。"在全球一体化的市场经济中，"市场化"对于艺术创作来讲无疑是最大的冲击，无论是绘画还是雕刻，几乎所有的艺术领域都被"市场化"搞得浮躁起来。在曲阳，能够像卢进桥、甄彦苍等老一代雕刻家那样沉心静气坚守艺术的年轻人凤毛麟角，他们更多的是在追求利益最大化，追求产量大、工期短。谁肯为了创作一件作品而丢失一批产品呢？

　　"现在曲阳从事石雕的人很多，但是人才很少。"从卢进桥女婿开办的石雕公司出来，我遇到了来曲阳考察的画家汪力成，他对我说："曲阳现在从事雕刻的很多都是匠人而不是艺术家，古代人雕刻佛像是因为心中有佛，将自己心中崇仰的佛祖、观音通过自己的手塑造出来，所以富有神韵，而现在很多人只是在生产产品、复制产品。"

　　也许是意识到现在石雕缺乏创造性，曲阳雕刻学校请过一些美院的老师讲授绘画及雕刻的基本知识，也有不少美院的学生毕业后来到曲阳实习，由他们完成制模等创作阶段的工作。

　　与密布曲阳县大大小小的雕刻厂家相比，我更喜欢散存在曲阳县城周边农村里的家庭手工雕刻作坊。杨平村是匠人比较集中的一个村子，在大佛前遇到的那个中年人，其兄弟四人便自幼随父亲在自家的院子里学习雕刻佛像，初学的时候只是帮父亲打毛坯或抛光，后来逐渐学会开脸，一直到自己可以单独完成全部工序才出师。成家之后，兄弟四人又各自在自家的院子里支开了摊子，教他们的子女学习雕刻技艺。他们不图发大财挣大钱，只是习惯了祖上传下来的这门手艺，农忙的时候下地耕作，闲暇的时候，就拿起凿子锤子找块石头叮当两声，解解手痒。每逢农历的初一和十五，他们就到村边的大石佛前上炷香，大石佛就像图腾一样深深印到了他们的脑海里，所以他们雕出来的佛像也仿佛与这尊大石佛有几分神似。不过，村里也有人专门做高仿的生意，他们专门研习北魏至盛唐时期的造像，精雕细琢，再经过特制药水浸泡、挖坑深埋等办法做旧，不明就里的人很难分辨真伪。

　　从曲阳县城出来已是傍晚，早晨的太阳已隐落到黄山之后。我回眸凝视，这座曾因蕴藏汉白玉而造就了"雕刻之乡"的山峰呈现出一片金黄，光彩夺目。然而，经过了上千年的开采之后，这里的汉白玉矿藏已经不足以维持现在高速发展的曲阳雕刻产业，矿场中只剩下一些青石和花岗岩可用。为了满足市场对白石雕刻的需求，曲阳本地的企业已开始从北京房山、四川等地

购买石材，路远、选料不便且不说，运输费用也不是一个小数目。宋老板家院子里那座未完成的五米高的毛泽东像，石材是从北京运来的，花了十几万元。

《曲阳县志》里说，曲阳因为有石材资源才哺育出大量石雕匠人，此后雕刻时光逾千年以迄于今。今天，手工技艺逐渐被机械化批量生产所代替，作品变成了产品，加之曲阳赖以维系的雕刻石材的匮乏，"石雕之乡"何以为继，不得不令人担忧。据说，曲阳石雕技艺已经列入国家非物质文化遗产名录，但正如一位专家所言，在"非遗"申报条件中，其中有一条便是"面临消失的危险"。

黄昏的曲阳，静静地依偎在黄山的怀抱之中，四野寂静。在路口，我与宋老板握手言别，他说恕不远送，"有个寺庙准备买几尊大石佛，明天招标，我还要回去准备准备"。

皇 朝 遗 梦

　　一个英雄辈出的时代，注定了英雄的凄凄惨惨。一座幽深的石窟蕴藏着一个时代的悲凉。凄婉的"敕勒歌"，百战百胜的传奇英雄，神秘伟岸的大佛，短命的王朝。北齐，一个由鲜卑族建立起来的王朝。响堂山石窟，由北齐皇室贵族开凿的精神家园。神秘的大佛、神秘的皇帝陵寝，让响堂山成为国内外许多考古学家瞩目的地方，一个谜团被揭开，更多的谜团叫人匪夷所思。

　　现在，北响堂山石窟虽历经千年，多次遭受毁坏，但那些遗留下来的残头断臂的躯体，依然透露着那个时代的辉煌，通过对这些残头断臂的佛像、菩萨、罗汉、刻经等等文化遗迹的解密，或许还可以拾掇起对北齐王朝的一点记忆。

滏口古道的马蹄声

　　二十世纪三十年代一个昏黄的午后，两个日本人悄悄来到了位于河北省南部的滏口陉，他们从滏口陉西侧的古镇彭城雇了一辆小马车，然后沿滏口古道向北行进。

　　他们的目的地是滏口东侧的石鼓山，那里有一座颓废的古旧寺庙，这座寺庙已经有上千年的历史，寺庙建筑在山腰的大石窟里。据老辈人说，石窟里的寺庙幽深，昏暗，里面还有凶煞罗汉出没，所以当地人很少进入，只有一个叫赵二爷的放羊的羊倌曾经进去过。据赵二爷讲，他进到石窟里后，迈了一步，突然传来很大很响的轰鸣声，就像千军万马在征战一样，吓得赶紧跑了出来。从此，人们把这座石窟寺庙叫做响堂。响堂的名气越来越大，后来，逐渐把这座山的名字也叫做响堂山了，而鼓山却很少有人叫了。

　　这两个日本人一个叫水野清一，一个叫长广敏雄。响堂山是他们考察中国佛教遗迹的一个重要地方，而此前他们刚刚对洛阳龙门石窟进行了考察。考察的收获就装在他们随身携带的行李中。日后，他们的考古收获将影响整个中国的佛教美术研究。

　　他们乘坐的小马车孤独地行走在滏口古道上，单薄的马蹄踏在贫瘠的滏口古道，敲碎了鼓山空旷的寂静。此时的滏口古道安静得像一个熟睡的老人。

　　这是 1936 年 4 月中旬的一个同样安静的早晨,路边的梧桐树上依然开满了桐花。赶车的是一个裹着单衣的中国人,他听不明白车上的两个日本人在叽里咕噜地说什么,因为他对自己脚下这片土地的历史,远没有车上的两个外国人知道得多。

　　滏口陉是太行山的一个主要断裂带。太行山古称大形山,早在《尚书》中就有了太行山的记载,明唐枢,一生游历,曾在《游太行山记》中写道,"曰山之东,山之西,太行丰原之正脉"。而《述征记》中写道,"太行首始河内,北至幽州,凡八陉",八陉即太行八陉,滏口陉即是太行八陉的第四陉。滏口古来亦称"郭(山头)口",命名取义则侧重一方山势,所谓"廖郭(皆山头),谷深"(《集韵·铎韵》),这样的描述很符合当地自然地形特征。这里山高岭深,形势险峻,两厢山势嵯峨,群峰摩云,自古以来就是兵家必争之地,是从山西高原穿越太行,经武安东下华北平原,俯视北面邯郸,南边邺城、安阳的战略要道。

　　石鼓山绵亘南北,墙立陡绝,是滏口陉的第一道山脉,向为华北平原与山西高原间天然屏障。东魏、北齐定都于邺城(河北临漳),并以山西晋阳(太原)为其陪都,东魏北齐的皇室贵族,常往来于二都之间,而滏口陉是其必经之道。北齐的皇室贵族在沿途营造了许多离宫别馆,供憩息休养,而位于鼓山的响堂山正是他们最大的行宫。隋唐之后,由于政治中心的转移,滏口陉失去战略要地的军事作用,逐渐变得荒草萋萋,曾经富丽堂皇,钟声悠悠,绿荫匝地,泉水不绝于耳的响堂山石窟也逐渐颓废。到民国时期,石窟内的雕像更是残头断臂,破败不堪,幽深的洞窟成为乌鸦野雀的领地。而现在,清脆的马蹄声再次打破寂静的山谷,一队人马沿着崎岖的山道,艰难地向山上爬去。那么,这究竟是一座怎样的寺院? 它为什么吸引了这些日本人不远万里来到这里呢?

敕勒川的绝唱

　　当我踏入这座石窟的时候,思绪早已进入到了魏晋南北朝。这是一个英雄辈出的年代。一个英雄的造就不仅是辉煌的战果,在辉煌的背后一定有凄凄的悲歌。

　　我想说的是高欢——这个北齐王朝的缔造者和响堂石窟的营造者。一个普通的名字,一个普通的历史人物,却孕育着一个短暂王朝的背影。我曾翻阅《北齐书》里《神武记》,书中记载了高欢在草原重镇怀朔的土城下眺望苍凉的北方大漠时的情景和他因为穷得没有马而无法争取到最卑微的军官职务的生活画面,而就是这样一个穷困潦倒来自草原鲜卑族的卑微士兵,却在以后成为一代枭雄。书中大量记录了英雄高欢不平凡的戎马生涯和屡屡得胜还朝的英勇战绩，也记录下了金戈铁马的背后，英雄高欢的内心深处蕴藏着的那丝丝缕缕的儿女情长。

是的，英雄高欢落泪了——

这是在高欢成功之后。历史也同样安排了他英雄时代的结束。东魏孝静帝武定四年，一个夕阳残如血的秋日，英雄高欢最后一次率领大军，攻击西魏在黄河边的重要据点玉璧城。在玉璧城下，身穿黄军服的东魏大军，遭到了身穿黑军服的西魏守军的顽强抵抗。而这时，在东魏首都邺城，人们从地上蚂蚁打架中也预测到了战事结果：黄蚂蚁被黑蚂蚁围斗，全军覆没。不祥的预兆深埋在玉璧城下的高欢军心中。所有可以使用的攻城手段都试过了，伤亡数字越来越令人心惊，战士的血浸透了玉璧城的城墙，像秋日的残阳。而玉璧城岿然不动。英雄遇到了真正的对手，对手也是一个英雄。他便是后来威名远扬的西魏大将韦孝宽。韦孝宽以积极的进攻来强化防守，他甚至夺取了东魏军队在城北筑起的土山。战事拖了将近两个月，东魏军队死亡七万人，七万人埋进了同一个巨大的土坑。军营上空笼罩着绝望、悲伤和精疲力竭的气氛。

英雄高欢面临他的末路了。他一生经历过无数的战场拼杀，光荣的纪录连他自己也难以详述。在与西魏死敌宇文泰的长年战争中，他经历过沙苑之战的惨败，也曾品尝了河阴之战的大胜，他甚至在鼓山下的滏口要道上轻易夺取过三百匹骏马。他常常来往于邺城（河北临漳）和晋阳（太原）之间，他喜欢邺城冬天里的安谧，也喜欢晋阳夏日的静爽，他更喜欢沿途的鼓山峻岭。而现在，英雄苍凉。一起从怀朔出来的老弟兄，要么战死，要么衰老，已经不能再奋骑前驱了。高欢这一年五十一岁。天意也越来越明白了：一颗流星坠落在高欢的军营中，所有的驮驴都一齐长鸣，悲凉的驴鸣使黄河两岸都震动起来。大军撤退，高欢终于病倒了。

在十一月的寒风中，高欢回到晋阳，他的长子高澄也来到了晋阳。一群乌鸦聚集在宫内的亭子和树上。这是一个不祥的征兆，高澄派大将斛律金射杀了这些恶鸟。这时，西魏散布谣言，说高欢身中弩箭，以动摇东魏人心。高欢勉力支撑，出来与重要的军政权贵会面。这是他最后一次出席类似的宴会。他让追随多年的老将军斛律金唱歌。斛律金，这个敕勒老兵，用苍劲而深沉的歌喉唱出了敕勒族的歌谣：

> 敕勒川，阴山下，天似穹庐，笼盖四野。
> 天苍苍，野茫茫，风吹草低见牛羊。

　　浑朴苍莽，跌宕多姿的敕勒歌，唱出了所有人的思乡之情。英雄高欢一边随着斛律金苍凉的歌声低声和唱，一边留下了痛楚的泪水。史书上这样记载这感人的一幕："时西魏言神武中弩，神武闻之，乃勉坐见诸贵，使斛律金唱敕勒歌，神武自和之，哀感流涕。"

　　第一次读到高欢"哀感流涕"时，我深深地被震撼了。这场景仿佛近在眼前。走到生命终端的高欢，被这首歌带回到他的生长之地，带回到他生命中最朴素、最卑微的起点。从少年时起，他就渴望离开敕勒川，离开只有牛羊和战争的草原，到南方去，到麦粟遍野的中原，到繁盛如同天堂的洛阳。而今，一切都已实现，他甚至成了实际上的皇帝。可是，在生命的最后时刻，他的目光，投向了塞外，投向了他情感和梦想的源泉。每次读到这里，我都禁不住掩卷沉思。

　　两个月后，也就是东魏武定五年正月，高欢病逝，时年五十二岁。他的慷慨奇崛的生命传奇，以《敕勒歌》的悠远长调，清清淡淡地终结了。千年的岁月过去了，很少有人知道《敕勒歌》与高欢的历史情结。史书评介高欢"深密高岸，终日俨然，人不能测，机权之际，变化若神"。有谁能知道，在终日俨然的英雄内心，却深深蕴藏着眷恋思乡的怀旧情结。

　　英雄高欢终究没有能够回到他眷恋的敕勒川。半年之后，高欢"虚葬于漳水之西，潜凿鼓山石窟天宫之旁为穴，纳其柩而塞之……"（《资治通鉴》）鼓山石窟便是现在的响堂石窟。在大佛的后部仍然可以看到那个所谓埋葬英雄高欢的洞穴，只是太高了，我无法进入。我凝视眼前的这尊大佛，却感到石佛神秘伟岸，人不能测。我恍然明白，一定是英雄的亲属有意将石佛雕刻成了高欢的形象。那么在英雄高欢安葬的那一天，他的老将斛律金也许就站在这里——我现在站立的地方，含着眼泪再次唱响《敕勒歌》……

神秘的高欢墓

　　一代枭雄高欢在《敕勒川》苍茫的长调中消逝在历史的风尘里，史书只留下了"虚葬齐献武王（高欢）于漳水之西，潜凿鼓山石窟天宫之旁为穴，纳其柩而塞之"的片语记载。响堂山（鼓山）石窟从一开始便充满了神秘色彩，没有人知道开凿石窟的真正目的，没有人知道大佛的背后隐藏着什么天机。鼓山周边的村寨，乃至开凿石窟的匠人，都只是感到这项工程不仅浩大而且异常神秘。重兵把守在鼓山的四边，不允许任何人靠近，整个工地除了叮叮当当的凿石声，不允许任何人说话。

　　所有工匠的心中都充满了疑虑。他们建造过很多大佛，他们的父辈也一直在为皇室贵族们营造精神家园,早在北魏时期,他们的父辈就在都城平城(今大同)西侧的武州山下开凿了云冈石窟寺,依照北魏五个皇帝的形象建造了高达数十米的大佛。后来由于都城迁往中原的洛阳,他们随皇室贵族也来到了洛阳。在洛阳的龙门山他们又为皇帝和太后建凿了伊阙石窟(龙门石窟)。北魏政权分裂后,以高欢为主的东魏皇权又将都城迁到了邺城(临漳),他们又随高欢来到了邺城,起初是为他们建造都城,后来,他们又被派往这个叫做鼓山的地方开凿石窟。而这次的开凿,却让所有工匠心中都有一种不祥的感觉。

他们所有的活动全部在监视之下,所有的联系全部被断绝,日夜不停地开凿着山体,精雕细刻每一尊佛像、菩萨、弟子、飞天伎乐。在经过无数的日夜后,工匠们如期完成了大佛的雕刻、彩绘。一座宏伟的石窟寺庙展现山腰,栩栩如生的佛尊、妖娆妩媚的菩萨、威武庄严的力士……工匠们终于盼到这一天,就要回家与久别的儿女团聚了。然而,从都城又传来一个新的任务——在大佛的顶部再开凿一个隐秘的洞穴,洞口也要做成佛龛的样式,使人从外面看不出这里有一个隐秘的洞穴。工匠们心中阴云密布,鼓山北侧的大树上也不断有乌鸦鸣叫。

隐秘的洞穴终于完工。这一天,装饰一新的鼓山石窟寺忽然热闹起来,皇宫内的文武大臣、皇亲国戚全部来到了鼓山石窟寺,一场盛大的安葬仪式在神秘的气氛中开始。陪葬品中满是金银宝物,这种规格只有皇上才有。所有的工匠此时才明白,征战沙场开拓北齐一朝伟业的献武王高欢驾崩了。不祥的预兆终于落到了这些工匠们的头上,他们开凿的这座石窟寺庙原来是帝王的陵寝。按照先朝的规矩,为了防止帝王陵寝被盗,建造陵寝的工匠都要被杀死殉葬。一个工匠已经预感到死亡的来临,悄悄在山石树木上刻下了密码,这个密码是在他离家之前就给儿子交代好的,没有人能够知道,也没有人能够读懂,除了他的儿子。

果然,在安葬仪式完毕之后,所有的工匠厄运来临。皇室贵族们为防止这些工匠将这个巨大的秘密泄露出去,将这些工匠们全部杀死在鼓山石窟之中。高欢陵寝就这样被封存起来,从外观看俨然一座庄严肃穆的佛寺,寺院内僧侣成群,禅声梵呗,这些来自邺城的僧人们也不知道在大佛的背后就是高欢皇帝的陵寝。

二十多年后,短命的北齐王朝遭遇到了北周进攻,邺城摇摇欲坠。北齐的皇室贵族被北周武帝杀的杀,逃的逃。北齐王朝在瞬间的辉煌之后走向了灭亡。北周武帝在占领邺城后首先宣布了废除佛教的政令,并责令僧人还俗,烧毁佛经,破坏寺院。鼓山石窟作为北齐的皇家寺院也遭遇到了严重的

毁坏，僧侣们也被遣散。曾经戒备森严的鼓山成为一片灰烬。

此时，那个工匠的孩子来到了鼓山，找到了父亲留给他的暗语，知道了石窟里的秘密。在一个月黑风高的夜晚，工匠的儿子爬上了山腰，按照父亲的密码，找到了那个隐秘的高欢陵穴，撬开墓穴洞门，将里面随葬的金银财宝洗劫一空，自此，永远消失在乱世之中。

到宋代，司马光在《资治通鉴》中这样记述："甲申，虚葬齐献武王于漳水之西，潜凿成安鼓山石窟佛顶之旁为穴，纳其柩而塞之，杀其群匠。及齐之亡也，一匠之子知之，发石取金而逃。"

此后的上千年间，高欢陵穴成为一个神秘的传说，没有人知道那个隐秘的陵穴在哪里，也没有人知道高欢是不是真的埋葬到了这里。直到二十世纪初期，两个日本人乘坐着雇来的小马车悄悄来到鼓山之腰，一座被废弃千年的古刹才重新引起了国内外考古专家的注意。

北齐雕塑艺术的宝库

扒开荒草，进入石窟，水野清一和长广敏雄露出了惊讶的神色。此前，他们已经对中国境内的几座大石窟进行过考察，洛阳的龙门石窟、山西的天龙山石窟、甘肃的麦积山、敦煌等等，从这些散落在中国北方地区的石窟艺术中，他们了解到，中国北朝的佛教造像艺术主要受印度外来文化的影响较多，从造像风格到凿窟样式，从造像题材到雕刻技法等，在一定程度上延续了犍陀罗和摩陀罗的佛教造像艺术，还没有进入中国化的进程。而响堂山的这些造像风格却使两个日本专家感到迷惑。

大佛洞是响堂山最大的一个洞窟，进深、面阔为十二米，高达十二点五米，石窟中间为一个直通窟顶的方柱，方柱的三面各开凿出一个大佛龛，龛内雕一佛二菩萨像，龛基上雕刻有中国传统的神王形象。在洞窟的四壁均匀地分布着十六个繁细富丽的塔形龛，塔形龛的下面采用物象外减地平浮雕的技法雕刻出天人、香炉等轮廓，类似剪影效果，也很像中国汉代墓葬中的画像石，而细部则采用壁画的形式画出人物的五官、服饰。佛像的雕刻技法也不同于其他石窟。在龙门、云冈等地，佛像的雕刻手法多采用平直刀法，而在响堂石窟中的佛像雕刻开始使用了圆刀技法，佛像、菩萨、弟子等造像趋于圆润，生动，传神。水野清一和长广敏雄很是惊讶，因为这种雕刻技法他们在其他石窟中没有见到过。

更令他们吃惊的是，在大佛洞中心方柱南侧的佛龛内，他们发现了一尊细腰斜躯、上身赤裸、下身着裙的具有女性风格特征，体态优美的菩萨像，虽然这尊菩萨像头部已经残缺,手臂也已残断,但其极具动态美感的身体曲线,加之极为写实的肌肤表现力,使这尊菩萨像充满了妩媚和迷人的神色。水野清一和长广敏雄端详着这尊菩萨像,眼前浮现出了断臂的维纳斯神像,而这尊像的问世要远远早于维纳斯。这种造像的风格在中国的唐代以后才出现,两位日本专家凝望着这尊菩萨像充满了迷惑:唐代风格的造像怎么会出现在北齐石窟里呢?在公元四世纪到五世纪的古代中国,在由一个北方少数民族建立起来的小王国,怎么会出现这样的神像呢?他们清楚地知道,此前,在中国大陆上出现的所有佛像的雕刻风格都是生硬、古板、线条粗犷的,而这尊婀娜多姿的神像显然不符合当时的审美条件和历史环境。莫非这尊神像是天外来物?莫非这尊菩萨像就是东方的维纳斯吗?

这个困惑了国内外学者数十年的迷惑直到二十世纪八十年代才被解开。有学者对大佛洞进行了详细的调查和研究,发现这尊菩萨像的雕刻年代正是北齐时期。这尊造像特征的出现,开启了隋唐造像细腰斜躯三道弯的先河,也引领了整个中国雕塑艺术的大改变,自此之后,中国的佛像雕刻开始生动起来,也开始有了汉式的风格和女性化的倾向。

抬头仰望高大的大佛洞,在洞窟的顶部,一排雕刻精美的小佛龛浮现在虚空中,佛龛内佛像端庄肃穆。水野和长广发现,其中一个佛龛与其他佛龛不同,佛龛内的佛像被盗凿,只留下一个黑黢黢的洞穴,由于太高他们无法进入考察。看来他们并不知道开凿这座石窟时发生的故事,也不知道高欢就葬在这里,更不知道在这里曾唱响过《敕勒川》的长调,至今苍茫的长调仍飘忽在山谷间。两个日本人也不知道在一千多年前,北齐灭亡之时,开凿这座石窟的工匠的儿子早已踏入过那个隐秘的洞穴,撬开石门,将金银财宝掠走,逃之夭夭。

最终,他们走出了大佛洞,完成了对大佛洞的考察,也与神秘的高欢陵穴擦肩而过。

从大佛洞出来,他们来到释迦洞,这是一座富丽堂皇的洞窟,洞窟为四柱三开间。窟门的雕刻极具华丽,变形为装饰图案的龙体从窟门两侧盘旋上升,至门顶端龙首昂扬,二龙相望。窟门甬道的墙壁上雕刻缠枝纹、联珠纹饰。窟门左右两侧还雕刻有两米多高的胁持菩萨像。在两开间内各有一个大佛龛,佛龛内雕刻手持法器的武士。门侧高大的石雕柱子底下卧着两只巨大的石狮子。石狮把门是中国的一大特色,具有镇安、辟邪等寓意。他们在中国行走,曾看到很多寺院、宅院、府邸等门前都摆设有石狮,而在释迦洞看到的石狮把门是他们所看到的中国较早的实例,尽管此前中国的汉代已经大量使用石狮,可作为建筑物门前的石狮却很难觅到。

释迦洞的洞窟结构和大佛洞比较相似，也是中心方柱式，不同的是中心方柱只有正面开一个大龛，龛内雕刻着一佛二弟子二菩萨五身像。在佛坛上，还有两只蹲踞的人猴。他们对释迦洞进行了记录和拍照，然后又来到了位于石窟寺院最南端的刻经洞。

刻经洞是北响堂山另一个重要的洞窟。其开凿的时间大概在北齐天统年间，也就是公元565年。洞窟外形明显流露出受印度犍陀罗风格的影响，呈现出一座覆钵塔的造型，而这种造型在早期佛教中是为了安葬佛祖释迦牟尼特意创造出来的，传到中国便成为一些高僧大德圆寂后的神圣象征。水野清一和长广敏雄在其他石窟的考察中，还没有见到过石窟和佛塔合为一体的先例，他们对北响堂石窟中出现的一系列新异的造像题材、造像风格、洞窟造型感到惊奇。他们不知道这种窟形的出现与高欢的那个陵葬有很大的关系，但不管怎么说，这种石窟造型到后来成为了中国石窟艺术的经典之作。

在刻经洞外，他们发现墙壁上刻满了文字，仔细辨认，原来这些大面积的文字全部是佛教经卷，有的是整本的佛经，有的是一部佛经的节选。

在石窟中镌刻佛经，也是佛教传入中国之后的独创。中国佛教刻经的发源地便是响堂山。公元568年，北齐晋昌郡开国公唐邕首次在响堂山开创了将经文镌刻在石壁上的先河。此后，这种做法影响到山东、河北以及北京房山云居寺等地，并历经一千多年的发展，形成了中国的刻经文化体系。刻经洞内外墙壁上雕刻的遒劲浑朴的文字，便是唐邕遗留下来的佛教刻经。迄今，在响堂山仍保留有数十部石刻经文，遍布洞窟内外、佛像上下。二十世纪末，中国社会科学院佛教刻经研究专家罗昭先生来到这里，看到这些遍布石窟内外的刻经，激动地说："这是中华第一刻经。"

水野和长广拿出随身携带的宣纸和墨汁，小心翼翼地将这些文字拓了下来，他们要带回日本仔细研究。此时，已经夕阳斜照，一天的劳顿使他们始终沉浸在惊诧和惊喜当中，不知夕阳已晚，也不觉身劳体累，巨大的发现，满袋子的收获，满足了那个被四海围困起来的小国对邻邦泱泱大国的文化侵略和占有的虚荣心理。回日本后不久，他们用日文出版了《响堂山石窟》一书，记录下了他们这次考察的收获。书中对北齐皇室贵族开凿的响堂山石窟寺进行了综合评述，确定了这是北齐这个仅有二十七年历史的短暂王朝遗留下来的最大的皇家石窟寺。寺院的建造与北齐皇帝高洋及其父亲高欢、哥哥高澄有密切关系，石窟中出现的奇异的造像、别致的塔形窟以及大面积的刻经对研究中国佛教史、中国雕塑史、中国佛经刊刻史，对研究北齐政治、经济、文化、宗教等都有重要的作用。该书的出版引起了学术界的注意，其后，北京大学、中国社会科学院等专家学者纷至沓来，一时间，本已没落在蒿草丛中的北

响堂石窟再次引起世人的瞩目。

水野清一和长广敏雄在考察中的遗漏,使大佛洞中遥遥在上的那个隐秘的陵穴也失去了被世人认知的机会。直到半个世纪后,我在偶然中发现了那个隐秘的洞穴。在捆绑连接在一起的三个梯子的颤微中,匍匐着爬到了窟顶,拿着手电,提心吊胆地钻了进去……

这个梦魇几乎伴随了我的多半生,而且看来它还会继续与我相伴下去。

直到现在,我在深夜独处的时候,还常常会想到我进入洞穴的瞬间感觉。后来,我一直在想,传说是不是历史? 历史算不算传说? 究竟是传说真实还是历史真实?

再后来,我便有了忏悔的感觉。我不应该打搅北齐皇朝的遗梦,而该让历史继续将它掩藏。往昔的人,曾经的事,情与爱,爱与恨,财富与名利,不过在挥手之间早已是日换星移,物是人非罢了,罢了。

我没有权力揭开北齐的梦幻,将北齐的虚幻暴晒在当今的烈日下,那将会是佛祖都无法饶恕的罪过。

李智红散文

【作者简介】

　　李智红，彝族，中国作家协会会员、中国散文学会会员、世界华文作家协会会员、大理自治州文联委员，现任云南省永平县文联主席，《博南山》文艺主编，大理自治州作家协会副主席，《读者》、《印象》杂志签约作家。1982年开始文学创作，作品曾在《民族文学》、《中华散文》、《散文》、《散文选刊》、《诗歌报月刊》、《人民日报》、《光明日报》等全国两千多家报刊发表；作品曾在美国、法国、日本、韩国、马来西亚、菲律宾、新加坡、澳大利亚以及中国台湾、香港、澳门等海外一百多家报刊发表；作品曾入选《中国散文大系·建国五十周年卷》《建国六十周年散文诗精选》《2001年中国诗歌精选》等百余种权威选本；作品曾获得过《中国文化报》散文奖，《民族文学》优秀作品奖，云南省第五、第六、第七届"花潮"文学奖，大理自治州首届优秀文学艺术作品政府奖，西双版纳州旅游宣传政府奖等各类奖项一百多个。散文集《布衣滇西》获云南省人民政府第五届文艺基金奖。著有诗集《永远的温柔》、散文集《布衣滇西》、随笔集《静夜煨茶》、散文诗集《云南高原的嗓门和手势》。

云南这边（系列散文）

一、情人过节的山谷

4 月 28 日，是普米人传统的"情人节"，也是我们"中国作家采风团"一行抵达云南省兰坪县开展采风活动的第二天。

一夜小雨，凌晨，整个兰坪县城依旧雾雨迷蒙。气温骤降，寒气袭人，如一尊大神般威严地守护着兰坪县城的雪帮山，一夜间落满了皑皑的白雪。浓雾聚散的间隙，我们可以清楚地看到雪帮山的顶峰，神圣，尊贵，清浅的白光，温润地闪烁，慈祥如祖母守望家园的眼眸。在县委会议室听取了县长李永平先生的县情介绍后，我们一行，便开始沿着一条河流的走向，向着通甸镇的罗古箐进发。

雨，依旧在落，小阵雨，停停下下，一时半会儿没有放晴的意思。

在通甸镇政府食堂用过简单的早饭之后，随着开道警车的引领，我们开始沿着一条黄泥土路向着罗古箐方向行进。原本坚硬平坦的路面，经过一夜雨水的浸泡，道路的表层被充分发酵，像铺了一层酥软的软馍，有车轮碾压而过，便带起大坨大坨的泥泞，这给行进中的车辆带来了意想不到的困难，车轮在忽左忽右地打滑，犹如进入一个新开的矿区。原来，抵达罗古箐并不是一件容易的事情。这让我突然联想到一位喜好探险的朋友说过的一句话：好风景，都需要历经艰难的跋涉，才能触摸或者分享。

道路，依旧泥泞，依旧险象环生。随着车辆的艰难前行，白杜鹃盛开的山冈，云南松聚集的山冈，冷杉林挺拔的山冈，红木树丛生的山冈，鸟鸣此起彼伏、青苔柔软葱翠的山冈……开始依次在我们的视野中出现。在攀爬过一座翠皮蛇般曲折迂回的山梁后，一条群山环抱的山箐呈现在我们眼前，这就是普米人的罗古箐，也是兰坪县最大最集中的普米族聚居村落。

罗古箐，从属于通甸镇的德胜村，距离兰坪县城有 56 公里的距离，是云南省近两年迅速发展起来的生态旅游风景区。当然，本地出版的画册中特别强调的这一点，对罗古箐，只是地理方位或风情旅游意义上的简单解读。于我而言，罗古箐的存在，更具有一种神秘的，传承于遥远古代的原始图腾意义，或者保存着诸多稀有民俗传统的一方乐土，甚或是一个只有在我们幸存的诗意和梦想中,才会偶尔呈现的、充满原生态物象的世外桃源。

27日深夜的细雨,绝对是罗古箐在这个初夏的第一场好雨。

我已经注意到,道路两旁散落着的干牛粪,被雨水发酵之后,又重新散发出新鲜的气息。松树、杉树、桦树、栎树混杂生长的山谷,坡地,经过雨水的冲洗,滋润,显得非常的苍翠,特别的碧绿。嫩枝挂满晶莹的雨珠,黄芽抹开湿滑的光泽。水水的是花朵,酥酥的是草色,油油的是青苔,溜溜的是树挂。感觉一切都是新的,新的风,新的雾,新的鸟语,新的泥巴,新得让人心尖发疼的视野里的事物。

泥泞的道路,继续顽强地向着罗古箐的更深处延伸。车窗外,许多人,汉族、藏族、白族、彝族、普米族,男女老少,全都穿着节日的盛装,正坚定地往前赶路,脸上,都洋溢着让人感动的好心情。我知道,和我一样,他们将去赶赴一场盛大的节日,一场属于普米人所独有,但却充满包容性,开放性,娱乐性,观赏性的,有上万人参与的情歌对唱盛会。我还知道,在初夏的第一场细雨中,作为一群怀有明显目的性的外地人,我们正在穿越属于他们的村庄和大地,即将进入他们世代歌咏爱情,酝酿爱情,创造爱情的现场。

道路一侧,出现了一条流淌着涓涓好水的溪流。帮我们驾车并同时充任向导的小杨告诉我,眼前的这条溪流,就是著名的"情人溪"。这些溪水是从哪一座大山或者峡谷的深处流淌而出的,我没有时间去作进一步的考证,但我感觉,她一定发乎于情,源之于爱,是万千情侣两腮垂落的、喜悦的泪珠集聚而成的溪流。溪流的两岸,是向上挺拔的山丘,是长满矮杜鹃的山坡,是用山竹或木棍围栅起来的,被精细地耕作过的地块。看得出,这些地块是罗古箐最柔软的部分,全是黑色的腐质土,在雨水的浸润下,显得无比松软,感觉随时会有黑色的油花渗出。在森林的边缘,散落着一个个就地取材,用木头建造出来的寨子。寨子的房屋,大多是我所熟悉的那种木楞房,在永平的广大山区,我以前就司空见惯。木楞房的墙体,用木楞横向呈"井"字形穿结而成,屋顶覆盖着基本规则的木板,普米人称之为"木瓦"。木瓦的边角,用大小不等的石头压住,以防大风掀落。屋顶的正中,安放着一块白色的大石,喻示着天神的在场,以庇护家宅的平安。这些用木头建造的房子,经过几年,十几年,几十年风风雨雨的侵蚀,裸露出清一色的黝黑,看不出它们的起源,是来自松树林还是栎树林,甚或红木树林。每个寨子,都由三五人家或八九住户很随意地聚集在一块组合而成,古朴,平实,几乎与房前屋后的森林融为一体。仿佛它们原本就是森林创造出来的,是森林另一种色谱另一种形态的呈现。或许,它们原本就是巨大的森林一个生动而结实的部分,看上去是人为的结果,而实际上是森林的几何形聚集。在临近罗古箐的中心地带时,我的眼前突然就出现了一片巨大的草甸,浅绿,宽广,朴素。如果我能够以一头牦牛的思想来判断,这绝对是一个值得留守的牧场。肥嫩的青草,正在朝气蓬勃地成长。如此水草丰沛的牧场,完全可以让一头并不强壮的公牛,在一个夏天,变得健壮而且伟岸,最终成为一头母牛,若干头母牛,甚至一大群母牛的理想配偶。当然,也可以让那些瘦弱的母牛,一头紧接着一头,变得膘肥体壮,并且性感十足。果然,我就看到了成群的牦牛,它们有如黑色松球般散落在草甸之间。这让我很容易地联想到了一个好词:悠闲。我感觉这个好词所要传达的意思,一定是牦牛群恬静而旁若无人地吃草的样子。

罗古箐,的确有些不同寻常。如果它有世外桃源的十分品相,那么,此时,我已经领略到了十之八九。

我深信,不是每个人都会有机缘来到罗古箐,切身地感受她的风采,她的淡定,她的与众不同,但是,这并不会阻碍你的想象以诗歌,以散文,以民谣,以荡漾春心,甚至以白日梦方式的抵达与切入,并最终完成一生中一次重要的精神漫游。

你完全可以想象:在群山的环抱中,森林,溪水,蓝天,白云,新鲜的空气,和煦的微风,温馨的阳光,浪漫的花朵……在这里融合,在这里生长。所有对广大生命富有营养的好东西,都能够在罗古箐触摸到,分享到,感受到,这是一件多么美好,多么奇妙的事情。

你完全可以想象:朴素的木楞房紧偎着森林的衣摆,被反复播种并且不断收获的地块围绕,簇拥,这无意间便很好地诠释了"诗意地栖居";鸟在天空中飞翔,在森林中飞翔,在村寨中飞翔,也在刚刚薅锄过的洋芋地的上空飞翔;牦牛、山羊、矮马、猪,所有被我们统称为家畜的动物,在盛开的杜鹃花丛中游弋,穿梭,耐心地寻找着野草的嫩芽,寻找着一只美味的虫子。所有的家畜,对美的理解,并非是花朵的艳丽或者芳香,而是这条山箐所能贡献的食物,水,一切可供果腹的,可口的东西。我们经常挂在嘴皮上的"和谐"这个词,包括它的含义,所指,注释,隐喻等等,在这里,完全是很现成的,真切,地道,纯粹,具体,随手可触。

穿越一片狭长的草甸,我们终于进入了"情人坝"。

在松枝、狮子草、杜鹃花搭建的迎宾门前,一群盛装的普米族少女,手捧盛满苏里玛酒的酒碗,正在等待着我们的到来,她们的脸上都满挂着笑容,像盛开的杜鹃花,无比灿烂。下车,循序而入,我们喝酒,她们唱歌,喝的是拦路的酒,唱的是迎宾的歌。酒干了,歌唱依旧在飞扬。可以肯定,这是我所听到过的最好听的酒歌,泉水一样清冽,干净得纤尘不染,比盛满在木碗中的美酒更让人沉醉。

穿过迎宾门，我们进入了一个不算辽阔的草甸，草甸自然地形成三个块面。第一个块面上，已经搭建起一座座五颜六色的帐篷，卖小吃，卖百货，卖玩具，卖烧烤，卖民族工艺品……感觉就是个小型的物资交流会。第二个块面上，是一座完全用木头建造的院落，上过清漆的垛木，没有阳光的照耀，一样闪闪发光。门楣高悬一巨额木匾：罗古箐酒店。在青山古树，绿水草甸的拱卫和烘托之下，这座美丽的木头院落，充满了一种神话般的色彩，我曾在安徒生的童话世界里，不止一次地见到过这样的木房子，居住仙女，菌子，花朵，精灵，羽毛华丽的小鸟，机智勇敢的兔子。当夜，我们将在此下榻，也如神仙童话般逍遥他一回。第三个块面，是罗古箐的核心，真正的"情人坝"。北边，情人溪荡气回肠；南边，情人花含苞待放；东边，情人树齐眉举案；西边，情人石相依相偎；中央，情人草低眉含羞，妩媚缠绵。可容纳上万人的情歌场上，早已人头攒动，人声鼎沸。有上百支的赛歌队，分东南西北依次站立，把赛歌场圈围成了一个巨大的圆。他们来自不同的村庄，不同的民族，甚至不同的支系，不同的家支。他们都穿着本民族自古代传下来的服饰，鲜艳，简洁，比花朵美丽，比蝴蝶轻盈，比太阳绚丽，比白鹇鸡华美。咄咄逼人的色彩，洒脱飘逸的衣袂，把女人的俊美，装饰得花枝招展。镶满银饰的佩刀，洒满英气的披风，把男人的强悍，体现得淋漓尽致。这是他们自己的节日，在每年的这一天，他们都将倾诉爱情，歌唱爱情，赞美爱情，张扬爱情。赛歌开始，整个山谷片刻便被欢呼，雀跃，歌声，舞步所充盈。成双成对的男女青年，手拉手，肩挨肩，围着整个草场在歌唱，在舞蹈，在嬉闹，在追逐，春情荡漾，情意绵绵，心花随着山花怒放，恋曲随着心曲飞扬。快乐，幸福，甜蜜，喜悦，抑或哀怨，感伤。这是一场盛大的，轰轰烈烈的，气象万千的，爱的展示，爱的聚集，爱的宣泄，爱的演绎。大地在兴奋，空气在燃烧，一种类似于快感的情绪，在肆无忌惮地蔓延，吞噬，撩拨，开启。兴许是受到场内热烈气氛的严重感染，原本安之若素的作家朋友们再也待不住了，纷纷以自认为比较含蓄的方式，参与到其中。作为一群外地人，一群异族人，我们深知，只有在兰坪，只有在拥有巨大包容性的罗古箐，才有福分参与如此美好的节日，领略爱的万种风情，千般甜美。

当夜，微雨，在烧着木柴，煨着开水的火炉前，时任兰坪县旅游局局长的杨世鲜先生，向我们讲起了普米人的起源。居住在罗古箐的普米人，来自古代一个漫游大地的羌人部落，发源地是青海的江河之源。在普米人为死者杀羊批路的《指路经》中，明确指示了死者归宗途中的站口、路线，意在把死者的灵魂，引领到北方普米人的发祥之地。《指路经》中还特别提到：罗古箐有三条河，一条清水、一条白水、一条黑水；相伴有三条路，要走中间白色的路，这是一条白羊毛铺成的路，这条路回到普米人祖先居住的北方……穿插于整个

《指路经》中的景物、地貌，其描写大多与实地相符。罗古箐普米人的真正缘起，我已经无法考据，但可以肯定的是，这个历尽迁徙的部落，最终在罗古箐停留了下来，他们种植并守护这片土地，现在我所看到并驻足的这片森林，这片草甸，这片群山怀抱，河流纵横的黑土地，属于他们。他们有完全的权利选择悲伤或者歌唱，缅怀祖先的迁徙与抵达，歌咏山川的永恒，生命的艰辛。

居住在罗古箐的普米人一直坚信：山川、草木、人畜等，都有灵魂。一直坚信：神依旧居住在他们的周围，居住在罗古箐的大地上。山神居住在深山里。树神居住在古树上。龙神居住在龙潭里。厩神与马、牛、羊、猪居住在一起。火神居住在灶台正中央。而爱神，则居住在情人坝的森林里，山谷中，岩洞内。男爱神雄健伟岸，女爱神美丽温柔，他们共同守护着罗古箐普米人的爱情，尽心尽力，孜孜不倦，即使地老天荒，爱情也决不会老去。

二、一条名叫沘江的河流

沘江在云南省怒江州兰坪县境内的流淌，并不波澜壮阔，也不惊心动魄。奔腾，浩荡，滔滔，轰鸣这些与一条伟大河流有关的词汇，并不适用于沘江，甚至与沘江毫无关联。在滇西一带，沘江的存在十分寻常，她甚至有些不起眼，潮汛有涨有落，河水时清时浑。尤其是在经济相对发达的金顶地界，她更加显得无足轻重。

但是，这又是一条实实在在的，极其重要的河流。

说她重要，是因为她不但是中国西部最著名的三条河流之一——澜沧江的一级支流，它还是生活在兰坪境内的二十多万普米人，拉玛人，白族人，彝族人，还有藏族人，汉族人的母亲河。

我对这条河流最初的了解，缘于河流下游一座并不著名的电站。这座二十世纪七十年代末期兴建的，以这条河流的名字命名的小型电站，曾经用它并不强劲的电能，让我在一个名叫永平的小县城，大部分的夜晚都有昏黄的灯光照耀。因为我所生活的小城，正好离这条河流的下游不远。一座名叫大栗树的，上半截属永平所辖，下半截为云龙治下的，山地中种满核桃树，山坡上种满生态茶的村庄，与河流相依相偎，沉静而古朴。

我一直认为，沘江在兰坪县境内的流淌，始终充满一种诗意的浪漫。尽管截至目前，也还有许多的外地人，不知道有这样一条美丽的河流存在，但沘江并不是为了让人知道她的存在才发源，才流淌，才不舍昼夜。她的存在，是兰坪这片大地的选择，是澜沧江的选择，而且是唯一正确的选择。她是大自然为了恩泽这片土地而创造的，是上苍对这片土地的惠赐与垂顾。两岸的土地,因为她的浇灌而富庶。五色的花朵,因为她滋润而芬芳。伟大的澜沧江,因为她的投奔而更加壮阔浩瀚,源远流长。

沘江的发源地,是一座名叫羊路山的,并不巍峨但却布满翠绿的谷地。在兰坪,像这样的翠绿谷地,数不胜数,多得像普米人放牧的羊群。它们翡翠一样地分布在这块大地上。或生长冷杉。或生长苦竹。或生长云南松。或生长山杜鹃。或生长麻栗、水冬瓜、野核桃。间或也生长滇金丝猴、水鹿、野猪、岩羊、麂子、狗熊、白鹇、山鸡以及飞鼠、翠蛇、挂蜂、蓝蚂蚁等稀缺少见的大小动物。丰富的生命类别,组成了大地的植被、画面、线条、各种美丽的色块,壮观的局部,犹如印象派大师的画布。同时,也造就了老君山的生物群落的丰富性,多样性。就是这些谷地的存在,使兰坪这块特产铅锌,矿产开发如火如荼的土地,依旧保存着蓝色的天空,白色的云朵,和煦的清风,新鲜的空气。就是这些谷地的存在,使我们这些对工业社会充满敌意的环保主义者,对矿坑密布,厂房林立的兰坪,依旧保持着好感,满怀着尊重。至少,在保护生态,规避污染,自然和谐这些关乎科学发展,可持续发展的重要环节,兰坪人还是清醒的。

沘江能否算是一条江呢?我以为,不算,至少在她到达白石镇的金鸡桥之前,不能算。在兰坪境内,她还在缓慢地成长,江是她义无反顾奔向的目标,是她最终的归宿。即使进入云龙县境,她也不过仅仅只具备了一条江的雏形。但无论旅途如何艰辛,无论流程如何曲折,江,她终将抵达。那是一条真正的江,一条来自青藏高原最高处的,伟大的江。在兰坪的西部,这条名叫"澜沧"的大江,由北向南,昼夜流淌,像一头沉郁的狮子,让人敬畏。

在兰坪,沘江不过就是一条小溪,一条有着小小落差的,缓慢而活泼的小溪。她所流经的地方,除了中国最大的铅锌矿矿顶,多是一些浅显的山谷,一些朴素的村庄,一些或丰腴或瘦弱的土地,一些或平坦或凸凹的田野。偶尔会有一朵云,或者两朵云,有时还会是三朵云,很多朵云,倒映在沘江的河汊里,坝潭中,然后又漫无目的地变幻或者消失,天空中弥漫着一种拉斐尔式的光辉,掩盖了那种深邃到骨子里的湛蓝。倒映在河水中的云彩,有着难以比拟的形态感和体积感。这些变幻的云朵,让这条河显得无比深邃,相当邈远。遇到雪帮山冰消雪化的季节,她也会掀动起一些不大不小的波澜,乳白,像舞蹈或歌唱着的珍珠。但更多的时候,她的流淌是温顺的,平和的。我曾在初夏,在一个阳光灿烂的正午,看到过这条河的另一幅景象:她的水流被阳光普照着,远远的,一条白练,蠕动在城镇与田野之间,像精心镶嵌在山川与大地上的一道白银。

初夏的沘江,清流潺潺,水面的波光琐碎而无序。有一些青苔正在清流中梳理绿色的长发。有一些水生物正在快乐地成长。有一些芊小的芦苇正在静悄悄地发芽。有一些无名的水草在河滩上鲜嫩。沿着长满芨芨草的堤坝，往下游行走，我就贴近了沘江的身体。没有风的时候，我几乎能听见她的絮语，水波轻巧地喧哗，浪花明媚地涌动。堤岸与河水之间，是丰茂的水草。那些密集的水草，相互交叠，显示出一种葱郁的缠绵。堤岸两边，除了小镇，村庄，还有大片地块，红壤，种满杂交包谷，覆盖着地膜，一垄紧挨一垄，阳光下，白光耀眼。成林，成片的果树，吊挂着密集的青果，与一些房屋挤挤挨挨地布排在一起。浓绿，淡绿，青绿，间或白的墙，青的瓦，褐色的木房子，形成许多或明或暗，明暗交织的，饱满的色块。在大画家塞尚的作品中，我曾见到过如此风格的景象，明亮与阴暗相互重叠，让人心情舒畅，然后青花瓷般沉着。

沘江的岸边，除了水马桑、羊勒树、野蔷薇，偶尔也会有垂柳随意而散漫地站立，婀娜，缥缈。有风吹动垂柳的头发，便感觉有嫩绿的音符跌落，溅落在清冽的水面上，这些美丽的音律，只有生长在沘江河中的那些小小的水木耳能够倾听，只有幸福地歇息在柳荫深处的拉磨虫，黄豆雀能够倾听，只有一根水草细小的脉搏能够倾听。

沘江有许多藏而不露的支流，人们多叫她们小溪，但我更喜欢把她们叫做山泉。这些数不胜数的山泉，蠕动在森林里，在灌木丛中，在石头缝里，甚至是在草根枯叶之下。细小。甜美。绵长。点燃松枝，用古铜壶烧开，可以冲泡出最好喝的兰坪绿茶。

在沘江河畔的金凤梨园山庄，我还体会到了这条河的特殊味道。香醇。甘美。隐忍。内敛。被山泉滋养着的山庄，种满大片的凤梨，枝柯交错，青果累垂。果树的空隙，是盛开的蔷薇，是爆开的牡丹，是洒满阳光的木房子，是爬满紫藤的青竹篱。两只黄鹂歇脚歌唱的李子树。一只松鼠每天悠然漫步的橡树林。浓荫。鸟语。鎏翠。绯红。空气清新。和风拂煦。我们坐在阴凉的，果树的浓荫下喝茶。嗑瓜子。聊天。听金顶镇的党政领导介绍发展情况。我以为，这的确是一个怡然，清爽，很好闲的地方。这一天的午饭，是金顶镇政府做东，就安排在山庄的一所木房子里。山庄的菜，很好吃，都是平时难得吃到的特色菜。有蕨菜炖腊猪脚。有收藏了两年的腊火腿。有山药清炖土鸡。更有树花、树头菜、蘑菇、杜鹃等野菜。这些生长在罗古箐，富和山大森林中的野菜，走了很远的路，依然保持着森林鲜嫩、清新、甘醇的气息。还有一道很特别的汤菜，是用山泉、精肉丝、白牡丹花瓣汆的汤。李时珍的《本草纲目》里，曾有"赤花者利，白花者补"的记载，山庄的厨师以白牡丹花瓣汆汤待客，明显看重的是"白花者补"的功效。我曾听说过，牡丹花的功效，是

活血养阴,益气润燥。也听说过用牡丹花做菜的,什么牡丹熘鱼片,牡丹炖里脊,牡丹爆鸡丁等等,但亲口品尝牡丹菜肴,这倒还是第一次。

上述种种,都让兰坪的沘江,看上去显得非常丰富,非常瓷实。作为一条即使在滇西也并不怎么著名的河流,沘江不能承载太多的历史和人文的负荷,但作为兰坪县境内一条重要的河流,她的存在,她的流淌,她的宁静与沉着,她的丰腴与明快,都是一种美,一种纯粹的,朴素而厚实的美。大美无形,但大美亦有形,水之美、山之美、诗意之美,一如沘江之美,若隐若现。

三、魅力大理

1

在亚洲文化的十字路口,在茶马古道与南方丝绸古道的交汇之地,在彩云之南一片最为湛蓝的天空之下,坐落着一块风花雪月四绝四胜,山光水色千古明媚的热土,它有着游侠的旷达,旅人的坚韧,隐士的散淡,智者的内敛,歌者的豪迈,舞者的飘逸,诗人的浪漫,少女的靓丽……

雄峻而不乏纤巧的青山,看护着她美丽的家园;纯净而不失深邃的碧水,浇灌着她五彩的梦幻;厚重而不吝宽容的历史,丰富着她悠远沧桑的岁月。

她,就是大理,一个人一生不能不到的地方!

2

对历史而言,大理是一坛酿制在时光深处的,醇厚芳香的老酒;对世界而言,大理是东方的"瑞士",是中国的"剑桥";对世居于此的大理人而言,大理是放养梦想的芳草地,是播种爱情的伊甸园;对浪迹四方的旅行者而言,大理则是寄托生命行李的"驿站",是安放漂泊灵魂的"寓所",是栖息人生情愫的"港湾"。

事实上,自唐王朝贞观二十三年,细奴逻在以大理为中心的这片土地上建立大蒙政权开始,大理便以她独有的政治气象,成为中国历史上一个举足轻重的章节。

此外,大理还凭借着它美轮美奂的山水造化,迅速成为全世界所心往神向的风情之都、山水之都、休闲之都、魅力之都。"大理好风光,世界共分享",浓墨重彩的自然景观,厚重丰富的人文精神,根深叶茂的文化底蕴,浪漫诗意的民族风情,成就了大理的风采,大理的气质,大理的涵养,大理的魅力。

3

这是一块有灵魂的热土,所有与这块土地相关的历史,文化,传统,风俗,抑或爱恨情仇,就像是苍山之麓的松柏抑或洱海之滨的水草,始终坚韧不拔地"活着",活在每一片树叶间,活在每一块碑铭里,活在每一个神话中,活在每一块石头上,活在田野阡陌的小径,活在幽深曲折的古巷,活在龙头三弦永不衰老的咏唱里,活在古城永不风化的记忆中。

如果你是一个远来的旅人,当你突然感觉像是已经走入了一个亦真亦幻的梦境时,那么,你已置身在风花雪月的大理,置身在西南览胜无双地的苍山洱海之间,置身在《天龙八部》的故地,置身在《五朵金花》的家乡。

大理是诚信的,走进大理,你就走进了她和她的风花雪月,她会用最富有灵性的下关风,上关花,苍山雪,洱海月,来充盈你生命的记忆,丰富你人生的背囊。开放爽朗的下关风,是大理永不凝固的热忱;四时不败的上关花,是大理青春常驻的红颜;终年不化的苍山雪,是大理圣洁高雅的魂魄;冰清玉洁的洱海月,是大理恬静温馨的情怀。

4

天地间有大美而无言,大理的苍山正是一座无言的,大美的山。他伟岸,他谦逊,他阔大,他宽容,他坚忍不拔,他平和深沉,他是一个民族灵魂的高度,生命的高度,梦想的高度,爱与恨的高度。他有形的海拔,却彪炳了无言的矗立。他既是大理人的山,是白族人的山,更是中国的山,世界的山。他是数万年,数十万年自然奇迹的缔造者和见证者,是一部永远没有终结的神话,是一组大气淋漓的水墨绝笔。

十九座伟岸的山峰,是十九座白州的华表,是十九颗昂奋的头颅,是十九柄希望的圣剑……长风凛冽,天地浩气,英雄洗马,王者会盟,"玉带云"百里出岫,"望夫云"静待郎归……无言的苍山,见证了多少历史的恢弘与精彩,演绎了多少人间的爱恨与情仇。

十八条纤毫毕现的清溪,是十八根生命的琴弦,是十八条灵魂的契约,也是十八个相思的胭脂扣,爱情的红丝结。大理,正因为有了十八溪,也才有了《五朵金花》那般荡气回肠的经典爱情,也才有了"望夫云"那般悲情千古的神话传说。

在大理,每一个用苍山的云朵擦拭过行囊,用十八溪的流水洗涮风尘的旅人,都有可能走进一个地老天荒的传奇,走进一段爱情的千古绝唱,走进《小河淌水》的旋律,并且成为其中一个灵动的音符。

5

　　如果说苍山是大理的魂魄，那么，洱海就该是大理的情怀。

　　洱海是苍山的海，是白族的海，是大理的海，是生命之海，是爱情之海，是艺术之海，是梦想之海。

　　洱海是温柔的，是那种丝绸般的温柔，琴瑟般的温柔，音乐般的温柔，诗歌般的温柔，水墨画般的温柔，好女子般的温柔。

　　洱海是博大的，因为博大而润泽苍生，因为博大而化育万物，因为博大而成就了大理坝子的肥沃与富庶，因为博大而造化了大理风光的灵秀与妩媚。

　　洱海又是平和的，平和得谦逊，平和得隐忍，平和得深邃，平和得恒久，如佛，如禅，如大理人平和的生活。她那处变不惊、优游闲适的禀性，与大理人达成了一种心灵上永恒的同构，养育了大理地区独特的人文精神。

　　无论是谁，只要能够读懂洱海，便读懂了大理，读懂了这方热土的那份气量，那份质朴，那份性情，那份内敛的大有与真如。

6

　　天底下并不是每个地方都有"灵骨"的，但大理例外。大理的灵骨，便是随处可见的古塔。

　　在众多的古塔中，三塔是最具有代表性的，堪称是塔中的魁首。三座古塔成品字形耸立，浑然一体而又各具气象，雄浑挺拔而又隐忍静穆，非一般古塔能够比肩。

　　在大理，三塔并不仅仅只是一个"永镇山川"的寄托，一个弘扬佛法的道具，它还是大理的徽章，大理的"华表"，大理的标志，大理的象征。

　　三塔所承载的，是大理的历史，是大理的文化，是大理的气度，是大理的辉煌。它历练千古，阅尽沧桑，经百代风雨而巍然屹立，浴千秋烟霞而心无旁骛。

　　每一个走近三塔的人，只要你把心扉打开，便能倾听到一种天籁般的，历史的回声，岁月的绝响。倘若你能够把心"沉"下去，那么，你便能够做到荣辱皆忘，大彻大悟。

7

　　喜洲，那是通往大理历史内核的时光隧道。

　　那里有着大理最古老的民居，最淳朴的风情，最悠久的历史，最厚重的文化。暗淡和沧桑，已经代替了流光溢彩的往昔，剩下的，便是一种内在的深沉,一种坚韧的魂魄。那些古色古香的老房子,已经超越了普通房子的意义,成为解读大理文化的一张底片,考据大理历史的一条线索。

与其他地方的民居相比,大理的白族民居,特别是喜洲的白族民居,更趋向于一种淳朴之美,一种飘逸之美,一种隐忍之美。喜洲的民居,一色的白墙青瓦,一色的斗拱飞檐,一色的画栋雕梁……那是一种我极少见识过的"雅"。不是大雅,不是小雅,也不是古雅,而是一种充满着醇厚的经典气息的"儒雅"。

在北京的故宫和颐和园,我曾见识过京派的雕刻技艺,流光溢彩,气势恢弘,以量、色取胜。喜洲的民居雕刻,则追求的是一种奇巧、一种别致、一种浪漫的田园气息。其精妙之处,是要通过些许的时日,才能玩味出些不一样的意趣来的。

喜洲的民居,是悠久而深厚的白族历史文化的一面"镜子",是生活在苍山洱海间的白族人民伦理学、民俗学、建筑学的历史缩影,是人类最为亲近的一种背景文化,是凝固于时间之河的多重性艺术。

兴许,只有在大理这种充满着人与自然的和谐融会,充满着田园牧歌的诗意与文献名邦的古雅的地方,才能够缔造出如此唯美的民居建筑。

8

大理的古城,不但凝聚了大理的灵气,也同样凝聚了大理的人气,生气,和气,秀气,书卷气,烟火气。

古城始建于明洪武年,城内街道为南北、东西走向,纵横交错,是典型的棋盘式布局。城内的房屋建筑,是清一色的青瓦屋面,墙壁多以鹅卵石垒砌,青苔累累,瓦草萋萋,显现出十二分的古朴与凝重。岁月的长河,静静地在大理古城的每一条石板街中流淌。在经历了悠悠岁月的沧桑风雨之后,大理古城尚能保存得如此完好,实是一个奇迹。

生活在大理古城中的人,深得这座小城得天独厚的灵气所滋养,所哺育,或擅诗文,或工丹青,或精音律,或通匠艺,几乎每个人都活得很充实,很滋润,活得清新脱俗,活得心平气顺,活得有板有眼,有滋有味。

在大理,几乎人人都有一门深藏不露的看家绝活。把白布做成五彩缤纷的扎染,把石头磨出惊世骇俗的花纹,把朽木点化成栩栩如生的木雕,把草芥编织成时尚新潮的工艺,就是最好的例证。生活在这么一座充满着灵性的城市中,什么奇迹都有可能发生,都在发生。

在大理古城,每一间老屋,每一角飞檐,每一条小巷,每一块石头,甚至每一朵茶花,都是一个传说,都是一个典故。世世代代的大理人,全都是生在一

个个故事中,死在一个个传说里。在他们的内心深处,都有一个属于他们自己的,永远的老家。正因为如此,大理人才如此痴情地眷恋着生于斯长于斯的这座小城,眷恋着这座小城中的每一条石板小巷。

大理永远是白族人的故乡,只要是白族人,不管他走了多远,看过多少地方的云,走过多少地方的桥,喝过多少地方的水,爱过多少地方的人,他们的根,依然在深深地盘绕着这座美丽的古城。有为数不少的大理人,始终不愿意离开这座古城,即便离开了,他们的根仍旧深埋在此。千年万年之后,他们的魂魄,依然会叠印在这座小城的石板街中,叠印在古城记忆的底片上。

9

在大理,需要走动的地方很多,需要饱览的名胜也很多,但有的地方,是需要坐下来,待着,方能感觉出其中那不一般的味道来的,比如说洋人街。

如果仅仅从街面的布局来看,大理的洋人街还真有些像是北京的三里屯。所不同的是,这条街的背景是雄峻而旖旎的苍山气象,是四围香稻的田园风光,与之匹配的,是家家流水,户户花香的民居院落。因而,这条名叫护国路的小街,更趋向于自然,趋向于淳朴,充满了一种田园牧歌的浪漫情调。

在洋人街上走动,你会感受到一种久违的温馨,一种静谧的祥和一种超然的散淡。

来自五湖四海的外国游客,都乐意在这里随心所欲地观光、闲聊、小憩。因为这里有天底下最缤纷的花草,最温馨的客栈,最诱人的美酒,最柔情的月光。这里有草编、有扎染、有木雕、有泥塑,甚至有水碓、有石磨、有最古老的铜匠铺和最新潮的互联网。这里有闲适的观光客,在漫无目的地溜达。

这里有疲惫的旅行者,在匆匆寻找一间清洗风尘的客栈。这里所呈现的,是一幅中国建筑与西方风情完美结合的风俗画。

在这里,或临轩听雨,或静夜煨茶,或品茗谈天,或吟风弄月,都可尽随人意。

在这条街上,你见不到步履匆忙的行人,听不到人声的鼎沸,物欲的喧哗。恬静,脱俗,质朴,闲适,格调优雅,闹中取静,你会因此陶然而醉,你会因此流连忘返,你也终于会明白:为什么连洋人也喜欢在这里"乐不思蜀",并把这里作为精神的家园,生命的驿站。

夜色笼罩之后,洋人街的味道也就出来了。

通常,那些酒吧、水吧抑或聊吧的灯光,都不太明亮,烛光摇曳,人影绰绰,圆月西倾,酒醉夜阑,如此美景良辰,相信每个人都能找到心灵的钥匙,扣开灵魂的家门。

10

大理的雨，也充满了情调，不经意间便从苍山之巅飘洒而来，细腻、透明，犹如白族少女手中刺绣的彩丝，灵动地飞舞着，绣出了石板街的空濛，绣出了戴望舒《雨巷》的意境，甚至将匆匆来去的过客，也给绣了进去，让人恍惚觉得会有什么东西顺着雨丝滑下来，滑进一首诗里，滑进一幅画中，滑进田野阡陌间的低吟浅唱。

有人，在烟雨迷蒙的田野上躬耕。有人，行走在回家的路上。有人，放牧着梦中的云朵。有人，追寻着诗意的家乡。也有人，正凭借着蝴蝶的翅膀，让心，在大理的天空下飞翔，在《五朵金花》的梦寐中飞翔，在《蝴蝶之梦》的迷幻中飞翔。

行走在这烟雨朦胧的城郭间，会有灵气扑面而来，会有醉意扑面而来。这个时候，你便是那个离心灵最近的人，离灵魂最近的人，离梦想中的天堂最近的人。

尽管这雨丝，这小巷，从来都不会记得有谁来过，又有谁又去了，但只要是来过的人，便永远也不会忘却这雨中的古城，这古城中的细雨以及被雨丝抑或情丝濡湿的石板路。

11

大理，就像是一张古老的唱片，只有用欣赏老唱片的心情，才能真正体会到它的古典，它的韵味，它永恒的魅力。

《五朵金花》的浪漫与传奇，依旧每天都在这方山水间衍生，让多少硬汉子，为此而儿女情长，英雄气短。《蝴蝶之梦》的梦幻与风情，依旧每天都在这块乐土上演。那些彩蝶般纷飞的舞姿，梦幻般的迷离色彩，不知又装点多少人的梦境，复活了多少人的沉睡的激情，并且让相当一部分人，脚下长根，再也回不了故乡。

12

我始终相信，不管是谁，总会在生命中某个重要的时段，把大理写进梦想，写进行程，并最终把身心全部交托给驶往大理的汽车、火车，或者飞机，然后一门心思走进大理，走进南诏古国，走进苍山洱海，走进风花雪月，走进蝴蝶之梦。

因为大理，是人一生不能不到的地方。

云水往事不会留影，风花雪月自然有情。大理，永远坚守的，是美，是爱，

是诗,是画,是温馨,是激情,是永不更改的忠贞与守望,就等着所有外面的人,来爱,来疼,来陶醉,来感动。

四、从永平到永德

许多年前,当我第一次涉足永德那块到处都充满着一种古老文化气息的土地时,首先感受到的,便是一种难以言状的神秘。

我至今依然清楚地记得,为了响应冥冥中一种神性的召唤,前往永德采风的时间,是 1993 年 10 月。

那个时候,从永平通往永德的路,艰辛而又遥远。最短的捷径,是从永平搭乘开往德宏瑞丽的顺风车到保山,再转车到施甸,然后,乘坐从施甸发往永德的班车,穿姚关、越旧城、过湾甸、翻小勐统,再沿一条逼仄的弹石公路,颠簸上大半天,才能抵达。

这是一条荒僻的,充满变数的神秘之旅,很容易让人联想到某个充满传奇性的古老部族;联想到遥远的古代那些义无反顾,满怀憧憬的,走"夷方"的商旅,贩砖茶的马帮,开银矿的劳工;联想到那些大屁股,大乳房的,壮硕的异族女人;联想到一个人一生中可遇而不可期求的,奇异的际遇。甚至还会让人联想到阴险的毒枭,老辣的警探,生命的禁忌,牺牲的仪典。

在施甸县一家充满着旧时光味道的招待所下榻了一晚后,第二天天麻麻亮,我便爬上了一辆破旧的大客车,向着永德方向进发。

那是一条路况极差的土路,破旧的汽车在破旧的路面上颠簸着,感觉所有的乘客,都像是一群诡异神秘的吉普赛人,正在向着未知的远方迁徙或旅行。

车子在黄泥土路上爬行了大半天,依然没有走出施甸地界。

沿路,我所看到的,多是一些光秃秃的,站满黑色石块的山坡。一些凌乱地分布在石块中间的,土红色的玉米地,地块中的玉米已经收了,只留下些半拉子的玉米秆,被早晨的微曦照耀着,闪动着让人舒坦的白光。有牛,有羊,有猪,在收获后的地块中游牧。我还看到了一些大同小异的寨子,散落在大地之上,散落在箐沟两畔。寨子的房屋和院落,大多是土坯垒成的土墙,青瓦屋面,也有用茅草或者竹片建盖的竹楼。一只或者两只,甚至好几只红冠子的公鸡,或站在豁口的土墙上,或蹲在晾晒黄豆的木架上,正扯长了脖子,在喔喔地打鸣。有看家的黄狗在追撵一只猫,或对着所有陌生的过路人狂吠。路经的每个寨子,大多都被苍翠的龙竹掩映着,龙竹下嬉戏着羊羔,猪仔,鸡雏,还有光着屁股正在打闹的孩子。

　　当客车开始在一座大山的半腰穿行时,我看见云在河谷中飞,我们在云上走,我的座位正好靠窗,透过车窗往外一看,外面都是让人胆战心惊的悬崖,就像是被人用锋利的斧子胡乱地劈过,我老是担心翻车,我坚信如果我们的车子不慎翻下深谷,保准连骨渣子都不会剩下多少。紧张,惶恐,惊怵,便心悬悬地紧盯着开车的司机,可司机就像个没事人一样,一边随意地打着手中的方向盘,一边不停地跟身边坐着的一个长得跟白骨精一样的女子在"冲壳子",我推测,狗日的跑这条路,看来已经不是一回两回了。

　　路,依旧在向前延伸。有冷硬的风不断地吹来,飞扬起漫天的尘土。尘土的颜色,随着道路所穿越的那些大地的土色而不断地在变换。红的尘土,黄的尘土,褐的尘土,甚至是五种以上颜色混杂的尘土。我们在尘土中穿行,就像是在穿越一个新开的矿区。每个乘客的浑身上下,全都是土土的,活像是一群运送矿石的民工。

　　车过旧城的勐波罗河之后,道路两边出现了大片的甘蔗林。沿路的风物也开始逐渐有了变化,一些亚热带特有的植物开始陆续在视野中一闪而过。一些很俊秀的树,很雄伟的山,也陆续开始在眼前呈现。特别是在过了昌宁县下辖的一个叫小勐统的古镇,正式进入永德县地界之后,眼前开始出现大片的芒果林,大块的菠萝地以及长满凤尾竹、芭蕉、柠檬、牛肚子果的,一些很陌生,也很特别的寨子。但更多的,依旧是大片的甘蔗地,好像有几万亩的样子。辽阔,恢弘,看不到尽头。甘蔗的叶片已经枯黄,被燥热的风吹着,发出窸窸窣窣的声响。甘蔗地头,有凤凰花在开,有清秀的龙竹在摇曳,有水冬瓜树,皂角树,番木瓜树在成片成林地生长,菠萝地连着甘蔗地,芒果林连着芭蕉林,被阳光照耀着,芒果吊青黄有度,芭蕉串青果累垂,菠萝的叶子在雾岚过滤后的阳光下,闪动着一种银灰色的光。偶尔,在芒果林中,在芭蕉林中,在甘蔗林中,在龙竹林中,会出现三五户人家,都是清一色的竹楼或者木楼,这样的场景,熟悉,亲切,曾在云南画家的许多作品中见过,只是没见到采菠萝,收甘蔗,砍芭蕉,摘芒果的,穿了筒裙的女子,心揪揪的想见,但终究没有见着。

　　车过永康时,我看到了白的云朵,淡的烟霭,在一些河谷中缭绕。那云朵的白,是那种很滋润的白,很滑溜的白,很惹眼的白,像温软的羊脂玉,像旷野中迎着太阳和春风盛开的野棉花。那烟霭的淡,是那种原始丝绸一样的淡,是那种深秋的火草花一样的淡,是那种不施粉黛的俏女子一样的淡,我少年时代曾经在老家的山谷中,反复看见过这样的淡,干净,剔透,带着包谷饭和苦荞花的清香。

　　在离永德县城已经不远的时候,我终于看到许多穿了不同花色,不同样式的民族服饰的女子,在甘蔗林中劳作,收割甘蔗。这是我最想见到的场景,是我在想象中反复创造过,描绘过的画面,色块,布局。那个时候,我的第一个感觉是,这些女子都像仙女,是来自天堂的女人。她们劳动的样子非常好看,摆着腰肢,撅着屁股,垂着奶子,挥着手臂,唱着歌谣。成片的甘蔗,在她们的身后有秩序地倒伏。空气中,已经能够闻到一种甜丝丝的味道。

我还看见了一些与我的家乡对比起来,很不一样的山,这些山全都很有力道地雄伟着,又很有耐性地延续着。山的形状很别致,多为柱形,像大地挺拔的男根。有山的呵护,便有了马鹿,有了豹子,有了孔雀,有了大瀑布。我还看到了一些很不一样的水,河水,溪水,泉水,都很随和地流淌着,又很缠绵地逶迤着。有水的滋养,便有了虎纹蛙,有了细鳞鱼,有了丰饶的土地,有了愉快的耕作,有了炊烟,寨子,紫米,男耕女织,以及茁壮成长的城市和乡村。

永德多云,不是乌云,是白云,尤其是在早晨时分,站在高处,能够看到满眼的白云,有如大海一般苍茫,浩瀚,炼乳样的凝固在那儿,纹丝不动。这些绵羊油一样奶白的云朵,在山与山的缝隙中堆积,在水与水的沟谷中凝聚,像一团团刚刚被棉花匠弹压过的棉絮。

不一样的山,不一样的水,不一样的云朵,构成了一个完全陌生的意境。那个时候,我便莫名其妙地产生过一个充满着魔幻意识的揣想。我揣想在永德这些山的深处,这些水的深处,这些白云的深处,这些长满了茶叶,芭蕉,芒果树,甘蔗林的大地块的深处,一定隐藏着许多恒久存在的,不为人知的秘境。那里遍布着许多古老的民族部落,保留着诡异的原始崇拜、原始信仰、原始图腾;那里的部落与大自然血脉相连,被众神恒久地看顾,他们能够通过一种神秘的仪式,与众神对话。能够经由灵魂的指引,抵达繁衍神祇的天堂或者收留亡魂的冥域。尤其是当我风尘仆仆地到达永德县的经济文化中心德党镇之后,突兀看见德党背面那座巍峨耸立,林海苍茫的大雪山时,更坚定了我的这一想法。

在永德,我待了整整一个半月,但是直到离开,我除了终于熟悉这座边陲小城的布排格局和一些非常表面的地理风情以外,除了终于了解到这里产茶,产好茶,这里产芒果,几十万亩,还给芒果过节,这里产糖,产质量上好的蔗糖等等之外,对那些大山深处所发生的一切,所隐藏的一切,依旧一无所知。但我知道,永德并不是一个寻常的地方,它一定隐藏着许多让外界刮目相看或大吃一惊的秘密。我还知道,我终究有一天,会重新回到永德,回到这个让我魂牵梦系,念念不忘的边陲重镇,去揭开那个秘密,那个对我这个外地人来说,同样充满引力和魅力的秘密。

五、太阳最早照到的地方

曾听过一首迪庆的藏族民歌,里面有这么两句:太阳最早照到的地方,是东方的建塘;人间最殊胜的地方,是奶汁河畔的建塘。藏语的"建塘",指的便是地处中国滇西北的香格里拉,翻译成汉语,便是"无比殊胜的宝地"的意思。

我供职的小县城位于"三江并流"的边缘地带,那是个比香格里拉还要偏僻的小地方,没有雪山,没有草甸,甚至没有青稞和牦牛。所以我对雪山为城,江河为池的香格里拉高原,始终怀有一种宗教般的敬畏。我一直是在以一个朝圣者的虔诚,仰视着这片高原,打量着这片高原。

因为,在香格里拉,我有煮好浓浓的酥油茶等我去喝的朋友。甚至还有一个崇拜着我的女子,她写诗,喝酒,像冰山上的雪莲一样孤独而冷艳。

1

我经由冥冥之中一种神性的召唤,慨然前往香格里拉时间,是 2006 年 5 月,那是个繁花争艳,红瘦绿肥的美好季节。虽然时序已经进入盛夏,但由于香格里拉的平均海拔在 3345 米以上,进入香格里拉地界,我们还是感觉到了一丝丝的寒冷。

据供职于迪庆自治州文联的好友介绍,当大江南北的大部分地区都进入炎夏之后,香格里拉高原才刚刚进入初春。这倒是不假,我们在前来香格里拉的路上,已经明显地觉察到了这一点。

当我们乘坐的中巴车,像一只笨拙的甲壳虫,摇摇晃晃地穿越过素有"长江第一湾"之誉的石鼓镇,跨过"长江第一桥",抵达石破天惊,怒水崩云的虎跳峡之后,我就意识到:我已经由盛夏又回到了初春。

随着公路曲折迂回的延伸,清澈得纤尘不染的冲江河迎面向我们奔腾而来。这是一条年轻而又狂躁的河流,它是一心一意地投奔金沙江而来的。它来自北部,来自那片神秘的高原,来自某一座雄峻而洁白的雪山抑或某一块广袤而碧绿的草原。它湍急的水流,在被峡谷挤压得只剩下瘦瘦一条的阳光照耀之下,很像是一根丝绸做成的鞭子,正在狠命地抽打着河两岸那些灰色的岩石,并且还不断地制造出一阵阵非常响亮的声音,就仿佛是有人在森林中突然锯倒了一棵大树。

沿着冲江河峡谷逶迤北上,越往前我们越感觉到一种盎然生机的不可抗拒。一座又一座伟大的山峰,披挂着笨重的绿色盔甲,不断地在我们面前展现。许多或古老或年轻的树木,都像是在跟谁较劲似的,一股脑儿地向上猛抽着新芽。油松、冷杉、雪松、红豆杉、山毛榉、西南桦……还有许多我不知道的大小树木,都在生猛地绿着或者青着,青绿中夹杂着黛绿,浓绿中渗透着淡绿。甚至连那石崖畔上的青苔,也酥油一般腻腻地绿着,仿佛只要哈上一口气,就会滑溜溜地化掉。

滔滔不绝的绿,不但占领了所有的山冈,而且盘踞了所有的峡谷。只空出河两岸少许的地方,留给杜鹃、山茶、古藤以及嶙峋的怪石。于是,那些高高矮矮的杜鹃,肥肥瘦瘦的山茶,都在紧紧地抓住这个难得的机遇,甩开膀子,非常火爆地怒放。整个冲江河峡谷,就像是一条被煅烧得恰到火候的钢板,在春天的捶击下,喷溅出五彩缤纷的火花,在那浓得化不开的绿色之中,烙烧出了一串串美丽而芳香的破洞。

深深浅浅,浓浓淡淡,雅雅俗俗的花香,伴随着湿润的微风,不断地灌进车窗,让我们都感到飘飘然,之后,又是昏昏然。我就是在这样一种毫无心理准备的兴奋和惶恐中,首先便遭遇了香格里拉这迟到的春天。

2

在客车刚刚爬到3200米高度的时候,我就深切地领会到了"辽阔"这个词的所有内涵。山,开始潮水般向着远方退去,铺排在我眼前的,是低矮的、插满经幡的山丘和大片的草原。打一个很俗的比方,这五月的香格里拉简直就是一块洋洋洒洒地铺展开来的巨幅锦绣。不论是四围的山丘还是脚下的草原,到处都有花朵在开放。红的,黄的,绿的,紫的,所有颜色的花都在开放。浓的,淡的,香的,臭的,所有开放的花都在芬芳。尤其是那些种类繁多的杜鹃,到处都在开着。山坡上开着,草甸上开着,干沟边开着,尼玛堆上也开着。每一树每一枝都开得那么热烈、那么粗犷、那么随心所欲、那么咄咄逼人。不过,我在香格里拉的山丘草原间所看到的杜鹃,比在冲江河峡谷中见到的杜鹃,树形要矮小得多。全都高不盈尺,矮不敌寸,像匍匐在地表上的一堆堆火把。在挤挤攘攘的杜鹃花丛中,间杂着大报春、金盏花、绿绒蒿以及许许多多我至今尚叫不出名字的各种野花。五月的"香格里拉"有了这些花朵们的帮衬,层次更加分明,内涵更加丰富。

头顶上的天空,贼蓝。仿佛是被众神之手精心擦拭过的玻璃。在插满经幡的山丘之上,几团白得发亮的云朵,一动不动的凝固在那儿,像是被精心修饰过的舞台布景。远方,雄伟地耸立着一排排被羊脂般的白雪包裹着的雪山。北面,是素有"香格里拉第一峰"盛誉的巴拉更宗雪山。东面,是雄奇秀丽的浪都雪山和天宝雪山。更远处,是白马雪山和梅里雪山。在玻璃一样透明的阳光的照耀下,这些雄伟的雪山,全都闪烁着一种玉石般耀眼的白光。

梅里雪山是一座有必要作进一步交代的,非常著名的雪山。梅里雪山是它的学名,乳名叫太子雪山。它冰峰耸峙,雄峻而孤傲,仅海拔在六七千米以上的冰峰,就有十三座之多,是藏传佛教的朝觐圣地,被誉为是"太子十三峰"。那高高耸立在十三峰之上的,是主峰卡格博峰,海拔 6740 米,名列藏区八大神山之首。

这是一座灵息吹拂的神山,冷酷而神秘,像一个古老的禁忌。它拒绝征服,拒绝亲近,虽然它的海拔远远低于珠穆朗玛,但至今没有任何中外探险家或旅行家,登上过它的顶峰。对于那些贸然的闯入者,它所能赐予的,除了失踪,就是死亡。

在地毯一样一直铺张到地平线尽头的草原之上,有着大群黑铁般壮实的牦牛、云朵一样洁白的藏羊、山风一样敏捷的驮马,悠闲地咀嚼着嫩草。青稞地里,被一冬的瑞雪滋润过的青稞,正使劲地向上抽拔着葱绿的嫩叶。地头间,高高的青稞架犹如一柄柄豪迈的木剑,直指蓝得让人刻骨铭心的天空。几只白腹雪鸦在刚刚薅锄过的青稞地里,旁若无人地跳跃、觅食。一座座结实的藏家楼房,大多依山逐势而建,清一色的白墙、红窗、平瓦盖顶,远远望去,像一座座坚不可摧的碉楼。

坐落在一片开阔地上的香格里拉县城,是我所见到过的,最简朴最谦卑的县城。说它是城,却没有半点城的气度和架势。其实,它不过就是一个普普通通的高原小镇,质朴、简单、松散。像一幅潦草的素描,像一个简短的小品。小镇的大多数建筑,都援引了藏式建筑的风格,结实、低矮、封闭。漫步在小镇的街头,你完全感觉不到城市的那种扰攘和喧嚣,更没有那种冷漠而又拥挤的大厦高楼,阻断你与天空和大地的联系。在香格里拉,所有关于城市的概念,都被废止,都被淡出。这里没有肯德基,没有汉堡包,没有自选商场,甚至没有一家像样的影剧院。但这里有酥油茶、有哈达、有雪莲、有虫草、有青稞酒、有藏红花,还有天空中飞翔的雄鹰和马背上飞翔的卓玛。

3

香格里拉有一个极其重要的湖泊,叫纳帕海,翻译成汉语的意思是"森林背后的湖"。

纳帕海离香格里拉县城很近,七八公里的路程,从县城向西北方向进发,翻过一座山,再转过一个弯,就到。

说是海,但我们去的时候,海已经成了一个广袤的大草甸。它的三面环山,平坦得像是一块硕大的英国毛毯。有奶子河、纳曲河等十余条河流,弯弯曲曲地流过周边那些乳房一样丰满地隆起的山丘和油画一样浓墨重彩的草

原,为纳帕海送来生机,送来给养,送来新鲜的血液永恒的希望。

奶子河是纳帕海的中枢神经,它来自松赞林寺拔地而起的那座山丘,来自一片祥光普照的妙香佛土。这是一条可以使用美丽来形容来表述的河流,河道中流淌的,是毕生也难得一见的好水,清洁、透明、甘润。在大片丰肥的草地上,奶子河留下了许多非常经典的曲折和迂回。这些曲折和迂回,是奶子河谱写的诗歌,它比任何一首人为的诗歌都要含蓄,都要唯美。阳光下,奶子河常常会氤氲起一层乳白的雾气,像轻纱,像烟岚。远远地望去,浓绿中蠕动着一条优雅的白线,果然与母亲们甘美的乳汁具有匹配的形色。几千年来,奶子河就在用自己的乳汁,喂养着纳帕海,喂养着广袤的草地与雄峻的高原,使它们永远保持着活力,年轻,以及经久的生命。

据说,纳帕海在夏末秋初大量积水的时候,湖面可达上千公顷。有了水,便会有斑头雁、黄鸭、仙鹤等名目繁多的水禽,从某个地方飞来,花朵一样落满整个沼泽整个湖泊。这个时候的纳帕海,碧波万顷,水天一色。熙熙攘攘的水禽们,都会不约而同地来到这里,在此集会,在此散步,在此歌唱,在此舞蹈,在此谈情说爱,生儿育女。黑颈鹤也会如期归来,这些高贵的鸟儿,这些备受宠幸的鸟儿,会像黑玫瑰一样,在草甸上开放,在沼泽中开放,在碧波上开放,在山丘上开放。如果雄鹰是这片雪域高原的魂魄,那黑颈鹤就是这片雪域高原的精灵。可惜,我们来的实在不是时候,虽然草甸上也有许多的水禽在活动,但黑颈鹤们还没有归来,没能看到这些黑脖子的精灵,那优美舞蹈。

到冬春的枯水季节,纳帕海的积水,会从西侧的九个落水洞中,经地下的暗河流入金沙江。辽阔的湖面消逝了,万顷的碧波隐退了,这个时候的纳帕海,也就变成了沼泽,变成了草甸。那些裸露的湖底,便会长满绿草,开满鲜花,走满马匹和牦牛。

在一块开满金盏花的草皮上,我们全都席地而坐,并且像水草一样地安静下来。有人在看草色深处的牦牛,有人在看天空翱翔的苍鹰,有人在研究一朵云的变幻,有人在阅读一个牧人的背影。我则在静静地注视着海的西面那高高耸立的辛雅拉雪山,我从未如此贴近地注视过一座巍峨的雪山。它是那么清晰,那么临近。它又是那么的高傲,那么的尊严。白雪皑皑的山峰,在阳光的映照下,像水晶一样剔透。让我联想到了神的居所,联想到了天堂的建筑。

远处,被雪山看护着的森林和草甸,也像我一样安静。偶尔有一朵白云飘过,天地间便多了一条吉祥的哈达。

4

每一个抵达香格里拉的人,无论你是观光旅游,还是考察采风,噶丹松赞林寺都是一个无法回避的去处。

它就坐落在小城北面5公里左右的山峦上,巍峨、寂静、恢弘、森严。

该寺的建造历史不算悠久,是大清康熙年间由康熙皇帝钦赐五世达赖喇嘛罗桑嘉措亲自督造。公元1681年,该寺落成之后,五世达赖便赐名"噶丹松赞林"。寺名之前冠上"噶丹",一方面表示松赞林与黄教始祖宗喀巴亲自建造的噶丹寺一脉相承;另一方面,也表示这是西藏噶丹政权的派出机构,是周围藏区的权力中心,为云南藏传佛教之首。

首先,它给我的第一个感觉并不是寺院,而是一座古老的城堡。巍峨的红色的殿宇,坚固的黄土的城墙,碉堡一样沿着山峁梯级布排的僧房,再加上身着红袍的僧侣们幻象一般闪动在各个隐秘角落的身影,营造出了一种神秘而森然的气氛。

我之所以感觉它像一个古老的城堡,还有另外一个原因,就是它的建筑规模非常的庞大。全寺占地五百余亩,由十二座主要建筑和五百多座僧舍组成,完全是一座城池的架势。四周还构筑有坚固厚实城垣,设有扎雅、独克、东旺、龙巴、鲁古五道城门。它的整个外形,与西藏的布达拉宫非常酷似,所以还有人把它誉为是"小布达拉宫"。每天的清晨、中午、黄昏几个时段,寺内钟楼会击鼓报时,响亮的钟声,可以传达到十里之外。

松赞林寺的核心建筑,是雄踞于整个建筑群落最高点的扎仓和吉康两座大殿。大殿内可供一千六百多人打坐诵经,是整座寺院最主要的佛事场所。两座大殿的建筑格局,都沿用了四层以上的藏式碉房建筑,屋顶使用镀金铜瓦覆盖,屋脊上安放着巨大的经幢。寺内哈达满挂,灯火长明,经幢飞转,香气氤氲,佛龛上供奉着从释迦牟尼到历代达赖、班禅的塑像。最令人惊讶的,是连毛泽东主席的画像,也位列其中。

希尔顿曾在他的小说中这样写道:香格里拉寺院是一个令人赞绝的大寺庙。仅穿堂过室走过几所庭院,就用了一个下午的时间,显示出高雅、朴实、无可挑剔的艺术趣味以及那种恬静美好的气势。里面存放着许多精致的宋瓷以及上面描绘着虚无缥缈的水墨画的,上千年的漆器……希尔顿的这段话,无疑是松赞林寺最真实的写照。

松赞林寺给我的第二个感觉,是它不单纯只是一个普通的宗教场所,它还是这块土地窖藏得很深的历史,是更迭的岁月不断堆积不断沉淀的文化,是中甸高原最厚重最结实也最经得起检索的部分。要读懂它,很难。要深入

到它的核心,更难。

5

酒桌上,一位长得老豹子一样粗野的诗人,酒气熏天地对我说:碧……碧塔海,那……那可是美……美人的酒窝,醉……醉得死人。

酒醉心明白,他算是说了句真话。

我知道,这个美人的酒窝,就隐藏在香格里拉县城东部 25 公里的崇山峻岭中,啜风饮露。

我还知道,碧塔海的藏语原名是碧塔措,"碧"是栎树的意思,"塔"是下部的意思,"碧塔措"的含义就是"栎树下的湖"。

为了让碧塔海之行多些情趣,迪庆自治州文联的朋友早早便准备好了两只猪腿一头山羊,说是中午的伙食,就在碧塔海边自助烧烤。这是个富有创意的策划,在海拔 3600 多米的高度,就着"美人的酒窝",大块地吃肉,大口地喝酒,大声地唱歌,大胆地调情,的确是件非常浪漫的事情。

八点刚到,我们便开始向着碧塔海进发。我们走的是一条土路,一条先前用来砍伐森林,运输木料的土路。一路上,不断有大片的青稞和燕麦,向着相反的方向起伏。不断有插满经幡的山峦和赶着牦牛的牧人,从我们的车窗外闪过。

在一条河流的尽头,我们停了车,然后,又骑上早就等候在那儿的高原矮马,继续向着一座山冈进发。

美丽的碧塔海,就居住在山冈的后面。

据说,每到初春时节,湖边的杜鹃竞相怒放,落花满湖,碧塔海便被酿成了一湖天然的"美酒"!湖里的鱼儿"喝"了这美酒,便会沉醉,便会晕头涨脑地飘游到岸边,形成"杜鹃醉鱼"的奇观。这时,山林中的棕熊就成了最幸福的"渔夫",它会悠然自得地坐在岸边,随意地捕捞着这些送到嘴边的美食,尽情地消受。偶然到此的牧人,也可以在湖边的小溪中,安放一个竹篮,然后用木棍把鱼驱赶进竹篮。只要带了盐巴,湖边有的是现成的野葱和野菜,燃一堆篝火,煮一锅鱼汤。此情此景,该是多么的惬意。

驮路的沿途,有灌木,有小溪,有草地,有青苔斑驳的木桥。路两边则站立着许多爷爷一般挂满胡须的大树,依偎着大片浓密的竹林,开放着处女一样文静的大叶杜鹃。一个童话般的意境,徐徐地向我们打开了它的扉页。

突然就那么一瞬间,那湖,便闪现在了我们的眼前。

它被葱绿的森林环抱着,被丰茂的草甸包围着,被瓦蓝的天空倒映着,被干净的阳光普照着。

它真的非常的美，美得像一个梦境，一个幻象。不但美，还充满了矜持，充满了宁静，充满了圣洁。哪怕只是在湖边小坐片刻，也会被这眼前的美，挤对得喘不过气来。

我无法用一个准确的词汇，来形容它的美，也无法用某种色彩，来表达它的美。纳帕海的美，是一种让人感到亲和，感到贴近，感到温馨和柔软的美。而碧塔海的美，则是一种能够贯穿骨骼和灵魂的美，一种闪烁着圣彩神光的美。碧塔海的美，是一种卓尔不群的美，是一种无法言说的美。

碧塔海的美，是寂静之美、隐忍之美、清洁之美、虚怀之美……

一生中能与这样的美，有过一次短暂的邂逅，便是机缘，是造化。

6

曾有朋友著文说："香格里拉是个离天近，离地远的人间仙境，世外桃源。"我原先总有些不以为然。到香格里拉之后，才发觉这个说法其实并不夸张。香格里拉与西藏及川西北紧密相连，是云南高原群落中唯——块海拔最高，也最为开阔最为圣洁的雪域高地。只有到过香格里拉，并且被香格里拉美轮美奂的自然风光以及神秘殷富的人文景观陶醉过，感动过，惊讶过，捶打过，炙烤过，浸泡过的人，才不会去怀疑它就是詹姆斯·希尔顿小说中的人间天堂"香格里拉"。

六、县委后院

报社草创的时候，县委办把我们的办公地点分在了后院。

那是一间废弃多年的食堂，破旧、低矮、猥琐。我第一次像一个装模作样的评判者，无可奈何地站到它面前的时候，它正像石头一样的沉默着，黯淡地龟缩在后院的拐角。

在食堂倒闭之后的很长一段时间，这间原先用来安放灶台，安放案板，安放锅碗瓢盆和油盐酱醋的老房子，便一直闲置在后院的一个角落，像一个无所事事的老干部，独自在寂寞地咀嚼着早已逝去的荣光。

我心情复杂地向它走去，推两扇砖头一般厚实的木门，然后，把自己和一个橱柜、两张书桌、三个沙发，按照某种既定的秩序，安放在了老房子的腹腔深处。有很长一段时间，我都在想，把一间先前用来做饭炒菜的食堂，分配给我们用来办报，一定是冥冥中一种宿命的安排。仔细想想，两种完全不同的行当，其实有着非常相似的规律和内涵。食堂之所以最终倒闭，完全是因为做菜的厨师技艺不精，不能调和众人的口味。报社也就是另一种形式的食堂,编辑也就等于做厨,要做到领导满意、群众满意、自己满意,其实并不简单。

老房子的后面,是一块窄窄的空地。先前只是用来开开野花,长长野草。后来有人把它开挖了出来,就变成了菜园。我猜测这位开挖空地的人,一定来自某个偏僻的乡村。他把热爱劳动的美德,带进了大院,带进了这个很多人只会指使别人劳动的大院。尽管他长势良好的蔬菜,侵占了我工作之余用来消闲看书的草皮,但我还是表示了宽容。这是出于对一种传统的尊重,对一种美德的尊重。

草皮变成了蔬菜,我就把蔬菜当做风景来看。工作累了烦了,我就会去看看那些充满生气的蔬菜,那些水水地葱绿着的蒜苗、莴笋、茄子、芹菜……在正午的阳光下,这些充满活力的作物,往往会散发出一种非常好闻的气息,微风中会弥漫起菜花的清香。这种时候,我会不经意地推开后窗,让这些蔬菜的气息,像一只看不见的大手,从洞开的窗扉里伸进来,摸一摸我的桌椅,摸一摸我的稿纸,再摸一摸我的鼻孔和脸颊。

这位热爱劳动的人,除了把一墒一墒的菜畦,侍弄得绿肥红瘦,还在老房子的后墙根下,种上了一个枯瘦干瘪但依旧顽强地存活着的丝瓜。

丝瓜是我所见过的,唯一能够播种一次就可以收获好几个春秋的多年生藤本作物。到了冬季,当年的果实收获了,当年的藤蔓干枯了,它埋伏在泥土深处的根茎,就会悄悄地开始孕育一个善良的阴谋,它会在一种难以觉察的状态下,偷偷地汲取大地的养分,偷偷地积蓄生命的力量,等待着来年的初春,好萌发出更加粗壮的新芽。

果然,在春天的第一场透雨之后,这颗枯瘦干瘪的丝瓜,在吸纳了足够的水分和养分之后,竟然像个怀孕的少妇,慢慢地饱满了起来。过了三五天的光景,便爆出了一枚非常强壮的新芽,并且像一根绿色的火苗,不停地直往上蹿。一个多月之后,它柔嫩但却充满着力量的藤蔓,已经沿着墙壁爬到了我的头顶。然后,便隔着布满烟尘的木材和瓦片,在我的头顶上悄无声息地开花、结果。不出三个月,我头顶上那些长满青苔和小草的瓦沟,已经睡满了一群大小不等的丝瓜。那个热爱劳动的人,常常会乘我下班不在的时候,像个隐蔽的侠客,悄悄爬上老房子的屋顶,尽情地收获他的劳动成果。那些腐朽的瓦片,便在他的脚下,咔嚓出许多大大小小的裂纹。他这么干的直接后果是,每到雨天的时候,整个幽暗潮湿的老屋,便会到处回响起有节奏的嘀嗒声。雨水会毫不客气地顺着那些大大小小的裂纹,钻进我的办公室,濡湿我的稿纸,濡湿我的桌椅,并在报社新买的窗帘布上,遗留下许多不规则的草黄色图案。这些图案,有的像某座山脉的轮廓,有的像某个国家的地图,但更像是某个尿床者或梦遗者制造出来的污迹。

　　这位劳动者为了经常收获他的丝瓜,有一次甚至还踩折了一根原本就已腐朽不堪的椽子,并在我办公室的屋顶上制造出了一个碗口大的"天窗"。天气晴和的时候,常常会有一缕细小的阳光,从"天窗"上走下来,蹲到我的桌子上,蹲到我的橱柜上,照亮我的铅笔、橡皮、红墨水、小剪刀以及堆满曲别针和来稿处理笺的文具盒。有一次我晚上在老房子里加班,遇上停电,屋子里瞬间一片漆黑,像堆满了乌鸦的尸体。突然,就有一缕月光不失时机地从"天窗"上溜了进来,在我敞开的文稿上,铺满水银一样晶莹的碎片。我抬起头来,透过"天窗",还惊讶地看到了一颗星星。在遥远的天幕上,这颗星星闪烁着幽暗而卑微的光芒,竟让我联想到了生命的上游那个名叫玲子的女孩在我远走他乡的早晨,隐隐约约闪动在她眼角上的泪光。

　　县委后院,我履历中的一段经过,我生命中的一个站点。它首先是一个通讯地址,我和常华敏先生创办出的第一份报纸,在四版的下脚,标注的便是县委后院。然后,它还是一个建筑方位,一个地理坐标。最后,它甚至还暗示了人生的某种等级,某种位置。事实上,从后院到前院,虽然不过就是一百多米的距离,但我却跋涉了整整三年。一切从后院开始,一切从那间破旧的老房子开始,然后向前,再向前。

　　感谢县委后院,它使我学会了很多生命中不可或缺的东西,学会了很多生存的本领做人的规范。它甚至还让我学会了一种走路的姿势,那就是跋涉,一步是一步的跋涉。凭着这种苦行僧般的跋涉,我从后院最终抵达了前院,并且中途没有懈怠没有停留。

七、山基土

　　建盖在小县城东部荷花小区的新居落成之后,我便开始张罗居家环境的绿化美化。

　　小院中的两个草池一个花台,还有二楼的休闲平台上的一个花坛,都还只是一个个水泥砖块支砌起来的,空洞而丑陋的"容器"。要想使空旷的小院花草芳菲生机盎然,首先得从某个地方弄些好土,把这些空洞的"容器"给填满。

　　先我一步盖了楼房的朋友建议,养花种草,最好用山基土,松散、滤水、肥力好、后劲足,花草栽种下去,不烧根,容易成活。

　　朋友还同时建议,要挖山基土,最好去城西的山坳,那里的山基土,土层厚实,酸碱性低,路程也近。

我说,就去西面的山坳里挖,而且星期天就去。

星期天,我果真到城郊一户种菜的朋友家里借来钉耙、撮箕一类的工具,又从农贸市场花200元钱雇来了两辆农用皮卡,便匆匆赶往西面的山坳。

山坳其实离城并不算远,充其量也就四公里左右的路程。我在供销社写社志那几年,经常与一位傈僳族山寨招聘来的业务员到山坳里去打猎。那些年山坳里树木不多,都是救军粮、黄刺果、披蓑衣树一类的小灌木,灌木林中隐藏着野鸡、野兔,还有穿山甲和乌梢蛇。我们每次进入山坳,都会小有收获,最不济也能捉条憨麻蛇回来炖鸡下酒。

这些年少有人再敢进山打猎,环境生态也有所好转,山坳里已经密密匝匝地长满了各种各样的树木。这些树木都非常年轻,充满了活力,都是最近五六年才成长起来的。

从我们家小楼的平台,每天都可以远远地望见这片山坳。从远处望见的山坳,很像是一块英国毛毯,被不知名的女主人很懒散地晾晒在小城的西部,绿生生的,一动不动。

山坳两边的坡地,从前不过是些光秃秃的坎子,不是说坎子不能长树,只是因为树都被小城人砍了当柴烧了。小城人不上万,但十多年间砍烧掉的树木,完全可以覆盖整个县城。许多原本可以长成参天大树,长成栋梁长成中流砥柱的树木,都在小城人锋利的斧头或者砍刀之下,化作了早晨或者傍晚的袅袅炊烟。化作了灶膛或者小石棉炉中的褐色灰烬,然后被当做垃圾,漫不经心地倒掉。

现在,小城人终于开始学着昆明人或下关人的样子,把造型酷似美国炸弹的液化气罐纷纷扛往家里。早晨或者傍晚,小城已经不再有炊烟升起,这应该算是一种进步,更应该是树们的福祉。

山坳里有了大树小树,就会有落叶纷飞,就会有树叶苔藓沤烂的山基土。

通往山坳的路,是一条狭窄的黄泥巴路。险要而狭窄的坳口,先前曾经开办有一个县林业局下属的苗圃,我们在县一中上学的时候,每年的植树节,都会由老师带着,来这里领取树苗,然后就到山坳里那些干得直冒火星的坎子上去栽种。栽下去的树,自然大多都没有成活,但苗圃培育出的那些干筋骨瘦的苗木,依旧每年都能销售一空。这种瞎子点灯白费蜡的植树活动,一直持续到我高中毕业。以至后来一接触到林业部门上报的造林数据,我就会不由自主地联想到"牛×"这个来自民间的形容词。联想到那些乱七八糟地散落在山坡上的,短命的树苗们干枯的尸体。

多年不曾进山,车子开到山口,才发现先前的苗圃其实早已更换了招牌,变成了一个天然林保护的哨卡。有四个据说是天保站值班人员的男女,身着跟人民警察一种颜色一种款式的制服,正围坐在一张小木桌上搓着麻将。每个人的面前,都十元二十元地散落着几张脏兮兮的毛票。看见我们进山,一个副组长模样的男人懒洋洋地抬起肿胀的眼皮,斜瞄了我们一眼,然后又一言不发地继续摆弄他手中的二饼和幺鸡。

看见几位守护山林的"门神",根本没有闲暇来顾及我们,我们自然识趣,赶快将车子开进了山坳。

山坳里的树林深处,果然到处都是由落叶和青苔沤烂的有机物。日积月累,有许多地方的腐殖层已经厚达一公尺以上。我们没费多少工夫,便装满了整整两个车厢。这些厚实而松软的有机物,就是我前面说过的山基土。

在凌乱而稠密的浓荫掩护下,落叶和青苔一层一层地堆积,然后又被岁月一层一层地腐化,再一层一层地沉淀,一层一层地凝聚,最终成为上好的泥土。随便抓一把在手中轻轻一捏,指缝中便会劲射出一股股黑色的"油花"。用如此的好土养花种草,是花草们莫大的福分。

确切地讲,山基土并不是真正的泥土,它们都是落叶的腐殖层,是绿色枝叶的另外一种形态,另外一种嬗变。它们从树枝上飘落,回到根部,回到最初出发的地方,然后腐烂,然后成为泥土,然后通过树的根须,再重新返回到树梢,成为新的枝叶。在如此的反复中,树一年年长高,并最终成为大树。这就是山基土的轮回之路,它们来自绿阴,通过蜕变成泥土的涅槃,再重生成绿阴。

我从山坳里拉回的山基土,如今正温暖地怀抱着一些大大小小的花草,冬眠在我为它们建造的"住宅"里,当2005年的春天,从滇西高原之外的某个地方旅行归来的时候,它们便会醒来,就会借助一场好雨的沉浸,重新成为花朵,成为绿阴,并且把春天永远地挽留在我的生活之中。

叁

石红许散文

【作者简介】

石红许，1967年5月出生，江西鄱阳人。中国作家协会会员，文学创作二级，上饶市文学院副院长（主编），《信江》文学杂志主编。著有散文集《青葱岁月》、《在城市流浪》、《回前湖咀》、《不要沉默在时间的长河》等。主编《2010中国散文大联展》等多部散文选。散文见诸《散文百家》、《散文选刊》、《散文世界》、《经典美文》、《青年文学家》等刊物，入选多种选本或排行榜（提名），被一些省市列入与高考相关的试卷。

黄沙道中永远的身影

古道、凉亭、溪桥……走在不规则的石板路上,沐浴冬日暖暖的阳光,我想起了八百多年前,辛弃疾老先生夜行黄沙道中,以一阕"西江月"将这条掩藏在赣东北乡野鲜为人知的古道光荣地载入了浩瀚宋词。面对江南山村美景,辛弃疾一路走来一路歌,千古绝唱《西江月·夜行黄沙道中》,从悠悠岁月里一直行走到今天,前行的脚步还在教科书里延续。

如今,随着铁路、公路、高速路的纵横驰骋,黄沙古道早已冷冷清清车马稀,充其量只是乡间的小路,质朴、宁静、逼仄,也有点破败,散落在两旁的民居却依然尽职尽责地承载繁衍生息的重任。在茅店社林边,那座石拱形溪桥仍在,布满了青藤,诉说着历史的沧桑。

在黄沙岭乡,我们面晤了乡党委林书记。他像曾经完成过某件大事一样终于等到了能够产生共鸣的人,说当年刚来乡里时,他特意选择了一个有月亮的晚上,去独自体验"明月别枝惊鹊……""稻花香里说丰年,听取蛙声一片"的韵味。一个人走过村庄,沿着蜿蜒的乡间小道,慢慢走向黄沙岭,驻足凉亭,镶嵌在阡陌田园间的村庄闪着稀稀落落的灯火伴星而眠,起起落落的蛙声是它发出的辛劳、甜美的鼾声,相映成一幅黄沙古道图。我羡慕林书记能有这份雅兴,把对辛弃疾老先生的崇敬化作身体力行,难怪走进乡政府大院内,有一张巨型喷绘形象广告赫然入目,上书《西江月·夜行黄沙道中》,把人一下子拉到宋词的氛围中……这样,便使得乡政府洋溢着浓郁的文化气息,令人流连忘返。而首先接待我们的是一位来自广丰的年轻女乡干部,她是"三支一扶"考进山里来的,已经一年时间了,看她很知足地忙前忙后,就知道她在这里生活得乐不思蜀了,陶醉于文化氛围里。我甚至生出无恶意的嫉妒,钦羡她拥有如此宁静的美好生活。

闲谈间,我半开玩笑半认真地说,林书记,假如有可能,我愿意来你们乡挂职一年半载,冲着你们是"夜行黄沙道中"的诞辰地而来的。林书记笑着说,好啊,表示热烈欢迎,你假如能倒背如流这首词,我马上请示上饶县委,但市里的手续则要你自己去办理。说笑归说笑,我还真动心了。能在辛弃疾为途次的地方工作一段时间,白天入村进户匆忙穿行在"稻花香里",晚上仰望"七八个星天外",躺在茅店社林边上的客栈里聆听叮当溪水或者两三点微雨,当是一次一辈子值得回味的人生经历。到那时,倘若有朋友来看我,我就带他们去走一走"黄沙古道",然后熟练地当着他们的面一边指点山水一边熟吟辛词,岂不叫人好生羡慕!

午饭后,乡里有位干部自告奋勇提议开车带路把我们一行送往原汁原味的古道上,途中经过茅店村时我们还停了下来,察看"路转溪桥忽见"的旧貌,那座古老的溪桥依然横卧在奔流不息的溪水上,一只大黄狗卧在桥上,见来人了,起身摇着稻穗一样粗壮、饱满的尾巴表示友好。乡村的日子像桥下的流水一样不紧不慢,几个颐养天年的老人则一脸安详地坐在桥畔晒太阳享受晚年的幸福,半睡半眯眼,有一句没一句地也谈谈谁家娶媳妇了、谁家又生了娃,这时,不知哪家的音箱不知高低强弱播放的流行歌曲像长了翅膀走村串户传得很远,时有年轻人骑电动车打手机穿行在古道上,古老与现代相交融,这里差强人意的商业气息居然也绵长不衰。恍然我惊喜地发现,乡政府内那张喷绘背景图案原来就是在这里取景的。可惜溪桥旁竖起了一幢幢钢筋水泥楼房,有一幢楼房还正在兴建,以至茅店很难看出中世纪中国乡村繁荣的旧貌了,秦砖、汉瓦、泥墙基本退出了视野,幸亏溪桥仍在。

复上车,我们来到离黄沙岭不远的大屋村,几个村干部模样的人接到乡里的电话早就候在路上迎接我们,显得很隆重,商议后,派出一个上了年岁的老人带路。老人是当地人,很是自豪地带我们踏上了真正的古道。他告诉我们,黄沙岭共有六七个凉亭,翻过莽莽山岭就是尊桥地界,离广信府(现在的上饶市)就不远了,老辈人都是从这条路上用脚丈量生计,肩挑手提到广信府求学、经商、办事的。兔子、野鸡、獐鹿经常出没其间,但不必心惊肉跳,它们是不伤人的。倘若遇上野猪和蛇倒要小心为好,村里人过黄沙岭一般都结伴而行,路上互相有个照应。我突然觉得,一个人夜行黄沙岭还是要点勇气的,总以为有一些未知的恐怖在暗处窥视,想象中那一道深不可测幽魂一样的蓝光不可避免会令人脊梁发寒,以至于还来不及感受落寞和孤单,却要考虑如何应对或许有来自后背的突袭。当然,猎猎西风中饮马黄河剑指黄龙的辛弃疾何惧区区黄沙岭,何况还有明月同行,蛙鼓伴奏,对酒当歌,意气风发。

那一段保存完好的黄沙古道夹在两座陡峭的大山中,是顺势在山腰上开辟出来的,就地取材铺上了石块,还算平整,中间横着一条峡谷,一边临渊,一边依山,有些险峻,给古道平添了几份神秘和苍凉。

沿途我看到有很多的野菊花生长在路边,蓬蓬勃勃地蔓延开来,田坝、山脚、溪畔,随处可见,像是举行一场盛大的菊花博览会。在一户农民家,我讨要了一个红色的塑料袋子,一路欣赏景色,一路顺手采摘菊花,看到我对菊花情有独钟,热心当导游的老乡和同来的老吴夫妇也不时帮着采撷一把,有了他们的参与,很快,我的塑料袋就装得有些规模了。

季节已经是初冬了，菊花仍一丛丛、一簇簇长着，虽然没有人侍弄，照样开得气势磅礴。黄色小花朵浩浩荡荡无边无际，它们一年一年地向四周扩张，似乎有野心有信心要把所有的山峦全部纳入势力范围。经过第一个凉亭时，我们坐下来歇息、拍照。再越过一个山弯，又有一个山梁，前头行走着一个匆忙的身影，我们加快脚步欲追上去问穿越黄沙岭究竟要几个小时，没想到转过一个山梁，前面的人影早已不见踪迹。许是他们走惯了山路，健步如走平地，气喘吁吁的我们选择了放弃，路边菊花的灿烂让我们暂时忘记了疲惫，采摘一把，闻一闻，又精神抖擞。站在黄沙岭，因为季节的原因，我遗憾没有见闻到辛弃疾笔下的阵阵稻花香，却幸运地感受到大片大片的菊花冲击视野，其实，这只是丰收用了两种不同的方式展现出来而已。假如辛弃疾是我这个时节经过黄沙岭，又会有怎样的词出来呢？我没有吟诗作词的才华，否则也来和辛词一首，但这远没有埋头采撷菊花来得现实，我的咽喉正需要菊花的滋润。

回到城里的家，我把在黄沙岭采摘的菊花晒了一筛子，三五个太阳下来，菊花就干了，摘叶拣枝，颗颗黄灿灿的，装了满满一小玻璃瓶，还送了一小包给与我一同去黄沙岭的老吴，没有他的提议并亲自驾车，还不知道什么时候我才能走上黄沙古道。冲杯开水一泡，香气就顺着茶杯袅袅升腾在室内氤氲开来，喝着香香的菊花，润润嗓子，手握一卷宋词，翻到那篇《夜行黄沙道中》大声朗读："明月别枝惊鹊，清风半夜鸣蝉。稻花香里说丰年，听取蛙声一片。七八个星天外，两三点雨山前。旧时茅店社林边，路转溪桥忽见。"倒是别有一番意味。

词中有动有静，动静相衬，明月、清风、稻花，惊鹊、鸣蝉、蛙声，星天、雨山、溪桥，还有那个坚毅、挺拔的稼轩先生，一幅幅山水 DV 画面徐徐展开，构成了一个声色兼备、动静咸宜的深幽意境。五十个字的才华被人传唱千年，还是此景，茅店依旧在，其人已去，词艺不朽。在崇拜中学习，在学习中感受，那是山乡宁静的月夜，有一个高洁、不屈的灵魂在漫步、沉思。真想再坐回当年的教室，去倾听语文老师是如何用三两节课时来讲述词的艺术价值、现实意义等。

我似乎看到一个熟悉的身影，衣袂飘飘走来，寄情山水，与青山明月相交游，他真的满足于江南的温柔，而将那报效祖国的金戈铁马放归南山了吗？推敲《夜行黄沙道中》，还真难看出端倪来，但透过在这条古道上写下的另外一篇《生查子·独游西岩》，大丈夫深藏不露的情怀在最后一句"夜夜入青溪，听读《离骚》来"才有所显山露水。是的，亦文亦武的辛弃疾至死也不会忘记收复失地的使命，他的血脉流淌着坚强的因子，骨子里从来就没有"懦弱"二字。

叩问黄沙岭，何处寻找夜行人？在那山脊上、在那稻花香里、在那茅店社林边，曾经走过一个有志难申、怀才不遇、忧国忧民的身影，又渐行渐远……

阳台上那一抹红

不速之客现身我家阳台上了，开始以为它们只是昙花一现，很快就会无疾而终。事实上，它们不但顽强地活了下来，而且还点缀了我平平常常的一段家居生活。

从六月中旬开始，几年不见动静被我丢弃在阳台上的一个漂亮的青花瓷器花钵居然冒出几株不起眼的小苗来，究竟是什么，我也没怎么放在心上，连乜斜它们时多停留一下的兴趣都没有，更别说耐心，任由它自生自灭，对养花种草我是绝对的外行，阳台上各色各样的花钵只有买来那阵子生机盎然，过了些日子，则以残枝败叶对我的园艺水平表示无声的抗议。

几天后，去阳台取晾晒的衣服，我却发现它们已经长得有模有样起来，覆盖了大半边花钵。凭着我在乡村中学教书那几年积累的些许种菜经验，决不会农盲到把小麦看成韭菜，一目了然是辣椒秧。这些不合时宜的小家伙还能有什么作为，显然没有兰花、太阳花或其他一些四季常绿植物等盆景那样让我青睐而受到特别的礼遇。此时，在乡野菜园里，一株株身强力壮的辣椒硕果累累与繁花满园交映成辉，且都已经采摘了好几茬。我估计是头年在阳台上晒干辣椒时遗落的少数辣椒籽，趁着梅雨季节悄无声息地从土里拱出来的。它们似乎看出了主人对它们的冷落，羞羞答答、挤挤搡搡地站立在花钵里，像是做错了事的学生在随时准备接受老师的批评。

突然，我对长在瓷钵的辣椒起了恻隐之心，决定像花农种花一样去善待它们。是生命，总是要千方百计展示自身绚丽的一面，哪怕是卑微的瞬间，哪怕错过了最佳的季节。

是啊，既然在黑暗中摸索了一年多终于破土而出了，就得好好侍弄它们。以后的日子，下班一回到家里，我就到阳台上去察看那些弱小的生命，居然高高低低长了有十几株辣椒秧。先让它们都留着，日后再优胜劣汰。我一边怜悯地思忖，一边拨弄着丑小鸭般的小苗。

辣椒的长势势不可当，索取不多，每天只需傍晚浇点水。考虑到它们好不容易生根发芽，怪艰难的，那天下班，我就从路边一个用板车摆花卉的老板那里买了一小包人家自制的肥料去喂养它们，也算为它们的千辛万苦追寻光明接风洗尘。

那段日子，松土、浇水、施肥、除虫……成了每天的必修课，用兢兢业业来形容我对辣椒的细心呵护一点也不为过，比如隔几天就换一下朝向，尽量公平地让辣椒的每一面都能享受到阳光、雨露的滋润。我只想让他们生长得更加茂盛些，别委屈了它们安家落户我的阳台上。花钵太小，辣椒有了三寸高就互相碍枝碍叶的，你不让我，我不让你，内耗阳光、养分，只能忍痛割爱淘汰，通过残酷的间苗，由最初的十几棵到七八棵、五棵、三棵，最后，我留下了两棵最壮实的辣椒，尽情地舒展着枝叶。它们成了我最后的希望，期待它们快快开花、结果，享受一个生命应有的阶段、历程，这是它们最起码的权利。

我想起当年在乡下种菜园的往事。应该是二十世纪九十年代初的那三年，学校在两里外的杨梅咀划拨给住校老师两三分地当菜园，我就将那爿梯形菜地分成了六个长方形小畦，春夏秋冬，各尽其用。主要是春天栽种些辣椒、茄子、蕹菜，绕地坝边再栽上两排黄瓜、芒瓜（就是丝瓜），留两边通风，还有一畦韭菜。热天一过，到了八月中下旬或九月初开学时，已经是秋天了，则要把还在积蓄力量开一茬花的辣椒、茄子不忍心拔掉，重新翻土、平整、打底肥，再栽种上青菜、莴苣、芥菜、瓢里菜，一般这个时候雨水少，天干旱，每天傍晚，就骑自行车带上手提水桶浇水，直到栽下去的菜秧亭亭玉立了，才能松一口气。往往这个时候，总会有一场秋雨会带来凉爽，也给菜园里栽下去不久的菜带来生命的甘露。然而，种菜时，我最不愿意、最累的事就是挑大粪，粪是到学校公共厕所里舀，但挑到两里外可就要我的命了，途中至少要歇五肩，才能到达菜园，更不要说遇上放学的学生，戴副近视眼镜的我还能假装斯文吗？此时，放下虚伪的面子和讲台上的尊严是对劳动的莫大敬重，也是说服自己的理由。望着一天天绿盈盈起来的菜，我的心总算感到一点欣慰。尤其是面对餐桌上丰富、可口的绿色菜肴，盘盘皆出自辛苦，也就有了几分成就感。随着我工作的三番五次变动，那爿菜园渐渐淡出了记忆。

感谢阳台上冒冒失失生长出的辣椒勾起了我的回忆。一如当年，每天早晨，我几乎都要骑上自行车到菜园地里去察看菜的长势，与露水、与白霜的对望凝视，在那时是小事一桩，而在现在看来，是奢侈的视角冲击，我没有信心在城市公路两边的花坛里找到那么透明的露水，还有那么晶莹的白霜。庆幸的是，阳台上的辣椒动摇了我那段时期睡懒觉的习惯，起床拨弄几下，似乎觉得心里踏实多了，那盆辣椒不经意的生长，促成我对绿色的接近，和对那段乡村种菜生活的怀念，原来我并没有忘记曾经的磨砺。

白露过了，秋分也来了，可瓷钵里的辣椒还是没动静，只知道疯长枝干和叶子，似乎打苞开花还是遥遥无期的等待。我觉得奇怪，心里为小小的生命的延续忧虑不已，找不出原因，辣椒依然绿油油、生机勃勃。难道真的要只求过程，不问收获？我不甘心。我因为怀念乡村的辣椒，反而不得要领，或许辣椒本应该在乡村,在大地上才能展露它生命的全部价值。辣椒以无心插柳的姿态出生在花钵里,难道是我有心栽花的热情害了它们吗?

就在我纳闷时,辣椒悄悄地展露出小小的花蕾来。一两天后,小小的白花完全舒展开来,呈六瓣或五瓣,也有七瓣,掩映在绿叶间,绿白相间,是那样的可爱。我愈加呵护它们,每天早晨起来数头天晚上开了几朵花。没想到,欢喜劲还没有降温,不祥的信号来自第一拨开出的花都谢了终不见果实。是否冥冥中阳台上的辣椒给了我某些暗示呢,我的人生收获难道也是这样的吗?蹲下来轻抚辣椒,面对现实的不公允,我暗暗地叹息。

过几天,又长出了一批花蕾,气温也开始回升。秋高气爽,下班了,我就围在辣椒旁,反复观察,发现有蝴蝶、蜜蜂闻香翩翩而至,我迅速放弃棉签受粉,起身躲进室内察看,任可爱的蝴蝶、蜜蜂盘旋在辣椒周身莺歌燕舞,不时从这个花朵吮吸到那个花朵。我暗自欣喜,辣椒们再也不会白到这个世界走一趟。

不知是人工授粉的功劳,还是蜂蝶的拈花惹草,总之,我的虔诚有了回报。那天,我发现小小辣椒花苞后面悄悄地探出了绿色的小脑袋了,只有小米粒那么点大。往后,就一天一天地猛长,或许辣椒也在努力怕再错过难得的好天气。我跃进室内来回奔走相告,实际只有妻子一名听众。辣椒的数量每天都在增加、长大、长壮实,我好高兴,直到大的有拇指粗了,而且有十几个了,我体会到成功的愉悦、丰收的快慰。一天,妻子烧鱼,突然喊忘记买辣椒等作料,准备对阳台上的辣椒动手,被我呵斥住:不行,那辣椒不是用来吃的,我要看着它们慢慢成熟、变紫、变红,然后欣赏满树挂着红彤彤的辣椒,像一个个可爱的红灯笼。虽然那餐鱼吃起来少了辣味,但是我为自己能坚持守住来之不易的辣椒而喜悦。

辣椒由绿变红有一个过程,经过深绿透红、紫红等渐变阶段,会在哪一夜突然不声不响亮鲜鲜地红起来。那段日子,在家的生活显得很充实而又充满着向往,每天回到家,我首先就是去阳台上欣赏那一抹红彤彤的辣椒,像一团火,在阳台上冉冉燃烧。直到入九寒冬腊月天,辣椒像个飘摇的老房子漏风漏雨,它的叶子由青变黄最后干枯一片一片凋零,我才将辣椒一个一个小心地摘下,再用尼龙线串起来,数一数,却也有五十三个,红红火火的,挂至阳台上,好看极了,成为我家颇有意义的一道风景。它不仅是对生命的尊重,也是对劳动的尊重。

凡事不可以强求,心切未必能成功。阳台上那瓷钵里的辣椒用虽然历程短暂但同样起起伏伏的一生,最后化作了一串红,给了我许多有益的人生启示。如今,每天早出晚归,回到家,看看阳台上又是空空如也的花钵,再望望那串红辣椒,我总会沉思其中。

寻找突围

偶尔回到老家的村里，不经意就会接受虔诚的刨根问底，究竟当了个什么官？赚了多少钱？其实，回去的派头最能说明问题，是坐班车再走路回家，还是坐小车回家的，一目了然。根在乡村的人，不管是打工的还是吃国编的（现在分化成公务员、事业编、国企人员），都想体体面面回故里的那个家。

记得当年在县城时，我的一个乡下朋友受聘于县里某令人羡慕的单位抄抄写写，薪水微薄，然而村里人却很羡慕他，教育孩子都以他为榜样，他家住得很偏僻，离县城至少有一百五十公里的坎坷路，他又不想坐那一天只有一趟的班车回家，逢年过节就上街租辆面包车回家。司机的驾驶室挡风玻璃前挂了"出租车"的牌子招徕生意，他却取下了那块牌子，利索地从包里拿出自己早就制作好的牌子摆上去，上书"单位专用车"，看着他高大发福的身姿，慢慢缩成坐垫的姿势，我并没有揶揄他，觉得他为了回家的尊严，在用一种东西掩饰内心的脆弱。我佩服他在我面前的真实、坦荡，这样的人往往能够成为朋友。有时回家，我何尝不想像那位朋友一样，风风光光，但我不会像他那样做，还是老老实实选择混合各种气味的班车。这样显然削弱了我在村里人心中的形象。

曾经也混迹于市委党校科干班，那段日子，有人问我最近在忙什么，我总是把声音提高得很虚伪，中气十足地回答："在市委党校科干班学习。"似乎我与副处已是咫尺了，其实又不是二三十年前，进党校就意味着提拔，现在许多行业都有任务，党校同样有培训指标，与提拔是毫不相干的事情。

而每次回家，谈论最多的话题就是谁提拔了，谁赚了大钱，谁名利双收……相比之下，我无颜汇报更无话可说，年年如故，千军万马里只配穿"勇"字甲，单位小科长，充其量就一个类似九品的芝麻点大官。

连年迈的父亲，每次回家唠叨最多的就是当官、赚钱话题，看到他由期待到失望、叹息的神情，离家时饱含期望的叮咛，我感到自己特别不争气，以至于我有些厌倦回家。但是，在孝顺的指挥棒下，我还得硬着头皮回家，哪怕耳膜接受老茧的亲吻。他看过一些关于修家谱的要求，《古今人物卷》编纂方案规定当代入选人物为正、副县（处）级、团级以上。为了满足他的望子成龙心理，我就告诉他我有了副高资格，与县处级别相当，他就像孩子一样显得高兴。而我的眼睛像进了沙子一样，揉一揉，微微泛潮。

我能怪人家的世俗吗？我能怪人的劣根性吗？我从内心千百次诅咒封建残余，又能改变什么吗？

人以类聚，物以群分。是的，本来是平起平坐的同窗、同事、战友，因为其中某人提拔成为干部了，似乎他就和朝夕相处，或情同手足的同窗、同事、战友对立起来了，大多数人就自觉地和他保持距离，他也觉得自己成了孤家寡人，越是提升，朋友就越来越少了。高处不胜寒哪！

原先，我在这方面特弱智，牢记心中的"苟富贵，无相忘"让我无辜地单纯了许多年，总是依然如故地同地位升迁了的人称兄道弟，可人家不乐意了，拉着一张政治脸。有了多次的交往失败教训，我总算明白了人与人之间的潜规则。后来，我在这方面就显得很自觉。玩的圈子里，只要谁提拔了，我就把祝贺转化为敬而远之，自觉地和他划清界限，自觉地疏远，不去讨人嫌。他的人生坐标点移位了，视野扩大了，你根本不能设身处地站在人家的角度考虑问题，我等"安知鸿鹄志"。万一遇上一个注重以官为本的人，你的热情必将换来一盆冷水，何必自讨没趣呢？况且身边小人得志的例子已经屡见不鲜了，那种不可一世的样子，令人作呕，何必重蹈覆辙呢？甘心做个"燕雀"又有什么不好呢？多少表面繁华的背后上演着无数肮脏的交易，"前腐后继"的案例举不胜举，我常常惊诧这样的官场传说，《国画》的描述实在是九牛一毛。

令人感到诡异的是，这样俗不可耐的人屡见不鲜。一次举办全市旅游文学创作座谈会，是我张罗的，从省里请了一位杂志的主编来进行文学辅导，同时还邀请了市文艺界的一位行政人员参加。她居然没头没脑地问我，主编是什么级别，好对等接待。我白了她一眼，扔了一句话回去："中国作家协会会员，国家级。"感觉良好的人啊，每天活在行政级别上沾沾自喜，后来闻听些许这位干部在仕途并非空穴来风的闲言碎语，我从内心可怜她致命的失败。在报社当副刊编辑时，一位退休多年的国有企业老人，已过古稀之年，偶有文章见诸报端，晚年生活算是有所乐、有所为了，但是，见面他每次都要强调自己当年是"正科"干部，其实，他与我这个小编交往，是不是"正科"真的不重要，想请他原谅我没把科长当干部。

有则在餐桌上听来的荤段子，颇具讽刺意味。一副处级官员去娱乐场所，见一三陪女长得十分妖艳妩媚，于是晓之以理，惑之以利，很快就给搞到床上了。事后，该女问官员的身份，答曰："按级别论，我也是个副处，但活得很窝囊，没有实权啊。"该女像是找到知音似的，颇有感触地说："看来我俩身份相当。我没有结婚，名义上也应该是个处女，可是你看我是干这活儿的，至多也就是个副处吧，同是天涯沦落人。"

现在地方上，许多办公室（厅）都编有一本《领导干部手册》之类的电话号码本，能进电话本的人，都是有头有面的人物，乡科、县处、地厅级……以上的才能入编，虽然上面大都有一句"仅供内部工作联络用，不作其他参考"，但是多少人倾其毕生之力，挖空心思钻研，想在《领导干部手册》中露脸。那种努力，不亚于争上各行各业岁末年首发布的光荣榜、排行榜。那种成功后的喜悦，不亚于范进中举。"物竞天择，适者生存"在此是另一种表现形式，和平盛世，何为成功？官本位思想已经根深蒂固，行政级别成为衡量是否成功的唯一标准，这种思想的抬头是文明进程的倒退。就拿平时请客吃饭来说，坐主座者不是官最大的，就是埋单者，倘若其他人不懂得这个游戏规则，就要被人偷偷耻笑，甚至当面奚落。《容斋随笔》里也谈到过这个问题，洪迈同一帮朝廷重臣出席欢送宴席，主客薛季益职位最下，宴会主持请其客位就坐，薛说："常时固自有次第，奈何今日不然？"坚持不肯。担任史官的洪迈更逊，居最末座，默不作声，大家正在为敏感的主座而谦让时，最后一举推荐足智多谋的洪迈出面说话，才学过人的洪迈以"斯须之敬"典故缓解了僵持的局面，遂就席。繁缛的礼节、森严的等级在封建社会尤为彰显，演绎得一丝不苟，以致如今仍然阴魂不散。

　　总觉得，一个人在单位，若能遇上一个开明贤达、知人善用的领导，当是人生中一件幸福的事情。倘若遇上一个心胸狭隘、自私自利，甚至有点变态的家伙滥竽充数领导岗位，则会痛苦无比，放眼渺茫，唯有独自品味郁闷、彷徨、孤独。

　　来到这个世界，就意味着要与苦难同行。喜欢文学，是因为它喂养了一颗苦难的心。除了并不能为我带来荣耀却能为我舔舐伤痛的文字，我已经所剩无几。每个月扳着指头数存折上不多的工资，靠降低生活质量（老实说温饱尚有余），完成了原始资本积累，才在城里有了一套仅仅用来遮风避雨的房产。

　　生活中的一点小感动，也会改变心情，比如，庆丰路上那个开五金水暖店的夫妇。偶然聊起家里的三角阀漏水，夫妇俩立马派人到我家查看并及时修好，解决了笼罩在我家一年多的水患阴影，并没有收其他手续费。好人哪！纵然我写不出好文章，但是，让我多遇上一些好人吧，也努力去学会做个好人。

　　站立信江畔，遥望西去的江水，请带去我对鄱阳湖西岸彭令的景仰，一千六百多年前，他就毅然决然地卸袍返田"归去来兮"，醒悟"实迷途其未远，觉今是而昨非"，那仙风道骨的身影成为我心中一座不朽的丰碑，假如到今天我还沉浸在无谓的惆怅里，乞求以低声下气换回颐指气使，幻想实现以公权兑换财大气粗，实在愧读陶公。我不应该把一本《领导干部手册》当做一把锋利的匕首，深深地刺痛眼睛。我应该努力做的是，调低分辨率去面对随时可能遇到的丑态，寻找心灵的突围之路，退隐到属于自己的那一爿永远的精神高地。

穿越历史的枪声

一

一颗尖利的子弹,穿越历史的甬道,飞了六十年,终于掉在我手捧着的已经发黄的书籍里,我落泪了,为了一个素昧平生的辛亥革命老将军俞应麓。

准确地说,他误遭杀害,永远地倒在了七十三年前自己出生的土地上。这是历史给他开了个无法承受之重的玩笑。可叹一代国民革命军陆军上将,戎马倥偬一生,生命竟然以如此的方式终结。1951年4月4日的枪声,让闭上眼睛想象的我感到恐惧。他就在离我不远的广丰县城常住。三十八年后的1989年7月29日,上饶地区中级人民法院宣判俞应麓无罪,公开平反,恢复其政治名誉。这一切终于是来了,但来得太迟了,历史就这样扑朔迷离。此时,俞应麓远在日本、中国台湾、贵州、河北的四个儿子已是白发苍苍,手捧一纸判决书,老泪纵横。

我不想去探寻究竟是为什么阴差阳错,镇反运动居然"宽大无边"镇压到一个为推翻两千多年封建帝制立下功勋的老革命头上。历史的真相是比想象更为复杂的,留给有心人去考证吧。

二

辛亥革命的枪声已经响了一百年,推翻了国人心中至高无上的皇权,貌似剽悍的清王朝不堪一击,这里面,有一枪是俞应麓打的。我们不应该忘记这个叫做俞应麓的辛亥元老、革命将军。

面对吴三桂打开山海关引来的清兵,在北京一待就是两百多年,骄奢淫逸的八旗子弟站在紫禁城咳嗽一声,中原都要抖三抖。一百年前,胆敢站在革命者队伍里的人,想必他们做好了视死如归的准备,他们比我们更懂"荆轲刺秦王"的后果。黄花岗七十二烈士之一林觉民就活在他的绝唱《与妻书》里。形势的发展,或许是俞应麓他们所远远不能预料的。事后,谁都可以做诸葛亮,谁都可以说他们是伟大的民族精英,可以用比《中国近代史纲》里一大段叙述辛亥革命的意义更精辟、更华彩的话语去评价他们的壮举。难道他们就没有想过万一失败了怎么办？我敢肯定，他们思考过。

我没有生活在那个狼烟四起的时代，假如我在那个时代，除了不去当叛徒、汉奸，我不知道我应该是站在哪一派的：革命者、保皇派、立宪派、军阀、流氓政客，或旁观者、见风使舵之辈、明哲保身的书生……这样一想，我越发佩服俞应麓们的革命气魄和胆识。

事实上，俞应麓走了一条顺应历史潮流的道路。生于1878年的他，对昏庸无能的清政府有着比年轻人更深刻的痛恨，参加中国同盟会有着更卓越的见识。武昌起义时，他远在南昌积极响应，率陆军测绘学堂学员作战，一通密集的枪声以摧枯拉朽之势推翻了旧巡抚衙门，光复南昌，成立军政府。同年11月29日，他作为十七省四十三名、江西五名代表之一，投票选举孙中山为中华民国临时大总统，跟随孙中山，直至大元帅府高参。那岂止是一般意义上的代表，那是"民族复兴、匹夫有责"的代表，那是推翻君主专制建立民主共和的代表。大革命失败后，蒋介石背信弃义，俞应麓将军毅然解甲，回归故里广丰，在浙赣边界从事民营实业。浙赣古道如今已被沪昆高速、浙赣铁路取代，这里面难道没有俞应麓率工程技术人员、民工在二十世纪三四十年代辟山开拓路基时洒下的汗水吗？早年留日期间，俞应麓与一日本女子结婚并有血脉遗在东瀛彼岸。抗日战争打响后，日本人写信请他出面任职维持秩序，俞应麓撕毁来信，斩钉截铁地说："不想当汪精卫。"解放战争时，他配合共产党策反了国民党的一个营，为解放广丰尽到了一个古稀老人的微薄力量。俞应麓的一生是值得大书的。

1951年清明节前夕，苍老的呐喊理直气壮，在广丰郊外掷地有声："我没有罪，不能跪！"那颗子弹还是坚决地射进了他的胸膛。孤魂一直萦绕在广信大地丰溪河畔，向"恶霸"、"通匪"之名叫板，直到1989年那个炎热的夏天，才雪冤入土而安。十五岭（又称石母岭），在现代化的推土机的轰鸣声中早已湮灭，一个让土生土长的广丰人都快忘记了的地名，坐落着百年将军的最后归宿地。

冬春之交，那个阴雨绵绵的上午，撑一把伞在永丰镇寻访，我走进了深深的巷弄，几经打听，临街店主、黄包车夫、中小学生……一路问去，在昔日的荒郊野岭而今密集的居民区，终于找到了连周边居民都忽视了的毫不起眼的坟茔。几棵孤独的树木守望着孤独的灵魂，水泥墓碑上刻的碑文已布满苔迹模糊不清，我小心地用手擦拭，才辨认出有两行字："辛亥革命元老——俞应麓将军墓。"默默地注视，浮想波澜壮阔的辛亥革命画卷，有个上饶广丰人为临时大总统投出自己神圣的一票，这一票，不仅是对腐朽的清朝，更是对千年帝制的一票否决。

历史，往往就在转折的瞬间闪烁出一个人的关键或伟大。要么名垂青史，要么遗臭万年。俞应麓属于前者，他协助孙中山先生从后者吴三桂手中将其为红颜引狼入室而葬送的江山还给了人民做主。虽然在历史的长河里俞应麓微不足道，但是，挖掘已经泛黄的史料，我看到了他闪光的屐痕，作为大上饶人，我为有这样一个乡贤达人感到骄傲。

三

历史的枪声是这样的充满巧合。1911 年，俞应麓策应武昌起义在南昌打响了辛亥革命的枪声，紫禁城里的长辫子如惊弓之鸟，而那个温室成长的六岁孩童关心的只是城墙下欢叫的蛐蛐，可不管一代一代皇阿玛苦心经营了二百六十七年的大清王朝。十六年后，同样在南昌，共产党人向国民党反动派打响了第一枪，这一枪，就把中华民国打了一个大窟窿，从此以后，"工农武装割据"一如星星之火形成燎原之势，这个窟窿越打越大，终致全身肌体腐烂，终于在百万雄师过大江的枪炮声中土崩瓦解。

俞应麓识大体，顾大局，革命果实被反动政客窃取后，风云诡秘，他毅然率领部队参加了"二次革命"讨伐袁世凯，苦苦挽救民族的危机，"宁汉分裂"让他看清了军阀的嘴脸。同是枪手，俞应麓听出了南昌起义的枪声来得比辛亥革命的枪声更干净利落、更清脆嘹亮，决然地放弃黑暗的军政生涯，告别旧友同僚，归隐桑梓，奔走常山、玉山、广丰三县间，集资筹办常玉广汽车公司。抗战初期，他奔赴铅山石塘，支持浙赣红军北上参加新四军抗日，筑路实业救国。1942 年夏，日军进入赣东北后，企图请其出山担任伪职，被其严词拒绝。解放战争时期，俞应麓掩护党的秘密工作，为解放赣东北作出了贡献。他的儿子俞百巍投身共产党，不能说没有他的鼓励和襄扶。解放初期，他还被上饶地委、广丰县委、县政府任命为支前委员会主任。至此，历经三个改朝换代时期，他用辛亥革命的枪声为自己打出了一个漂亮的句号，他的一生是光明磊落的。

俞应麓是辛亥革命一名伟大的战士，他没有战死沙场，永远地留在了故乡，长眠于十五岭山麓。

四

中学上历史课，学到清朝的历史时，我的小拳头总是攥得紧紧的，眼里流露出愤怒的火花、屈辱的泪水，"为中华之崛起而读书"于少年的我决非空洞的口号。

遗憾老师没有告诉我上饶还有追随孙中山的俞应麓，否则至少可以在纸上满足一个少年强烈的爱国情怀，在课堂上拍手称快。不过，假如，历史能够回到从前的话，就算老师对俞应麓的逸事如数家珍，也未必敢于说出一个背着"通匪反叛"、"贪污公粮"、"恶霸"罪名的人曾经在南昌打响了响应辛亥革命的枪声，那是在1911年10月30日。

我在广丰的文朋诗友也不少，交往密切的有刘志明、周亚鹰、毛小东、余新勇等人，从来没有听他们讲起过有这么个显赫一时的人物。阅读他们的书籍、文章不少，也没有看到关于俞应麓的片言只字，不知是他们的疏忽，还是别有原因。倒是在毛小东的一篇文章里看到俞百巍这个名字，也没有提他就是俞应麓在大陆的儿子。偶尔知悉俞应麓，还得感谢军旅作家彭荆风在一篇文章里点到昔日诗友俞百巍的名字，括号里注明了是俞应麓的儿子，新中国建立前任中共赣东工委书记。这样，我再顺藤摸瓜，对俞应麓及其散落海内外的子孙才有了个大致了解。后问起亚鹰，他说他对俞应麓早就有所关注，至于保护和宣传也感到无奈。俞应麓的平反，是惊动了中央高层而催办的。时隔二十多年，历史像书籍一样，一页一页就翻了过去，至于盖棺论定、激励后人的事，自有人叙。我就不去庸人自扰了。

俞应麓的出生地，广丰鸟林街而今已成一条繁华的商业步行街，当年深宅大院不复存在。遗弃于十五岭居民区的坟墓，看上去多年无人守护，垃圾做伴，污水环绕。我们是否薄待了俞应麓呢？我又画蛇添足地想，能否在鸟林街或十五岭建个辛亥革命先驱俞应麓纪念馆呢？空山无语，冷雨无声。

百年辛亥革命，在历史上留下了不可磨灭的一页，有一点应该是属于俞应麓的，他和蔡锷、李烈钧等享有一样崇高的荣誉，然而，从我所翻阅的各种版本的《中国近代史》来看，俞应麓成了等字后面的人物，唯有一版本上有一行字掩藏在文中："军政司长俞应麓"。历史已经成为历史了，就让他静静地躺在零星的史料里吧。

掩卷深思，我的耳畔传来一阵密集的穿透历史的枪声。

远古传来的歌声

"这个冬天太久了!"这是我到达淮阳时文友见面时说的第一句话,其中除了有对季节更替反常的抱怨,当然不无真诚的等待盼望。看其一身略显臃肿的冬装就明白一二,虽然此时江南已是姹紫嫣红,然而中原的冬季却迟迟不肯离去。是啊,己亥年之秋就已许下相约在淮阳的诺言,到庚寅年龙抬头公祭人文始祖太昊伏羲氏大典时,整整四月有余了。

古陈州街头到处黄龙旗飞扬,举香队伍浩浩荡荡,很多是以家庭为单位携儿带女集体祭扫。太昊陵前香火熊熊、青烟袅袅,盛况空前,祭祀活动从二月二(农历)始一直要延续到三月三。在这里,随着人流,我身披象征高贵颜色的黄色绶带满怀崇敬,迈着怯生生的脚步走向远古。在这里,我发现我在芸芸众生里显得是多么的微不足道,华夏子民以宗教般的方式拜谒龙根,黑头发黄皮肤是不需要言说的亲人标志。我看到了一场难以用语言表达的民间朝圣,感受到一股汹涌的潮流和强大的力量。比如说,先到的敬香者还在跪拜作揖,后面的敬香者又蜂拥而上,烧香池里的香是一层又一层,三四名工作人员在轮流用长柄铁耙子扒开使其充分燃烬,却无奈成捆成捆的香火仍在不断抛进来,那些确实挤不到前面来的人只有将香火越过人群的头顶准确地扔在火焰的中央,看到燃烧了才放心,然后或再绕坟茔一周。

除了折纸烧香放鞭炮,他们还从包里掏出一个塑料袋,装的是从几十里、几百里甚至上千里外的家乡带来的一抔泥土,念念有词,然后虔诚地抛向威严耸立的太昊陵,几乎每个人都会这么做。土在不断增加,各色塑料袋却也在增加污染,突然间,我发现我的担心是多余的,一位穿了工作服的人员在太昊陵上一丝不苟地清理,不断有人丢一小袋泥土上来,他就不停地来回走动把土倒在坟茔上,然后将袋子统一收拣起来,而墓碑前的如水人潮、火光冲天,好像与他无关一样,不知疲倦地奔波在太昊陵上。我对他默默的祭扫表示由衷的敬意。我算明白了为什么太昊陵那么高大、雄伟,原来是年年岁岁、岁岁年年,人们一把土一把土聚沙成塔垒起来的,捧出的是一颗颗滚烫的赤子心,洒进的是对美好生活的祈福。

假如说在太昊陵感受到的是热闹、宏大的场面,那么几里外的平粮台则是另一番景象,非常的冷清、萧瑟,与太昊陵形成鲜明的对比。平粮台其实就是一处高于广袤平原的大土丘,"丘上有丘为宛丘,陈有宛丘"。假如不是资料介绍，或者那里的管理人员细致讲解，我实在无法把它的灰头土脸与积淀有四五千年的龙山文化联系起来。"子之汤兮，宛丘之上兮，洵有情兮，而无望兮。"我努力地记忆《诗经·宛丘》里的诗句，它折射出先民的思想、情感、向往。站在昔日的宛丘上低吟浅唱，思忖在那个阴阳八卦照亮了上古文明的曙光时代，远古的人们表达的方式或许会更简约粗拙一些，其饱含的真挚却是不言而喻的。

边走边吟，让我对平粮台的每一寸土地都发生兴趣、感到好奇，随便踩一脚下去，都是在践踏文物，我就极其小心地挪动步伐，与几千年前的细节进行无声的对话。平粮台是后来改的地名，据说与包公下陈州赈灾放粮有关，说实在话，我更喜欢宛丘的叫法，尤其是读一读"坎其击缶，宛丘之道。无冬无夏，值其鹭翿"，多么自然顺畅、多么富有诗意的地名。而今，这里成了一块栽了树木、种了小麦的土地，老百姓耕地时犁头稍微深一点很可能就碰撞到坛坛罐罐，惊醒了沉睡千年的梦，真是奢侈的劳作。借着解说的间隙，我想先睹为快，就一个人悄悄地进入平粮台的深处。许多土堆凹凸起伏，一些毫无感情色彩的遗址标示牌、巨幅喷绘图竖立其间，考古的痕迹十分明显，到处都掩埋着文明的碎片，远古的时光在这里凝固。应该感谢的是，当地政府保护性地将四五千年前地面以下的城池轮廓陈列在我们面前，让我们感受到的是悠悠绵长的"陈风"。

在探究中，散落在泥土里的三块很不起眼的陶片击中了我对文物有些贪婪的目光，弯腰的瞬间，我看到古老的身影以这样一种形式出现在我的视线里。小心翼翼捡起来，放在掌心，透过布满其身的泥灰，反复端详刻在其上的网状纹路，质朴、细密，浮现曾经抚摩的指尖、劳作的汗水，那细密的纹路里是否还留有祖先的温度，在这个春天不经意传递到我的掌上？胸中涌动的未必没有民族的自豪感，华夏的血脉在这里发祥，历经数千年在赤县大地繁衍、延伸……止不住的我感动的泪水悄无声息地滑过面颊。多少年来，缠绕在脑海里"我从哪里来"的问题算是找到了答案。夸张一点说，假如从伏羲建都宛丘、开启父系制、定姓氏算起，至少等了四千多年我的灵魂才回到华夏原始文明的中心。征得同意，我带了一块残缺的容器底座回来，它应该见证过某户人家的温饱，装过不算丰盛的饮食，但简陋的日子过得也很滋润，有诗为证："衡门之下，可以栖迟。泌之洋洋，可以乐饥。"

抬头间，我看到近处高大的杨树上有一喜鹊的窠。光裸的枝丫间坐落着鸟巢，特别的醒目，守望着风霜雨雪。回想一下火车从周口一路走来，车子在原野上奔驰，经过一冬的葡匐小麦终于昂首挺胸以铺天盖地之势扬起了绿色的旗帜，我却注意到沿途还未爆枝的树木上不时有个喜鹊窠，它建筑得特别的结实、精致,像一个个夹道欢迎的音符,心情也有些亢奋,但我更加佩服这里的人不去惊扰、毁坏喜鹊的窝。在我们老家,树上有喜鹊窠,或者早晨起床听到喜鹊叫喳喳,是个好兆头——抬头见喜。"防有鹊巢,邛有旨苕。谁侜予美,心焉忉忉。"这是《诗经·防有鹊巢》里的诗句,漫无目的地深一脚、浅一脚行走在古城遗址上,我默默地背诵着,不明白为什么诗里的人还忧心忡忡的样子,难道是我理解错了?毕竟隔了几千年,文辞的嬗变或许让今人找不到原本的意思了。鹊巢,多么美好温暖的物象,它的主人从上古唱到今朝,与人类和谐相处。

在岁月的长河里,有一种黄钟大吕般的声音是不能忘怀的,那就是孔子在陈绝粮弦歌不止。综观中国历史,文明总是一次一次被野蛮侵略,最终野蛮却被文明所包容,而走向更文明。陈国的兴衰也同样背离不了这个怪圈,经过千年的风雨洗礼,到春秋时,五霸争雄,早年的政治、文化中心平粮台已经渐渐旁落成一个小小的陈国之都,交往还要看大国脸色。但是,孔子却没有忽视这个八卦诞生地,人文始祖的长眠地,他产生的思想火花里未必没有"陈风"的点燃。他老人家周游列国入陈传播儒家思想,却遭到误解羞辱,依然坚持气节,终于感化了陈国人,四年勤恳讲学,"中庸之道"光芒照耀史册,贯穿了整个封建时代。

假如能选择在一个有月亮的晚上来到平粮台,我不知道自己会是怎样的一种心境。不需要去刻意追求"月上柳梢头,人约黄昏后"的惊喜和心跳,也不需要"月出皎兮,佼人僚兮。舒窈纠兮,劳心悄兮"的期待和烦恼,就一个人,借洒了一地的月光,穿越在百亩宛丘城池,且行且思,梦呓般地嚼着《诗经》,举邀明月,对影三人,最好与露同宿,让心灵在这样的氛围里接受沐浴,安静地抵达模糊而又神秘的羲皇故都。我似乎想象得出,每一座木栅围起的茅屋前都燃烧着一堆篝火,一个古铜色脸庞的慈祥老人在忠实地守火添柴,部落的外围则站着身披兽皮腰佩弓箭手持梭镖的士兵,警惕地保卫着一方平安,一切入侵来犯者都将遭到沉重的打击。这里每一寸土地都有难忘的故事,这里每一寸土地都亲近过人祖的足迹。月下,是否传来了远古的声音?是谁聚在一起聊天?我居然无端地羡慕起生长在这里的葱绿的小麦、挺直的乔木,它们可以每天汲取古老的传说养分,倾听残陶碎瓦之间的喁喁私语,平静地度过一生。可是,由于主办方安排在周口,连我计划在淮阳住的想法也破灭了,那个陈州之梦只能到文字里去寻找了。

虽然宛丘渐渐远去,还有弦歌台千年缭绕的余音缥缈依稀,但我依然沉浸于那绽放在夜幕下浑厚、苍凉、旷远的歌声,像泥埙之乐划过我的心灵。

风雨五堡洲

大地苍茫,天空阴霾,裹挟着大量水珠的云层贴着地面飞翔,或缭绕在树梢、瓦屋顶,雨在随时准备着倾盆而下,我们驱车越过一片低矮的桃树林,来到一个古老、简陋的渡口前,就不能再前行了。说是渡口,其实就是再平常不过的河滩上横卧的一块长着茅草灌木的巨大石头山,对面则是我们要去的一个名不见经传的地方——五堡洲。

挡在脚下的是发源于武夷山脉的石塘河,上游不远处有千年古镇、江南纸都石塘,史料记载,明朝中后期石塘拥有五六万纸工,那应该是很壮观的生产场面。而被生生不息流淌的石塘河、紫溪河在此相交汇冲积成的眼前这个呈"荷叶形"的五堡洲,一定见证过中国早期繁荣的资本主义萌芽。在八百多年前的南宋,五堡洲有幸被辛弃疾相中了花银两购置下来,后兴土木筑成气势恢弘的稼轩公馆。至于是什么时候改叫五堡洲的,有人说明清时这里是十一都第五保,渐渐就叫五保洲了,谐音现名五堡洲,想想也是有些道理的。千百年来,附近十里八乡的人仍然一直沿袭旧称,习惯将五堡洲叫稼轩公馆,并进一步解释说那是"辛阁老"(当地人对辛弃疾的尊称)住的地方,自豪之情溢于言表。是啊,与名人故居比邻而居总是会沾点灵气和光彩。我去的时候,仍有三十几户人家在此劳作生息,他们的祖先是否就是当年辛弃疾的乡里邻舍呢?无人能告诉我。

同行的一位曾经搞过建筑的廖先生对阴阳八卦略知一二,站在岸边候船时,他左看看右看看后,分析认为河道中央的五堡洲如何如何,比如乃"二龙戏珠"之地,听那肯定的语气就是不错的风水宝地吧。我不懂,半信半疑,既看不出风生水起,也领略不到风光旖旎,反正是冲着早已成为一片瓦砾的稼轩公馆而来的,五堡洲的那边对岸(应该是北)则坐落着多次出现在辛词里的瓢泉。瓢泉和上饶的带湖一样已成为历代文人墨客凭吊辛弃疾的遗迹,相比之下,五堡洲却默默无闻得多了。我之所以知道五堡洲这个地方,还得感谢当地一位爱好写作又喜藏字画的木工师傅卢志坚,他常常在电话那头骄傲地告诉我辛弃疾是在离石塘不远处的五堡洲结庐而居过的,他一远房表亲就住在宫馆旁边,有机会一定陪我去走走。那个雨天,我带了一帮文朋诗友去石塘寻幽访古,镇里每次都会叫上卢志坚当讲解员,这次也不例外。看着他们踏着潮湿的石板路深入悠悠古镇的街头巷尾,按预定计划,我悄悄扮演了一回脱离群众的角色,终于成行五堡洲。美中不足的是,不能和卢志坚结伴,他年轻力壮时做过许多栋三树、五树人字架木屋,在方圆十里八乡也算是有名望的木匠,见证过辛弃疾公馆最后的辉煌,对古代建筑能讲个头头是道。

五堡洲是一个很小很小的地方,是小到连在铅山县行政地图上也不一定能找得到的一个四面环水的自然村。然而,它又是一个很大很大的地方,毕竟它与辛弃疾有关。当年是信州、铅山与闽北之间的重要交通渡口之一,名曰"五堡洲渡"。这里,当年也是一片繁华之隅,早迎百舸竞渡,晚送桅杆林立,一船船纸张、木材、毛竹、山珍等途经五堡洲入信江再进鄱阳湖运往全国各地。枕着石塘河水的浪花,辛弃疾在这里起居休憩,结交、会晤了多少社会名流、热血志士。入夜,伫立哗哗流淌的石塘河畔,眺望远去的中原,郁积了满腔无处诉说的情愫倾注笔端,返回宫馆,疾书了多少流传千古的诗词啊!

渡口无人,船在对岸,可以用绳子拉来拉去,虽然河道不宽,但水流很急,旋涡在打着滚,形成浩浩荡荡之势,艄公不在,我们解开系在岸边木桩上船的缆绳,准备自己努力把船拉过来,但边上工地上的工人善意地提醒,眼下正值汛期,你们不熟悉水性,这样不很安全,还是想办法叫村里来人吧。好在有乡镇干部陪同,很快手机就联系上了村小组干部,说明了来意。不一会儿,对面就出现了两个人,向我们微笑大声招呼,一个是撑船的,另一个估计是村干部,来当向导的。

弃舟上岸,进入五堡洲,湿漉漉的空气中散发着猪牛粪的味道,踏着河滩石头铺的整齐的路面,拐过几座青青房舍,就来到了村西北角,村干部用手一指掩映在丛林中的败墙乱石,这块地方就是稼轩公馆遗址,其他就说不出个所以然来了。假如不是介绍,我才不信呢。就在心里暗暗责备自己,应该叫卢志坚来才对。这时,雨滴已经狠狠地砸下来了,在我撑起的伞上飞溅着水花,空气中的潮湿混合着我哈出的水汽,致使镜片变得有点模糊,稍远一点就看不太真切了,心情也渐渐黯淡下来。

在一片生长萋萋草木的废墟上寂寞徘徊,我凭木工卢师傅曾在谈话时三番五次的叙述按"说"索骥,仍一头雾水,茫然不知。假如志坚来了,他就能站在这里声情并茂并很专业地用怎么打也烙上了铅山方言印记的普通话复原稼轩公馆上个世纪倒塌前的原貌:"阁老公馆坐西朝东位于大夫第院子里东后半部,是座呈长方形白墙青砖黛瓦的宋代建筑。走廊顶上采用美观大方、做工精细的鹅颈棚造型制作,屋檐采取二重缭绕檐法。走廊地面用鹅卵石铺成方块图案……"而今,残存的只有屋基、围墙、乱石,被村民圈起来养猪关牛,或开垦出来当菜园,一些地方杂长着樟树、枇杷树,正是枇杷成熟的季节,枝头挂着一些泛黄的果实,顺手就能够得着,我们摘了几个吃,味道酸酸的,好像嚼出了辛弃疾一生的壮志难酬,余意犹深。想当年,这里高朋满座,鸿儒谈笑,余音绕梁,而今荡然无存,哪里还有大夫第的踪迹?哪里还有上栋正厅、下栋官厅的轮廓?哪里还有江南古建筑的飞檐翘角和长满青苔的天井?留下的是落寞的旷野,飘散着潮黏的忧伤。

感怀之余,我们试图绕斑驳的围墙一周做一些考证,祈望能获得与辛弃疾有关的新发现,但是,残垣没有告诉我任何答案,倒是在雨季疯长的青藤连接起了童年的回忆,在风吹雨打里渐渐逝去的辛弃疾故居遗址如同在老家玩耍时摇摇欲坠的老房子,可以用来捉蛐蛐、挖蚂蚁、掏鸟窝,满足儿时的好动好奇……回去的时候,我看见几个硕大的青石磉礅遗弃路边,无声地诉说着岁月的云烟,想必这就是当年稼轩公馆的建筑遗物,那是叩问八百年前沧桑的标志石。据说,像这样的石磉、青砖、石板等还大量散落在村民的熟视无睹里,在我们看来叫做文物的东西在村民眼里只能发挥普通石块的作用,丢弃在院角、砌墙基或铺路,真有点暴殄天物。由于雨越下越猛,怕河水汹涌形成洪峰,我们不得不匆匆返回了,没来得及去一一探询、考证,其实,不管有没有、见没见到都已经不重要了,仅就我所看到的石磉从其规格到工艺来说,可以推断与稼轩公馆不是没有关系的。

沿原道返回,回望烟雨朦胧的五堡洲,多么寂静的一块通往宋朝的土壤。当年因主战而遭排挤的辛弃疾从临安一路南奔,在信州带湖结庐十年,失火多次,最后一次一夜之间房屋化为灰烬,他不得不继续夺路南下,寻找更安全的新居住所,最后选择了依山傍水的瓢泉,终于喘了口气,而在水乡泽国五堡洲行营。我甚至想,晚年辛弃疾是否担心被受宠的投降派暗杀而一度在此深居简出,从长计议收复大好河山呢?我的猜测未必没有一定的道理。偶得辛弃疾晚年一首题刻于古县城北门大义桥的佚作《鹅湖驿》可以佐证:"他乡异县老何堪,短发萧萧不满鬑。旋买一樽持自贺,病身安稳到江南。"由于大义桥几经修葺,遗憾题刻早已毁弃,这首诗也没有收录进辛弃疾行于世的多种版本的作品集,而是静静地排布在同治版铅山县志里。所幸二十世纪八十年代纪念辛弃疾诞辰八百周年时,被上饶、铅山的少数地方文史专家发掘出来。

复弃舟上岸,发现渡口不远处正是工地,传来隆隆的机器声,抬头一看,原来在建桥打桥墩,机器在转动却不见泥巴出来,有人介绍这是一种先进的钻桥墩技术,守护工地的村民们喜形于色地说,今后出行就会方便多了,感谢上面的好政策。的确,新农村建设给村民带来了看得见摸得着的实惠,比如沼气、电气就是对炊烟袅袅的讽刺,我当然为世代在此居住的五堡洲村民而高兴,他们不应该还过着明清式的艰辛农耕生活,而应该享受现代化、信息化带来的种种好处。

　　是啊,不久再去五堡洲就不用费周折了,但是,那一块与荒草为伍的废墟之园、那一块尚能寻找辛弃疾稼轩公馆遗迹的弹丸之地还能保持一方清净吗?那种"野舟横渡水初晴"的味道怕是就一去不复返了。

千古悠悠黄河口

一

灰蒙蒙的苍穹，黄沙漫天飞舞，裸露的泥土泛着盐渍浸润风干后的一层细密的白霜，满目荒寂，与人类朝夕相处的庄稼在此没有容身之地，芦苇与苦涩的水相生相伴，而匍匐在地面上的是一些叫不出名的低矮植物，其中有一种大面积生长的灌木像极了柏树，顽强地挺着瘦弱的枝干，意欲告诉人们这里并非不毛之地，让人徒生几分怜悯之心。

这就是我抵达的陆地尽头黄河口，惊喜中充满着淡淡的失望。

如果不是盼望去饱览想象中的黄河入海口的壮美、恢弘、磅礴气势，我不想在这个地方多待一分钟，头发、鼻子满是沙尘，甚至摸一下颈脖子似乎都是，叫人浑身不自在，"跳进黄河洗不清"。于是我以为在自给自足的农耕经济时代，黄河入海口是不适宜人居的地方，对于农民来说，这里就是播而无果之地。我暗暗揪心：黄河入海口这块黄河冲积出的共和国最年轻的土地，治理沙化、盐碱工程任重道远啊。

在黄河口简易的新滩浮桥码头附近，十多艘游船井然有序停靠在岸边趸船旁静候游客，我用一张面值三位数的人民币取得了黄河口水上旅游乘船的通行证。游艇不大，能容纳十多个人，每个座位上放了一件橘红色救生衣，鸣笛起程，船缓缓离开港口，朝东北方向海口莱州湾进发。

黄河风平浪静，船在混浊的河面上前行，它是否在蓄积着一场更大的波涛汹涌呢？我摩拳擦掌迎接惊心动魄。交谈中，在黄河口摸爬滚打二十多年有着丰富出海经验的船老大告诉我们，这是1976年以来黄河的唯一出口，一直到入海口都是这样波澜不惊，但河道每天都在变，细微的变化一般人不会去关注，要小心谨慎沿航道驾驶，以免撞上沙洲。我想，黄河驰骋纵横、万里迢迢从西北高原"远上白云间"奔泻东方，目睹了太多的刀光剑影、血腥掠夺，不可抗拒地充当帮凶的角色，一路携泥带沙，它身心疲惫，步履沉重，应该歇一歇了，才如此仪态从容投入大海的怀抱。

眺望船窗外两条河岸线距离越推越远，水面徐徐展开，感觉好像在奔向一个遥远而神秘的地方，我们在期待大海的召唤。不时有返航的船只，相遇

时掀起的波浪将船夸张地颠簸摇晃,把我拉回到现实中来。游客之间热情欢呼挥手致意,在无边无际的海面上,突然间另一拨从未谋面的人打招呼,心里还真有些温暖,驱散了莫名的恐惧与孤独。

实际上到最后游船返回,全程十七海里,用时四十多分钟,除了海面开阔到一望无际外,水的颜色始终是浑黄的,我没有看到河海交汇处刀切般的黄蓝界线,就央请再往前开,船老大却不肯,并告诫,退潮船会搁浅沙堆上,你们尽快照几张照片留念,马上要返航了。站在甲板上"欲穷千里目"远望天边才隐隐约约能捕捉一条河海分水岭,感受到水天一色之景观,那边就是天涯,地理概念地平线在这里一目了然。

回到宾馆,同行的没来得及坐船去黄河入海口的朋友问我的感受,我认真地戏谑:"不去黄河口遗憾,去了更遗憾。"因为我们去得不巧,恰恰印证了"黄河口水上旅游乘船卡"上的温馨提示:因风向、潮汐、天气等因素,可能影响观察海河交汇的效果。话说回来,心里还是安慰自己,总算到了黄河入海口,满足了渺小的个人对大自然征服后的胜利和喜悦,存于心中的也是属于自己的一种别人无法替代的体验,留在以后的日子里慢慢回味。

二

黄河口绵绵延延的湿地以及自由飞翔的白鹳等珍禽给了我些许慰藉,这里涌动的是生命自强不息的底色。

舒展着洁白的身躯,一双修长的红脚并拢,在天空翩跹曼舞,轻盈的身姿盘旋于广袤的湿地上方,灵巧的黑喙是最具攻击性的猎捕武器,更多的是用来寻觅并不丰厚的小鱼等食物。这就是我在黄河口看到的东方白鹳。

它们完全可以选择离开那片水草不怎么丰美的土地,南下鄱阳湖或者北上黑龙江、西伯利亚。白鹳没有,坚持在黄河口繁衍生息。

单说那筑在电线杆上的窠就足以感动我。我们不要无知地去藐视白鹳的创造发明,假如能破译鸟语,我一定要去鸟的王国编撰的《鸟志》查阅是谁第一个敢于吃螃蟹选择在电线杆、高压线铁塔上营巢,它完全可以被誉为白鹳家族里的现代神农或伏羲。

当人类把电线牵到黄河口时,架起了电杆,面对陌生的入侵者,白鹳是怎么看待的呢?是否有过不小心触电的惨痛代价呢?从我们已掌握的知识来说,高压线对白鹳构不成任何威胁,换一句自作聪明的话说,白鹳还不具备触电的资格。但是,试想过没有,在风雨雷电交加的夜晚,白鹳在电线杆的巢内会安宁吗?你不为它捏一把汗吗?但愿我的担忧是庸人自扰般的多余。当

然，白鹳把家安在高压电杆上，有效地避免了人的干扰，可以高枕无忧地在上面依偎、产卵、孵化、哺育、理羽……

旅游大巴奔驰在寂寥的黄河口自然保护区内，长时间注视清一色的芦苇、盐碱地，许多人都觉得有些困乏了，靠着座椅半眯眼打盹。突然间，车厢内气氛活跃起来，原来是有一排电线杆一律被白鹳筑起了巢，看上去整齐划一，像是人为特意架设上去的，成为黄河口独特的观鸟奇观。

"不但人类，就连白鹳也喜集群栖憩。""快看，白鹳列队营巢欢迎我们了。"……啧啧称奇的赞叹声此起彼伏，见大家兴致很高，司机特意停车，满足拍照、观赏的需要。一只飞了起来，两只、三只……它们像一群守望在湿地的使者，优雅地低旋在芦苇丛中，我确信，它们是在用翅膀搭建起空中仪仗队为远道而来的人们演绎美轮美奂，可爱的白鹳——黄河口的精灵就这样定格在我的印象中。

离开黄河口后，我一直不能忘记那仙风道骨般的白鹳，那瞭望哨一样列阵的鸟巢，片片羽翼时常飞进我的梦境。

三

磕头、仰起、磕头、仰起……循环往复的机械动作，看长了你的眼睛绝对会疲劳的。这是跪拜吗？还是谢恩？

我说的是坐落黄河三角洲油田的抽油机在有规律地运转。而第一次见到这个向大地挖掘财富的动作是在大庆市区，当时坐在公交车上匆匆而过，没有靠近细瞅，一直耿耿于怀。

感谢黄河口，让我再次领略到它谦虚的身影。

黄河入海口陆地上遍布这样的机器，它把触角伸入大地肌肤的深处吮吸，一桶桶黑色的液体源源不断收入囊中，这是我在黄河口感受到的最欣慰的一道风景。苍茫的大地上耸立着一个个"抽油机"，在不停地"磕头"，像叩头作揖，还像鸡啄米，俗称"磕头机"，在向大地母亲索取时，它虔诚得如同羊羔跪乳。

近距离观看了一台抽了四十多年仍然在抽油的"磕头机"，几乎与我的年龄相当啊。绕场一周，我凝视着它、景仰着它，默默地向寂寞而不知疲倦的"磕头机"表示由衷的敬意，它也给了我许多有益的启示，冰冷的"磕头机"尚且知感恩，何况我们人呢！

谁说这是一块贫瘠的土地？看看"磕头机"，我明白了，它丰饶富庶得流油啊！它只是在用另一种方式回馈它的子民，用黑色的乳汁养育它的子民，

油井、输油网管的建成就是最好的答案。面对盐碱、荒漠，我为我刚踏上这块土地时冒出的逃避的想法感到不安和羞惭，我们有责任去改变它、利用它，让它更好地造福人类。我们有理由深深地热爱这片土地，掬一捧黄土，我泪流满面。

假如给我一天时间深入人烟稀少的黄河口寥廓的草原，我不知道我有没有勇气一个人走过，因为我无法战胜恶劣的水土以及无边的孤独，我从内心佩服那些与"磕头机"为伍的石油工人，有一种信念在支撑他们每天面对枯燥乏味的工作。"磕头机"或三五个一起，或独自寂寞地守望着旷野，它们在忙忙碌碌的"磕头、仰起……"中实现了一次又一次完美而复杂的劳动，站立成黄河三角洲上我所看到的最生动的一幕，像跳跃的音符奏响胜利油田雄浑的史诗。

我默默地祝福，相信不久的将来，黄河三角洲一定会迅猛崛起，成为继长三角、珠三角后中国第三个经济高速发达地区，成为古老的后起之秀，从胜利走向更大胜利。

百灵草给了我一个安宁的夜

对中医我是充满敬意的。

我们的祖祖辈辈就是在中药的细心呵护下对付头痛脑热的，中药散发的味道，想必华夏子孙走遍千山万水也忘不了，那淡淡的连接血脉的药草味。余秋雨说："这股气味，把中国人的身体状况、阴阳气血，组织成一种共通的旋律，在天涯海角飘洒得悠悠扬扬。"

除了在历史课本上了解的华佗、孙思邈、李时珍外，我不敢妄言中医，早年鄱阳中医朱炳林先生赠他的著作《困学斋中医随笔》，我一直搁在书柜里，惭愧没有问津。小时候总不明白大人为什么要把煎过的中药渣抛洒在路面上供行人践踏，还有一个不明白，就是药罐借给邻里了为什么不能要回来。现在想起来，觉得那时因为要回药罐而遭顿打实在是刻骨铭心的冤枉，才懂得这就是中国文化渗透到生活中的每一个细节里。

百灵草山庄给了我亲近中医的机会。早几年就知道上饶市郊云碧峰国家森林公园东麓有一座百灵草山庄。单位在那里搞过两次活动，都是来去匆匆，根本没有去细细品味山庄的文化气息，让我一次一次在觥筹交错的热闹里忽视了擦肩而过的中药文化。比如，进包厢时只要稍微抬头，就可以看出名称是一种草药名，青黛、白薇、紫菀……足见主人的独具匠心。

在那个雨夜，终于有机会深入百灵草，缘于2009年中国散文大联展活动放在百灵草山庄举行。在雨中聆听天籁、感受中医、思考隐居。

百灵草给了我普及中医知识的平台，连喝的茶都是未曾听说过的绞股蓝，一种防癌草本，喝下热乎乎的绿汤，我觉得自己好像离癌症又远了一步。一般不大喝茶的我，那天把一杯绞股蓝喝得尽失颜色，对绞股蓝的贪婪来自对生命的尊重，以至于再泡一杯我也没有拒绝。

感觉百灵草是一个与桃花源有关联的山庄。魏桦是百灵草山庄的总经理，二十世纪七十年代，他就开始发表文学作品，一直有着割不断的文学情结。后来，他挂冠下海，经营起这爿"百灵草"，廊桥楼阁，依山傍泉坐落，是否像晋陶渊明那样，每日涉园成趣，复回楼上，倚窗思索"实迷途其未远，觉今是而昨非"呢？我没有打破沙锅向魏总讨问，透过他那清冷内秀的面容，我隐约感觉读懂了为什么山庄取名"百灵草"，认为效仿陶公而逃避绝不是初衷，绿色、健康也不能全部诠释，这里面有着丰富的中医文化、深厚的中医情结。

答案来自与夫人的一次饭后谈话。她说相府路老中医徐医师有一个女儿在带湖路圆盘开诊所,声名远播,每天早晨前往就医的人排长队。我告诉夫人,那医生就是百灵草山庄的,什么草经她的手一点化,就成了灵丹妙药,此时,一向谈病而凄惶的夫人眼底流露出宁静的光芒,我暗自思忖要带夫人去拜访徐医师。那天一大早,我上班特意选择了走带湖路,经过中医科门诊,排队的场面比夫人的描述要生动许多倍。那位坐堂医师正是百灵草山庄的女主人,中医世家,几百种常规草药在她的处方里已经实现了一次又一次妙手回春的排列组合,让人肃然起敬。一如他们夫妻二人,一个从文经商,一个悬壶济世,珠联璧合。

那个雨夜,徐医师回到山庄,特意看望了下榻百灵草山庄的全国各地的散文作家,见一个个放弃斯文,正在品尝百灵草山庄配方烹饪的独特药膳,她欣慰地笑了。她每天熟练地演绎"望、闻、问、切",寒暄间,我像做了贼一样心虚,觉得我的文字与我的脉象一样弱不禁风,她切一切,就能切中要害,真希望她能开帖中药助我煎煮出大气、大情、大义的人格和作品来。

雨一直未停,并不让人觉得厌烦,山庄弥漫着一股淡淡的、温馨的草药味,我觉得特安宁、亲切,那是由于我对抗生素的超级过敏导致我对中医以外所有医科的排斥,并保持着高度的戒备,而对中医则充满了不需要商量的放心。每次感冒,我选择的是用中药驱除发烧带来的难受。那时,没有比去中药店里更能让我感到安宁的了。真不敢想象,假如没有中药,我要何去何从?生命将会被慢慢地销蚀、风干。幸亏没有假如,多少个百灵草在传承中医中药文化。

漫步雨中,那股淡淡的、温馨的草药味不时飘来,沁人心脾,那是健康的味道,那是使人安宁的味道。

那个雨夜,绵绵如中药,一直默默地滋润着我,从百灵草山庄总台所在主楼出来,经过一棵石榴树,右拐左弯后走上一座小石桥,沿鹅卵石铺就的小径,进入对面的怡然楼,枕着淅沥雨声,呼吸一股甘草、薄荷和其他种种药材相交糅的香味,我渐渐入睡了。那夜,是几个月来我睡得最香的一夜。

翌日雨住,早晨起来,迎着晨曦,舒筋活骨,仰望云碧峰,那白云生处,那憧憧山中,真是采药的好去处,吟诵"木欣欣以向荣,泉涓涓而始流",我慨叹自己为什么不是百灵草山庄的主人呢。思考间,我心中的一座百灵草已经渐渐竖立起来,它就躺在晋朝的绝唱里。

叁

石红许散文

【作者简介】

　　杨慧俐，女，湖北远安人，中学教师。秉承"耕读传家"的古训，一手书卷，一手粉笔，辛勤操劳，默默耕耘。读书行路，亦读亦写，偶有短章见于报刊。

被春光击中

春的按钮滑了丝,春光瓢泼,春光倾盆,春光溢彩流金,满地打滚儿。

被春光击中,被涌动的绚丽击中,被流泻的金彩击中。我倚红偎翠,拥抱光之影、色之炫、季节之华美璀璨。风儿衔着一枚软糯的七彩蜜过河钻山,走街串巷,在树林,在田野,在林立的高楼经天纬地,织就一匹彩锦。吱吱流泻的春光,鼓荡起流弹无数射来,我应声中弹,倒在彩锦之下,惊飞白鸽朵朵,梨花瓣瓣,鸟唱婉转。

我像一尾鱼,慵懒安闲。春水如眸,温润如蜜。鼓着腮帮,随意呼吸,或者无须呼吸。青荇是我的长裙,我的倩影。你用眸子包围我,牵引我,滋养我,收获我。在你的温热里,我柔软成一溪春泥。那里有晶莹的石子暗涌,有空灵的时光拔节,有隐秘的梦幻滋生。那里,小草涧边生,黄鹂深树鸣。那里,浆果饱满,吹弹可破;那里,芳草鲜美,落英缤纷。那里,明月清风,江流千古。任浪淘尽风流无数,桃花只守着鳜鱼的温存。

我躺着,像猫那样眯着眼,只为感受一束光的柔情。你的注目像一团绒线,将我缠绕,将我笼罩。我的头缩于季节柔软的腋窝,幽蓝的眼睛不再溜圆。我只想做一个比蓝天悠远、比春光灿烂的梦。你用光抚摸我,你用影逗弄我,你用色魅惑我,你用气息撩拨我。我抓捕,我奔逃,我左冲右突,我大汗淋漓,我软语呢喃,我臣服,我享受,我死去又活来。

鸟儿欢叫,我栖息于你汗渍浸浸的蕊里。尖尖的喙啄着你饱满的肌肤、你舒张的毛孔,我的温度由此植入你的心田。你用雨露濡湿我,唤醒我,我们交颈而鸣。晴空流云,蓝,是你的深情款款,白,是你的笑靥如花。它们发芽,它们滴翠,它们撒欢,它们春风得意马蹄疾,它们日日看不尽,长安花。它们归来,为着给我披金披彩。于是我花叶扶苏,灿若春霞;我恍若春神,翩若惊鸿。

惊鸿一瞥,流水一瞬。我的春光已成残局,不可收拾。

鱼眼儿里淌着别人蜜一样的春光,甘甜又苦涩。

当我打点十二分的勇气,积攒足够用的精力,不远万里,从秋回首过来的时候,曾经的含风含情已经被年月风干,青春的摩崖石刻已然黯淡无光,只有不知谁家的牛儿在并不繁茂的草地噗噗进食。那边儿的牧童短笛横吹,悠扬得一如满地春光。

一朵牵挂上柳梢

绿意初萌,鹅柳初蕾,乍暖还寒。细雨之后,太阳干净得如同婴儿的脸。

明亮的春日,是不大适合分别的。古诗词里一般别在雨后的黄昏,比如"四围山色中,一鞭残照里",比如"寒蝉凄切,对长亭晚"。天一例阴沉得如同即将分离的心,不舍间却偏偏有催促上道的声音,把"执手相看"的人分开。柳丝却不肯放手,柔柔绵绵,牵着,挽着,拂着,挠着。远行的终须行,留下的终须留,一枝柔柳是最恰切的红豆。柳,让送别更具情致,让诗词的眉梢生动如水。"桥回行欲断,堤远意相随",一个多情的情影在渡口向我们走来;"袅袅古堤边,青青一树烟",绵绵不断的柳仍不能系住远行的船,一颗失落的心挣扎至今;"晴烟漠漠柳毵毵,不那离情酒半酣",韦庄倒是敢于在浓丽之时送别,但离情别绪仍使春光失色,离人断肠;"江边一树垂垂发,朝夕催人自白头",饱经忧患的人感慨自是深沉,山河破碎,愁绪怎不似老树新枝一样催人老呢?

羡慕古人,把个柳树折腾的如此风流雅致,将个送别也升华成一种旷世的伤怀之美。想,交通落后,未必不是一件好事,船儿悠悠的漂,车儿屯屯的行,人就有时间消磨无限心事,于是诗词歌赋,风情无限。现在呢,速度是第一要务,方便快捷是生存法则,速食主义是主导潮流。有送别,了无别绪;有演绎,并无表达;有交欢,却无爱恋。离别的眼泪伴着新奇的笑靥,这世界变化还不算太快。留下的,上班下班,按部就班,几多心事也搅和黄了。也好,免得揪心。这个世界不相信眼泪,这是个牵挂缺失的时代。

但我仍然幸福地拥有一些眼泪、一些牵挂,我相信那是情感荒漠里的清泉,是我一生享用不尽的美酒。

儿时求学在外,大概年龄实在太小,离家又远,每临开学,母亲就伤感地泪流不止。那时并不能理解一个母亲的担忧和牵挂,只是看着母亲为我备办干粮,替我收拾行装,叮咛一回又一回。往往是人还未离家,母亲却已哭了好多回了。父亲就取笑,跟小孩儿打针似的,还未到药店就哭喊着怕疼。母亲不管,照旧红着眼睛,酸着鼻子。第一次离家的时候,父亲担着行李被窝在前,我跟着,沿门前的小河走了一湾,上了山头,回望,见母亲小小的影子仍在拐弯的柳树下站着,站成了小小篱笆桩,不知道是不是还在流泪,也不知道母亲需要多久才慢慢适应,多久才在人们提起的时候,不再泪如泉涌,更无从知

道那些日子她如何度日如年,愁肠百结。

时间长了,我以为母亲会跟我一样习惯聚少离多、来去匆匆,会慢慢习惯没有儿女在眼前撒泼放刁、无赖纠缠的清静。回家的欢欣、离家的不舍似乎淡了,远了。看着母亲精心烹制满桌菜肴,数落着她的多此一举;漫不经心地乘车,挤座位,却忘记跟母亲挥手再见。等到想起,车已跑了九曲十八弯,重重山峦阻隔了母亲的身影。有一回母亲说,你们走了之后,我看桌上丢下的碗筷,看那菜肴上留下的印记,看你们吃完没吃完的饭,看你们撒在桌上的饭粒……无疑,母亲又是哭天抹泪儿的。明白,母亲的眼泪是一朵花儿,永远开在儿女生命的四季;母亲的牵挂是柳条,永远绿在儿女生命的柳梢。

折一束柳枝插进花瓶,它们就散漫地开在那里,如小儿女柔顺的发丝,叫人想起"沾襟比散丝"的句子。

睡　莲

校园里有一池睡莲,闲暇就有了一个去处。

清早,这里清清静静,过往的学子脚步匆匆却轻盈,像怕惊醒熟睡的花儿。水中的小鱼儿此时闹腾得最欢,一群一群,它们仰起嘴巴,啃着荷秆上的水草,如果运气好,还可以碰上昨晚孩子们抛下的馒头屑,那就是鱼们最丰富的早餐了。那些小嘴儿咂吧咂吧品尝美味,水面就像被人搔了痒,有了轻微的动荡,荷秆儿在鱼的爱抚之下躲在水里乐得花心乱颤。红色的鲤鱼也会钻出来,饶有兴致地在荷叶和水草中穿梭,跟这些小鱼儿抢夺食物。那样子就像幼儿园里的大姑娘领着一群小屁孩儿玩老鹰抓小鸡。鲤鱼的身子灵巧,小鱼儿的反应灵敏。常常是这里激起一朵浪花,那里又起一圈儿涟漪。这样嬉闹一番,红鲤鱼穿过荷秆,躲进深水里去了。水面就会咕嘟出一串音符,似乎在宣告自己晨间的操练告一段落。

睡莲就越发地羞涩矜持,不肯露出半张脸儿来。熬到太阳欲出之时,这"水中的女神"才粉脸稍展,皓齿微露,一副娇羞不胜模样。这时候,请你千万别眨眼,因为眨眼之间,水面就会挤挤挨挨,招招摇摇,铺展一池香雾,亮起满塘粉白。人就会觉得眼睛不够用,心思也不够用。

第一次见着这一池的花儿朵儿,正是盛夏时节开得最艳丽最妖娆的时候。可在阳光底下,只能被人冷落着。于是感叹,美景不遇良辰,犹如佳人不遇痴汉,纵有千种风情,万般情意,亦只能自恋自叹,无处叙说。后来接触得久了才知道,这一池花儿春秋的娇艳一点不亚于盛夏。冷落也罢,热情也好,它都沿着自己的轨迹,按照自己的规律绽放或者安息。于是又笑自己的痴,人类总爱将自己的喜好跟自然之物扯上关联,而那些花儿草儿的不知在心里怎么嘲笑迂腐又自作多情的人了。

就这花,有人取其雅洁之形和"莲"之谐音,成为传递情爱的信物。连超凡脱俗的佛教为了弘扬佛法,也来迎合大众的爱莲心理,弄出诸如释迦牟尼、观音菩萨等等诞自莲花的传说来,更不用说那些清高自负的文人爱莲成癖了。

《浮生六记》更是将莲之爱推向极致:"在夏月荷花初开时,她用小纱囊撮茶叶少许,置花心,明早取出,烹天泉水泡之",这是一个化世俗为非凡的女子;又有"他以老莲子磨薄两头,入蛋壳使鸡翼之,俟雏成取出,用久年燕巢泥加天门冬十分之二,捣烂拌匀,植于小器中,灌以河水,晒以朝阳;花发大如酒杯,叶缩如碗口,亭亭可爱",这是一个极富灵逸之气的书生。

好一对儿佳人痴汉!

而今停下脚步静下心绪来感受一朵花,已经是一种奢侈;爱莲而能达到某种境界,实在太少,即使溢美有加,大多也在"出淤泥而不染",我欣赏的却不在这些。莲生于泥淖,却不作浮萍,即使有一天娇媚得令世人倾倒,它也丝毫不讳饰自己的出身,不忘记给自己养分的污泥,与生养自己的丑陋环境不离不弃。灿烂源自平凡,美丽源自普通,而辉煌之后仍与泥土为伍更为之增添魅力。

莲,李渔赞其具可目、可鼻、可口"三可"之妙,但睡莲是不在其列的。可我觉得不能"入口"并未能损害其美感,有花入眼,有香扑鼻,有意沁心,不也具"三可"之妙哉?

水车吱呀

包谷酒,蜡染布,手工作坊;水车,石磨,老牛,竹排;包着兰花头巾的女人,拿着旱烟秆的汉子;山,洞,溪,水;哭嫁,对歌。

这是车溪给我的印象。六月六,一年中太阳最明媚的一天,我们走进车溪,回到"梦里老家"。

"溪"之名,自然少不了水。长江边上,大坝枕边,像这样的溪涧、沟壑随处可见。春夏季节,雨水充沛的时候,山上有飞瀑,山腰有洞府,山脚有溪流。像毛细血管,大大小小,数不胜数,最后都汇入大动脉里了。车溪,便是江边无数支脉中的一条秀美血管。这条血管儿里,汇聚了土汉两家儿女的智慧热情,流淌着浓郁的巴楚文化风情,跳荡着原始而神秘的自然气息。

土家人用车取水灌溉,用车水推动机械,完成诸如造纸、碾米、酿酒之类的艰苦劳动。车成为他们基本生活的凭借,成为他们追求生活质量的依据。在有语言没有文字的土家方言里,用来车水之"车"就是他们生生世世赖以生存的水的代名词。木质的"车"与水质的"溪"在这里融合,就像巴楚文化在这里水乳交融一样。

水车,手摇的,脚踏的,牛推的,那些曾跟土家儿女一起创造了丰富的物质文明和璀璨的精神文明的古老器具,现在都安静地待在那里,待在曾与它们相依为命的水的怀抱,待在曾跟它们同呼吸的老牛身边,待在时间的河流里,待在岁月的怀想里。车叶有些毁损,车身有些老朽,水槽有些枯干;石磨,闲得有些无奈,有些伤感,偶尔水来,就那么懒散地,无精打采地,无情无绪地咯吱几声,似乎在诉说它远去的荒凉与寥落的忧伤。这恰恰是我喜欢的状态:老家,何至于繁华;梦里,何至于喧嚣。寂寥,冷清,才更接近其本色。梦里老家,即使只是偶尔的错愕,也该有些逼真才好。

放慢脚步,放低谈笑,我走进它们——这些曾经熟悉的手头工具,和早已流逝的童年生活,还有远去的梦。它们都复苏在一架水车旁,几杆翠竹里,或者一副石磨边,风儿穿过竹林轻轻将它们唤醒,告诉它们我的到来,和我的重拾。于是那些磨眼儿,那些木纹,在手心温润,在眼里模糊。老牛,卧在一旁,仍是最忠厚的伙伴、最勤劳的代言。裹着灰白头巾,穿着家染蓝布大褂的老汉,靠在木柱边打盹儿;或者坐在石板上,跷着二郎腿,把一杆旱烟抽得吱吱作响。烟杆上鼓鼓的荷包黑得发亮,告诉我们它的古老和主人的沧桑。见了我们,老人把烟杆朝石凳边磕磕,起身吆喝老水牛,抽掉挡水板,甩动牛鞭赶着老牛,给我们展示水车的工作原理。老人岂知,我们所企求的不是杠杆呀滑轮啊那些他不知我们懂的理论。

生于乡村长于乡村,最熟悉的莫过于这样的生活了。原始的耕种,辛勤的劳作,贫瘠的收成,憨厚的村民,淳朴的风俗,这一切早已融入每一个农家儿女的血脉,深植于每一个农家孩子的骨髓,一代代沿袭,繁衍。前辈的脚踩水车至今还晾在老屋的门口,双拐石磨的伤痕还明明白白印在眉间,那些日子啊,就被现代的步伐踏碎,在文明的进程中渐行渐远。我们成为一群没有根基的流浪者。不老的青山重复着老去的梦想;长流的溪水流淌着不息的眷恋。我们只能在怀想中温习老家,温暖自己。

那些搭起的凉棚,凉棚里的手提电脑、彩色喷墨,凉棚边支起的照相器具和穿戴时尚的男女过分热情的招徕,时时提醒我们美梦不成真的残酷,蹲在水车边静待的安详,早已不可眺望不可即。

从"梦里"走出,已是黄昏,风儿袭来,神清气爽,我再次走进梦里,迷迷糊糊,半醉半醒,直到一片花开在路边,涌上车来,这是些放学的孩子。扎着马尾小辫儿,穿着水红衬衫,背着大书包的小个女孩儿被挤得颠来倒去站立不稳,我把她拉进怀里,她告诉我,她叫黄娉,四年级,家在什么湾四组,声音怯怯,脸有羞色,是那种最美的梦幻的颜色。

出门向北

西面不远是景区,南面不远是景区,虽不怎么成气候,每每还有游客乘兴而来尽兴(或者扫兴?)而去;东面不远是场矿,有山没水的,更觉乌烟瘴气。

向北吧,出门向北,经机关,过闹市,沿林中幽径入田塍小道,东拐西弯,上坡下岭,见一溪流,逆水而上,两岸青山茂竹,田舍村庄,鸡犬相闻。有桃园,却不成片。农家小院,房前屋后,水渠边上就是;也不单是桃儿,石榴、柿子、白果、樱桃,不分季节时令,也不分瓜果蔬菜。丝瓜的花儿喇叭一样开向天空,是吹给上天的唢呐;果实这儿一条那儿一条挂在树间、架上,是对种瓜得瓜,种豆得豆的人类的问候和慰藉。阿猫阿狗们圈在自家门口,安详地注目跑来跑去的伙伴,偶有生人经过,吠声仨俩或者一声喵呜,算是招呼。

人家走尽,山水就清静了。这样想的时候,就不敢停下脚步,一行人在无路中找路,水尽云起,路从脚下飞到了山腰、山顶、山那边。山那边的那边,是水之源吧。这里是否也有江头江尾思君不见君的悱恻呢?每一条水,在哺育它的儿女的时候,也都给予了水一样的柔情,水一样永不枯竭的坚持和韧性,生活的舞台便上演了一出又一出悲喜剧:在等待中满足,或者死心离世。人类的造化也许远不及自然,这样的剧情绝不抄袭,却大同小异。

山水也有作弊的时候?眼前是不是复制了小三峡大宁河的作品?这样的复制,没有评估之虞,不影响他山升迁,也许哪个鬼斧一时心血来潮、童心焕发,想跟我们开个还算雅致的玩笑吧,这样一处秀水就在我们身边悄然诞生。它真的很秀气,连水声也接近稚嫩的童音,山中难见出处的细流,嘀嘀咕咕,自言自语,三步一蹦两步一跳投进组织的怀抱。风,似乎也解水意,轻轻,柔柔,怕吹皱了,怕惊动了,只是拂过、掠过,只是呵护,相伴。人迹罕至,也许是山水的尴尬,但绝不是痛楚。

岸边腐烂的死鱼虾,躺着的购物袋,还有垒砌的石头灶及柴火,还有我们离开时,扛着麻将桌开进的队伍,它们似乎都在传达一种表情:不再尴尬的山水脸红了,是兴奋吗?难说。

长驱千里去

一、兰州怀想

　　兰，让人联想起来的是兰草、兰花、木兰这些芳香植物，以及古人赋予这些花木的一系列美好称代，比如君子、贤人、美德，它给人的质感是青葱、馨香、玉洁。而兰州，就该是青葱、馨香、玉洁的水中之地吧。想想看，四围青山如带，碧水环绕，中一沙渚，其上兰草遍野，木兰葳蕤，香气馥郁。这样一处所在，除了屈夫子笔下的湘君、湘夫人之类，哪个凡夫俗子配长居此地呢？也许它本身就不是什么凡间，或者是仙界遗落的一瓣兰花、一滴玉液吧，不然何以如此冷傲，如此不食人间烟火呢？那么，兰州是个遗落人间的冷美人了？不，这个冷美人又是何等的潇洒刚烈。城中往南，皋兰山，少年名将霍去病曾在那里展汉家风流、震匈奴威势。如今历史虽已走远，但"一身能擘两雕弧，虏骑千重只似无""长驱千里去，一举两蕃平"的英雄形象却在整个西部根深叶茂，哪一个少年郎不在做着"落日照大旗，马鸣风萧萧"式的游侠美梦，哪一个又不"羡冠军年少，雄姿英发，三千里，封侯去"？亦刚亦柔，刚柔相济，这两种气质在怀想中对兰州做了遥远的注脚。

　　后来知道，兰州不仅仅是历史的，更是纵深的，横空的。据《汉书》记载："初筑城得金，而曰金城。"当然也有"金城池汤"的典故。汉代设金城郡，隋朝时，因城南有皋兰山而更名为兰州。后几经变故，至清代又为兰州府。皋兰山，蒙古语意为"水边的山"；清人则认为皋兰本为植物名，"叶窄于韭，长三四寸，（农历）三月抽绿茎，开花如马兰而小，色蓝微紫，近闻亦有香气，移植盆中，雅堪赏玩。但易萎耳"。这种"向外翻卷，姿态飘逸，蓝中泛紫"的花类似于现今的细叶鸢尾。不管哪种说法，兰州自古以来就水波荡漾，花香满地，美丽异常，历史纵深无比。

　　后来还知道，作为兰州第一高度的皋兰山，其实并不如史书记载的那么迷人，它一直就是荒山秃岭，这里历史再一次跟真实打了一个哈哈。是兰州人背冰上山，植树绿化的壮举，和四十多家单位划片而治的决心，共同打造了这样一座人造森林公园。美丽的兰州得以横空出世。今天，一段顺口溜这样说兰州：没有山，只有一座祁连山；没有水，只有一条黄河；没有绿化带，只有

一个人造森林公园；没有文化，只有一本《读者》杂志。

二、大漠孤烟

大漠孤烟，长河落日。这是诗句里的西北。

戈壁、风沙、盐碱滩。这是地理中的西北。

牛羊、清真、转经、磕头，是镜头下的西北。

西北，到底是一片怎样的土地？冬季究竟是怎样的荒芜？2009年的春节，我走进，我感受。

西去的列车由湖北，经河南、陕西，到达甘肃。兰州，是我们此行的大本营，西北之旅将以此作为圆心，在有限的时空，和很不适宜的季节，能画多大的一个圆呢？抵达的当日就获悉，主要目的之一的敦煌冰雪阻隔，交通中断。这样一来，我们的第一站就选在宁夏腾格里沙漠。

出兰州市向东北，上白兰高速，到白银市，接刘白高速、拉丹高速，到中宁市，抵中卫县沙坡头景区，行程五百多公里。沿路有划地而治的山头，上面稀稀落落可见一些枯黄的树影；有裸露的土包，阳光之下泛着昏黄的冷光；有戈壁，分布着丛丛黑糊糊低矮的枝丫，像癞痢头上仅存的毛发；有田地，被石块紧紧遮盖，或者站着列列秸秆；当然也有房屋、村落，那种北方典型的平顶、无窗的屋子，那种干打垒的四合院墙圈围的村庄。极少见人，炊烟也少。一晃而过的地名儿大约表达了当地人的一些愿望：一是渴望边地安宁，比如定远、定西、靖远、绥靖、兴仁；二是企盼生活用水，比如喊叫水、响泉水、小银沟、洪河。还有一类因势定名，比如鸣沙、滋泥、黄线线。

到达沙坡头已是下午三点。包兰铁路从景区中间穿行而过。没有其他人，景区单为我们开放。冬天的阳光照着王维的塑像，"大漠孤烟直，长河落日圆"的名句在风中随着诗人的胡须一同飘来，在沙源边落定。站在两块石头中间，放眼处，是一望无际黄亮亮的沙海、一湾月牙似的绿幽幽的黄河、一片敞亮的蓝莹莹的天空。海天之间是隐约入眼的绿洲，河对岸苍茫处山脉横亘，墨黛一般，几根电线横贯东西，几只水鸟翻飞翱翔。耳边除了风吹沙鸣，偶有列车路过的奔突之声。这是静，远离人声、车声、世俗声的纯自然的静。但这里又从没停止过喧闹。朔风猎猎，飞沙款款，波涛阵阵；单车问边的游侠、孤旅西北的浪客、仗剑而行的诗人、策马而过的兵将，一个个走来奔去。他们有的拈断胡须凭几句文字几行诗跟这里的沙对视，有的掭一管羊毫挥洒胸中另一种飞沙走石，有的大喝一声，跟黄河之水对歌，就惊退外侮无数，这些声音震古烁今，震沙烁水。这是时空的喧响。我在想，如果可以，我能发出的声音,就只是叹息,叹息于自然的造化,将大漠、黄河、高山、绿洲混响在一处的手笔。

脱鞋,一屁股坐下,或者一股脑儿从山顶滚下水边,吃几口黄沙,兜满身沙土又何妨?我的生活不能没有青山绿水,我的眼睛和身心也照样接纳异地的黄沙黑土。君不见,眼前的河床稳固如铁,那河面却开阔如天?

路右侧是沙海连天,一条木栈道延伸至沙漠腹地。栈道起始处,古驿站的旗子在劲风中打卷儿,这里古是丝绸之路的交通要冲,今是包兰铁路横穿腾格里的咽喉。其治沙成果闻名于世。铁路两侧巨网般的草方格里长满了沙生植被,使得这段铁路在风沙的考验下安然无恙。走在木栈道上,两边沙的肌肤上长着各样草木,沙枣、骆驼刺、铃铛刺,还有一种美人草,叫的是草,冬季看来,却有些木本的味道在:红茎黄枝,枯干挺立中可见发白的植物外皮被风扯离了母体。

"独上高楼,望尽天涯路。"中原多的是楼宇,这里有的只是沙坡,上到最高处的沙坡,再上岌岌巍巍的瞭望台,也许比任何楼宇都高,但望不尽的是天涯路。沙从眼前跑到了天边,又从天边回到了眼前,带回的见面礼是让人睁不开眼的沙雾、站不住脚的朔风,以及脚下吼叫得怕人的木板撕裂声。瞭望台几欲倒塌,远处的那棵美人草,芭蕾舞演员一般练着下腰、劈叉的功夫,整个身体无一处不紧张,无一处不柔滑。斜阳在天,朔风扑面,黄沙裹身。西北,就是这样古道热肠,浑厚刚烈。

三、你用荒凉和静默告诉我

无数次在想象中描画过草原,很多回在文字里读到草原。"天苍苍,野茫茫,风吹草低见牛羊",这是民歌里唱的;"满湖满滩的花儿,满满一杯花的醇酒,每一顶毡房都吃喝着。满滩的畜群,小郎巴举鞭一挥,便挥出草原的风景",这是诗人写的。草原,带给多少人以诗情,又让多少人心生向往,报以激情,甚至许以生命。试想,蓝天、白云、绿草、轻风、牛羊,富庶而自由,奔放而洒脱,身外的无忧与心内的无碍,直叫人不慕白云,只羡清风,不慕春阳,只羡高天。

我也想在最美的季节遭遇最美的草原,但我不愿随着涌动的人潮扑向你,不愿在灼灼的关注中投以意料之中的赞许或者意料之外的轻薄。锦上添花,要么留给妙笔生花的人,要么被忠实的粉丝抢走头功。我只愿在一个安静的时候走进安静的你。

春节前后也许太不是时候了吧,整个西北似乎都躲进了炕头:旅行社关

门,旅游线路不通,旅游景点封锁。但我还是有幸亲见通湖草原和桑科草原。

通湖草原,位于宁夏和内蒙古交界处的腾格里大沙漠腹地,东距阿拉善左旗巴彦浩特200公里,南离宁夏中卫县城二十六公里,西望甘肃河西走廊,北接蒙古人民共和国边界。本来从沙坡头穿越沙漠腹地即可到达,可是节庆时候,没有工作人员服务,没有向导帮助。我们只好返回中卫,在GPS系统的帮助之下沿一条县道驶行三十多公里,傍晚的时候才找到它。一截横放的粗木头,一大一小两个藏民和他们的几只小羊迎接了我们。白色的蒙古包落寞地待在那里,上面的名字似乎在昭告曾经的热闹和纷繁,高贵和游戏;帐篷是经不起朔风的拍打的,不知是收起搁在哪个姑娘的屉柜里,还是被吹成了经幡挂在哪个玛尼堆上;村落间的树只剩下枯枝问天;草呢,一块块一方方散布在远远近近。天边是沙漠柔和的曲线,躺着的,裸露的,睡美人。美人羞涩了吧,就吹起一层沙雾裹住肌体,也遮住旅人的眼。沙雾太轻的时候,那美人就成了一幅被加工的图片:眉眼、肌理、毛发、轮廓都柔和之极,迷蒙之极。

我迟迟不愿提起草原,因为那根本不是我想要的草原啊。小,太不成气候;不见草甸,不见牛羊,没有茫苍苍的感觉。多的倒是泛着冷光的冰面,这里一块,那里一滩。在这些冰面之间,分布着一滩滩草地,一丛丛芦苇,也偶有高粱地。严格地说,这根本不算草原,最多算是湿地。你想,四周沙海无垠,沙峰林立,金灿灿的黄沙在惨白的日光之下,随着飓风漫卷而来,却突然着魔一般被茵茵绿草、汪汪湖泊锁定,被粼粼清水、含笑苇丛迷住,难怪人们叫它"大漠中的伊甸园"。而植物,无疑是沙漠中最宝贵的东西,"草原"该是传达了牧民几多欣喜、几多渴盼、几多祝愿!养在深闺的她一下子声名远播,普天下人众从四面涌来,想一睹芳容,一览神奇。她浓墨重彩,盛装出迎,青稞酒、酥油茶、哈达、糌粑、手抓肉让八方来客醉倒;茸茸草甸、汪汪水潭、蓝蓝天幕、英俊的骑手、热情的姑娘让四海宾朋叹赏。

伊甸园创造的神话,供久困都市的人们回到格子间去回忆,解读,品味。他们喝着矿泉水,吃着煲仔饭,呼吸着汽车尾气,感叹远方的蓝天白云,他们想过繁华落幕之后的荒凉与疲惫吗?如今我看到了蛮荒、苍寂、苦寒、麻木、困乏,还有久久的缄默。也许这静默是她抚慰身心,重拾青春的唯一姿势。除了风,谁都不肯扰乱芳心,落日轻轻地挥手,大雁悄悄地远遁,忧伤在湖心沉没,苍凉随时间凝固。通湖草原,此时像个乖顺娇弱的小儿女。乖顺总是格外让人心生爱怜的。

桑科草原则是健壮的,大气的。桑科,藏语称"达久滩",意即跑马滩,四周群山环绕,大夏河水由南向北波折远去,犹如被风吹送的哈达,悠悠飘落于这片七十平方公里的草原。地理上与藏传佛教黄教六大寺院之一的拉卜楞寺相隔不远，又有英雄格萨尔王的传说姻缘，美丽的草原就蒙上了神秘的气息、肃穆的色彩、厚重的分量、英雄的情结。比如每年农历六月初举行的格萨尔式赛马会。可惜我没亲见那样剽悍的场面，无从得知规则里夺冠赌注的内容。想再也不会如昔日16岁的少年那般幸运：一赛之下，整个部落的金银财宝、都城、最出色的女子被一个穷小子一次性拿下。

事实上幸运的不止一人，整个雪域高原一百五十多个大大小小部落和帮国从此有了强大的支柱，更为幸运的是不仅藏族，乃至各民族格萨尔式的英雄膜拜，尤为幸运的是堪称世界一绝的格萨尔文化传播现象：在德格，在阿须，在森周达泽宗，在格萨尔的故乡，在格萨尔战斗过的地方，无论识字与否，只要说得来话，便唱得来格萨尔歌，只要走得来路，就跳得来格萨尔舞。你听：

> 风中含笑的先灵啊/你在哪里/千年风烟/你在哪里/每一个牧女/都是因你而美丽/迷蒙的岁月/你在哪里？

那里，每个帐篷都在等待英雄的归期，此刻，每片衰草都在等待英雄的归期。我突然明白这片草原大气健壮的理由：不因背靠高原，不因平均海拔三千米以上，有人们仰望期待的精神高地，它怎么会不底气十足！

桑科草原是厚重的，又是轻灵的；是肃穆的，又是浪漫的；男人在这里为自由征战，女人在这里为爱情寻觅。香浪，藏语意为"采薪"，原不过是僧人外出为己采伐木柴，山水遥迢，便借露宿在外之机游山玩水，与家人团聚。后相沿成习，农历六月六，天蓝云白，羊肥牛壮，藏民便携带帐篷、炊具及青稞酒、酥油茶，在绿草如茵、百花争艳的草坪扎起帐篷，在美酒、乳酪、奶茶相伴之下享受夏天的欢欣。可以想象，梳碎辫子的牧羊姑娘，蹬嘎咯靴的康巴汉子，帐篷里，野餐前，夕阳下山的水边，太阳升起的藏包背后，风吹草低的羊群中间，演绎着怎样的风情媚惑，交换着怎样的热烈向往，燃烧着怎样的激情四射！

心有多大，你就能走多远。想象空间有多大，你就可以创造出多少个情节。此刻，不容想象的现实只有一个，那就是衰败、荒芜、落寞、惆怅，还有西北风的暴力，和枯草茎的承欢。对，是承欢！你看它迎风乱颤，爽朗欢笑的模样哟！我一屁股坐下去，几乎被草们掩住，我闻到了羊奶的香味和泥土的芬芳，脚下似有小虫蠕动，我知道，那是草，那是沙，那是期待，那是春天，那是生命！

通湖草原因静默而荒凉，桑科草原则以静默诠释坚韧，又以坚韧昭示荒凉之后的绚烂。同样的荒凉，不一样的气质。荒凉的草原和沙漠会有返青的

时候,心呢,心一旦荒凉,恐怕就春风难渡了。

四、那些邂逅

冬季的西北跟美不沾边,甚至有些残酷。看惯了青山秀水、看惯了青枝绿叶的眼睛初一接触满目苍凉的激动过去之后,除了枯黄还是枯黄就缺少了刺激,或者说刺激过度,人就昏昏然要闭了眼去。从宁夏回来,觉得眼睛饥渴,鼻子干燥,咽喉肿痛,一切如同窗外的那几棵可怜的矮灌木,只要有火种,立马会燃烧一般。我在住处寻找,终于找到一点绿:墙上悬挂着一叶衬一花儿的玫瑰油画。水是大量补充的了,只可惜再好的绿茶冲泡出来都变了颜色。家,想家,想不为外人知的母亲河,想河两岸有名字没名字的树木,想家里桌上养着的水仙,想写字台边的兰草虎耳草,想电脑屏幕左边的仙人球……家,那么具体亲切地排开一切杂绪排在了第一的位置,跑进了那晚沉沉的梦里。

那晚的梦并未预示第二天的邂逅,但我们却明明白白遭遇了。

供有零点七米高释迦金佛、保留有全国最好藏传佛教教学体系的拉卜楞寺,给了我们一个闭门羹。一行人只能远远地看看那些金顶镏瓦在冬日的阳光下闪烁着佛众的光芒,看看那些四角飞檐之上蓝天白云莲花一般开放,看看那些冷肃的黑白、华丽的红黄,还有寂寥的飘飞、端立的拱卫、袅袅的烟雾和祥云、沉闷的转动和匍匐。准备打道回府的时候,见一辆辆车,轿车、越野车、摩托车、驴车、自行车在无路处颠簸,沿山体上行,他们从青海、甘肃、内蒙古来。我们好奇地跟上去,就到了活佛家。

只是一个小院子,前院儿有些简陋。后面,上到二楼,方觉佛像无边。等候参拜的人真不少,有当地百姓,身上物品不一,烟火气却相同,他们要求不高,只为荫求平安;有外来达人,仪表堂堂,携家带口,或者助手秘书之类,那也许为职位、为富贵、为今生、为来世吧。我们的到来似乎有些唐突,不懂规矩,没有目的。年轻的助手知道来意,和蔼地做了安排,年事已高的活佛接受了我们的拜谒,他用哈达和摸头顶表达了对远道而来的不速之客的祝愿。出门,阳光灿烂依旧,笑脸明媚如初。不带任何世俗目的的参拜,只是对佛的礼节,对佛的心仪,对信仰的仰止。

回程沿山而上,就遭遇了东乡。原以为只是一个普通的回民区,回来一查方知,我们有幸绕到了一个颇有争议的民族的巢穴——撒尔塔,一个与商、兵结下不解之缘的民族,一个有自己的语言无自己的文字,有自己的信仰却说不清自己来历的民族,一个住在高山之巅、高原之上的民族。阿难答也好,

成吉思汗也罢，交通不便、偏僻闭塞、缺水的高地，这本身就告知了当时的无奈与退避，好在时下早已安居。

回到兰州已是大年三十。吃完年夜饭出来，街道竟铺上薄薄的一层雪，灯光之下，空中若有若无，漫不经心地浮着薄薄的菲菲的那么几许，几丝。枯枝败叶、干土地也披了外衣，润润滑滑，陶然自足。回到住地，雪已全停。回望来路，梦境一般，自己犹如刚从童话里走出，恍恍惚惚，不知归处。

穿云度涧采茶去

乍暖还寒,春像个刚出嫁的女儿,三天两头往娘家跑。这不,前儿又回去一趟,今儿才在风儿的陪同下款步回来。太阳有些害羞,欲迎还拒的样子,但心里的热情早溢了个漫天满地。

睡个自然醒,然后是家务。雨天累积的衣服要洗,换下的被单要洗,灰尘要抹,地面要擦,散放的物品要归位。做完这一切,再炒俩菜、煲一锅汤犒劳自己。一周来的辛苦也好,烦闷也好,就着太阳蒸发,就着美味消化。心里对自己说周末快乐! 这原本属于上帝的安息日,我在工作了六天之后,做一回自己的上帝,姑且安歇!

下午约好朋友去爬山。家门口的山啊,它的每一根骨骼、每一寸肌肤都已经熟悉不过,老朋友了。闭上眼想,进山门,过桥,蛋清似的水,绿绸样的坡,一天门,二天门,焚香,礼拜,竖起来的石级,大汗淋漓的香客,长相怪异的树木,被惊飞的蛇影……这样的一座山,好处在于,想看风景的有风景可看,山间清风,水里日月,百看不厌啊;看惯了风景的仍会有新的惊喜。天然氧吧,这里当之无愧。户外有氧运动,使越来越多的人成为这里的常客。

我们不是客。我时常觉得它像是家里的一个花瓶儿、盆景,我们把玩它,了解它,欣赏它,正面、侧面、背面。苏子也说“横看成岭侧成峰”么。当然苏子是诗家观照,是名山秀水;我们是俗人眼光,是自家天地。这也没什么不好,自家天地才是真实的、生活气的,就像用旧了的一支笔,习惯;也像洗得发白的家织布裰子,亲肤。

这次要开辟一条新路。我们从右侧进山。过桥,田埂小道,人家,狗叫。渐渐地,人没了,山黑了。一条石子路经脉一样,在山体里蜿蜒,我们像两个细胞蠕动在山的腹部。但我们是无法分裂新细胞的两个组织。要是能够分裂多好啊,多大的一架山,就我们两个,势单力薄呢。

有牛叫! 有铃铛! 有人! 绷紧的弦松弛了。我们到了一个新的村庄。男女耕织,鸡鸣狗吠。其实他们就在山背面。背面的山是茶山。茶树好像也厌倦了篱笆,从园里跑了出来。随着跑出来的还有山歌,一茬一茬,跟茶树似的:

四月茶山郁苍苍,姐妹采茶上山冈。
肩挎茶篮步如飞,歌声笑语连成浪。

东边歌罢,西边又起:

南山冲对北山冲,采茶姑儿笑语浓。
一枝一枝又一枝,晚来十指个个疼。

这姑儿平日被父母娇养惯了,就有嫂子接下去唱了:

头茶碧绿二茶香,采茶人家昼夜忙。
好茶提针长街卖,粗茶留着自家尝。

这边你方唱罢我登场,那边哥儿姐儿情浓意酣:

空中舞彩蝶,心底翻热浪。手挎茶篮岗上走,往日采茶易满筐,今日秤称没八两。走一步来望一望,一心直把阿哥想。不知不觉梢头照月亮。一根红线牵两头。跌跌撞撞下坡来,俺把阿哥挂心上。不知阿哥和俺心里想的可一样。

　　这样的景象想想都觉得奢侈。现在的茶村,颜色单一得跟青山一般,青年男女或读书,或工作,都奔着城市去了。山里几无窈窕的身影,更难见挺拔的身姿,哪里还有山歌飞!山,只剩老人留守。留守的老人忙了地头忙茶山,忙完茶山呢,儿孙们远离山冲,是他们一生的心愿,也是他们忙来忙去的终极目的。看着他们离开土地,离开山村,不舍却心安。
　　只是这样一来,本该热闹沸腾的茶山,受到了从未有过的冷遇。古已有之的名茶之地茶叶经济竟然难成气候。惋惜之余又有几丝侥幸:因其不成气候,而保留了从采摘到炒茶的全人工操作。这使得一些掺进机器的铁腥而品质不再的名茶遭到诟病的时候,这里的茶叶因品质纯正越来越受欢迎。幸与不幸、数量和质量是这样形影难离的矛盾体。而更普遍的矛盾在于,自然的灵气和现代的霸气之间的牵扯,无奈又必然。
　　一园园的茶树落寞得有些无奈,映山红艳丽如火,却不知为谁燃烧。难得如此热闹吧,松鼠在茂林里跑来跑去,野兔也来看稀奇,惹得朋友跑去追赶。但她那百米冠军的速度仍然败北。原因之一是林间草莽羁绊太多,那牛

高马大之躯毕竟抵不过精巧的兔子。我忍不住哈哈大笑。

老妇们在里面忙活,我们就在外面采摘。"青裙女儿指爪长,度涧穿云采茶去。"长期浸润于石灰粉的指爪也许不再灵巧,但一身布衣,满怀泥土,跟着山间老妇,也稍可慰我远涉山水之意。他们好奇我们的来历,我们也有些胆怯自己的作为。但,山似乎是最好的纽带,山里山外,山南山北,本就没有隔阂。我和朋友务工半天,作为酬劳,讨回一把茶叶,我要亲手炒茶。

朋友满脸疑惑:你会炒? 我笑:跟炒菜一样,只不用油呗。——此杨氏炒茶法!

当然,茶是没炒成,我根本不懂高温杀青、热揉成型、搓团显毫、文火干燥这些个步骤,但我喝下了满山秀色,喝下了最醇厚的清茗。

凤凰小记

有的地方得用一生去感受,有的地方得用一生去向往,而你——凤凰,我愿意用一生去靠近。

少年时,凤凰是美丽如玉的翠翠和渡船,是会唱情歌的傩送兄弟和虎耳草,是厚道的顺顺的吊脚楼,还是碾坊,和兵弁的爱情、少女的初恋。后来,凤凰是沱江,是古城,是石板街,是大师的摇篮。再后来,那一江碧水就总在梦里荡漾,石板街也总在梦里蜿蜒,那些故事就在远方闪着幽蓝的光。

我要逃离一个生霉的雨天,于是来到橙色的热烈的湘西,第一次走进凤凰,靠近一个千年的梦幻。

第一眼所见,是疲惫中妖魅的夜,以及夜的眼睛,凤凰的眼睛——红灯笼,对于奔走了一整天和一个晚上的旅人来说,心中的失望只能随一声叹气轻轻释放。沱江,该是纯净的,明朗的。而妖魅,只属于秦淮河,还有潮涌般的游客……

早上在狗吠和捣衣声里睁开眼睛,阳光穿过飞起的檐角照在脸上,知道我是宿在时间的渡口。主人家是教师出身,当家的瘦小男子,他的哥哥却生得壮实,戴着眼镜,老母亲已退休在家,跟几个孙子和一条宠物狗为伴。雕花窗外的沱江泛着粼粼的光,一如主人家挂着微笑的老母亲的脸。石板台阶从江边逶迤而来,一直到我住的三楼。顺台阶而下,沱江两岸即尽收眼底。吊脚楼、红灯笼、雕花窗、簸箕上的红字招牌,布幡、酒旗、竹篱笆、太阳下的白被单,垂柳、棒槌、露出水面一截的青石条,挑着篮筐的汉子、端着脸盆的少女、捣衣的大嫂,排着长队的鸭子……哦,沱江,这才是你的真面目。今天,我将渡到你的深处。

依计划到过熊希龄故居。照例陈列着一些物品,摆放着一些照片,告诉后辈名人的家世、成长的经历,和卓著的成就。讲解员是一些小姑娘,夹着扩音器,拿着小木棍,煞有介事,从一扇门进一扇门出,指指点点,背诵着不知向多少人重复过多少次的台词。有趣的是,这位政绩显赫的维新派总理,后人关注的重点却在于他的第三次婚姻:四个橱窗的情书展览,还有不短的解说。爱情面前,真诚是唯一能横跨时空的通行证,年龄不是借口,距离不是理由,这一点都不稀奇,更不该成为噱头。恰恰相反的是,有魄力在人生舞台创造奇迹的人,其在爱的海洋激起的浪花也一样不同凡响。身处物欲横流的今

天，敬佩发自心底，反思常在心间：谨录沈尹默贺熊希龄、毛彦文新婚一联于此：且舍鱼取熊，大小姐构通孟子；莫吹毛求疵，老相公重作新郎。

俗语有"富不过三代"，而陈寅恪一门，却三代尽得风流。从熊氏故居出来，没几步，就跟"陈宝箴世家"不期而遇。

陈寅恪，这位学贯中西的大师，却是梳着辫子、穿着长袍从这里走出去，不，流放出去的。我不知道被朝廷定罪革职对于一个9岁的孩子的一生有多大影响，却也可以想象，养尊处优、仪态万方一朝尽失之后的步履失重，踉跄奔波，也许还有呼号连天，求告无门。你只需看寅恪二嫂年方20客死途中，即可明白天威难犯。陈宝箴，湖南最早的企业创办人、湖南近现代电信业的开拓者，罢官一年又被赐死一事，却使得他的儿子、陈寅恪的父亲、中国最后一位古典诗人陈三立作了"神州袖手人"，寅恪及其兄长也都远离政治，在文学、绘画、经济等等不同领域成就了各自的风流。

幸，与不幸，全在乎自己。诗人吟出"凭栏一片风云气，来作神州袖手人"时，是怎样的激愤和无奈；"卢沟桥事变"之时，竟栏杆拍遍无可凭，绝食五日之后驾鹤西去而永不瞑目。遥想间，一股凛然之气从砖缝里透出。自己似乎不是在楼宇间穿行，而是游走在历史的缝隙里、书页间。

"腾蛟"里可有多少闻鸡起舞的历练？"温婉"又透出几许陈家女眷的宝相风仪？"清茗"阁那日理万机之间的芳香甘醇何在？实在喜欢那些花窗，还有飞檐翘角和东西勾连、南北交通的门楼。站在庭中环顾四方，仍迷惑不知所以。讲解员赵着门框，也不明就里，还满脸鄙夷地看着询问的游客。大师就是海，也是水，初读亲切，再读遥远，等到距离再度拉近的时候，你也就离大师不远了。

沱江奔腾不息，历史滚滚向前，石板街勾勾连连，坎坎坷坷。沈从文、黄永玉从两岸走来，一个含着烟斗，一个带着笑意，满脸谦卑，步子有些趔趄，姿势有些笨拙，但一个却站在了乡土文学的峰巅，一个站成了诗书画的丰碑。

吊脚楼、印花布、滴水床、破旧的纺车、阴暗的厨灶，丝毫不影响泰斗的光芒，相反，它们作为一道镜面，将那光折射得更加耀眼夺目。一介草根可以仰视也可以平视的，是大师的另一种风范——记起朦胧派诗人北岛的文字，他七十年代时有一次去拜访黄先生，先生在北京大杂院一间加盖的小棚接待客人。小棚没有窗户，低矮昏暗。先生提笔在墙上画了个窗户，画了阳光和花朵。一个艺术家对黑暗的认知、抗议和戏谑尽在其中。大师所处的时代往往叫人叹息，也许就是这样，于多舛的时代而能微笑着叹息，委屈着不折，"在严酷时代保持了纯真"，不折不从，亦慈亦让，才是赤子风范，师之本色。

凤凰人真是有幸，每天枕着属于他们自己的峰巅和丰碑，安然自乐。熊氏姜糖已通过 ISO 认定，吊脚楼成为最受欢迎的家庭旅馆，小木船是沱江泛舟观景的必备工具。即使这些都不说，随便哪个角度哪块地儿，只要你的镜头对准了，就绝对是一幅无可挑剔的油画，一首惹人遐想的诗行，或者一曲浓情慢板。

夜晚，独坐江边，凉风习习，拂去一身疲惫；管弦悠悠，抚慰满心忧伤。远处男男女女三三两两抱着泳圈在水里扑腾，孩子们干脆赤身裸体从桥上扑通跳下，喝喊着笑闹着，把一江灯火整晕在水草里。沱江，到底甘醇得够味。

碗里的流沙

城市就是一只大碗,人像沙子将其填满之后,还要在里面装进高楼大厦。人只好成为流动的沙。但即使如此,亦不免受其所伤,像雷峰塔下的白娘子,大半生被房子压着。如果碗里还要注水,就须得小心再四,慢慢,轻轻。过猛过大的话,沙子更会立脚不稳,边沿化也许就是这样产生的?

霜降过后,一直大雾,只是我们很少见到而已。住在郊外的同事一身水汽来上班的时候,就感叹,雾也走农村包围城市之路——太厚重的雾,碗里还禁得起么?像昨天的雨,不慌不忙,不紧不慢,时有时无,才能点点滴滴渗进,将石头和沙子搅和得亲密无间,难分你我。从窗子望出去的时候,街道果然落寞得很,大约人气都被钢筋水泥焊住的原因。偶有成对的人儿走过,雨声寂寥,脚步声寂寥。

这样的天气适合干什么呢?想起冰心老人还不是老人的时候写的,年轻的姑娘在黄昏时分,去拜访素不相识的人家,被十二三岁小丫头一盏小橘灯温暖的故事,就毫无理由地认定,那个黄昏也是有雾的,一来重庆多雾;二来呢,那样百无聊赖的情绪一定是阴晦不明朗的。退一万步讲,即使不起雾,阴天的黄昏也是夜色如雾的。后来读书,知道冰心女士并非雾一样柔和的人,她还有一颗不太容易被温暖的心地。她不喜欢比她漂亮,比她有才气,比她受人欢迎的林徽因,即使两家故交多多,她都小心眼儿地容不下另一个美人。心里就有别样的感觉,文人、才女,毕竟首先都是凡俗之身心。

那么,去拜访一个什么人,做一回不速之客?在某个小巷,兴许也会有丁香一样的美丽邂逅。念头一闪即逝。那丁香一样的邂逅让年轻的诗人终生失去了爱的能力。戴望舒的丁香雾一般缭绕在他的心上,也缭绕在新诗的丛林。而那淡淡的哀怨也雾一般叫人无法抗拒。过于美丽的东西,其杀伤力也是空前的,于人于己都是。

或者,邀约几个人小聚,非文人那般的风流雅聚。酒,不会,那就茶吧,咖啡也好;诗文,不会,那就家长里短吧,柴米油盐也好。电话一通,结果惊人的一致:几个人?角儿凑齐没?没呀?那好,凑齐了再叫我。咱们中国人就是有精神,一定要用我们的血肉筑成我们新的长城!

好吧,那就窝着,作一粒沙子,见证一滴一滴的秋雨融进装满石头的碗里——从明到夜,从夜到明。

　　天明之后,艳阳四溅。操场被昨天的雨水和今天的阳光刷新,清清白白,坦坦荡荡的样子。但新闻就说有两个人走了:娶了美丽的"童养媳"恩爱六十二载、会为妻子做菜的航天之父钱学森,唱红《你的柔情我永远不懂》、在前夫生日当天纵身一跃的 39 岁女歌星陈琳。知道,一个古城,至少失去了一座丰碑。

倦

有时候非常疲倦，连窗外的太阳照在身上都会觉得是一种无法承受的负担，那时活着只有两个愿望：要么沉沉睡去，再也不醒来；要么找个清净地儿，待上一天半日，什么都不用想，什么都不要干。可是现在看来，这两个愿望实现起来都有难度。

睡觉本是再正常不过、平常不过、简单不过的事儿，无奈住地嘈杂，人声车声不断。即使关死门窗，刺耳之声、糟心之事也时会干扰过来，深夜如此，大白天更是如此。最近睡眠越来越差，常常辗转反侧迷糊一阵之后，又会突然醒转，加上早起，常会精力不济。沉沉睡去，基本属于理想，甚至有时候会觉得如果真有沉沉睡去的时候，那一定不用，也不愿醒来的了。

第二个愿望的难以实现，关键在于清净地儿的难觅。疲倦得连阳光都是负担的时候，鸟叫自然也会是尖锐的噪音。但如果没有鸟叫，阒寂无声，差可接受的话，缺少阳光的世界黯然失色，不仅不会消乏，反会加重心上倦怠，适得其反。理想的状态是，树林，茂盛，不茂密（过于茂密，会生压抑）；太阳，明亮，不热烈（过于热烈的光线太高调）；流水，清澈，不叮咚（太活泼的流水声，检验心脏的健康度）；不远不近，离开市间在可承受的范围之内（太远，无法到达；太近，又不免沾染市侩气，不可能清净）。

试想想，有树有水有太阳，这样的地儿太普通，就像五官齐全而平凡的人而已。可是，这个普通的地儿，要是不扩张，不攻击，不好奇，不打听的，它只聆听，只理解，只接纳，只包容，只付出，且不温不火，温柔敦厚。人靠着老树打个盹儿，因为没有市声的干扰，也许这一个盹儿就比整晚的睡眠质量高。天并不要蓝得像画儿，云也不必像修养极高的处士行走优雅，树叶晒过的光线，也不必有多美的图案，松鼠可有可无，花儿可艳可谢。一定不要的是大虫小虫，一定要有的是草儿叶儿。如果要有陪伴，不会是有情郎，因为柔情蜜意总会带有阳光的色彩，而让人觉其分量。母亲和女儿是不错的选择，慈爱的目光、纯真的依恋，是最本真、最自然、最熨帖的心灵鸡汤。再有轻微的风抚过，犹如小儿女肉乎乎的手从发间穿过，唉，那应该是温润至心底、怡人至骨髓的放松了。

当人活到连睡觉都成问题，想找个地方发呆片刻、打盹儿片刻都难的时候，是不是太可悲了？

疲倦的时候，喜欢听一首叫做《味道》的歌曲。虽然旋律不算太美，歌词略显煽情，也不知辛晓琪何许人，但就是她的浅吟低唱，温厚中冷静，深婉里隽永，纯净如爱，醇厚如友。挚情的深度、生命的弧度，你尽可在半眠半醒中接近，或者迷离，甚至远离。

也有厌倦的时候。并非精力不济，也不关乎睡眠。但其结果肯定导致包括睡眠在内的所有生活质量的全线滑坡。感动过的不再感动，吸引过的不再吸引，激怒过的也不再激怒，情感中枢厚度增加，变得僵硬麻木，或者如碎裂的窗户纸，所有的风儿都无法再听到它那颤颤的乐音。如果可以重来，宁愿是狗，不愿为人。那就是比死还可怕的无底深渊了。更为可怕的是，越来越多的人在越来越多的时候，会被厌倦感侵袭。

人，不知是太容易满足，还是太不知满足。

伍

天疆散文

【作者简介】

　　赵张勇，笔名天疆，男，汉族，党员。中国散文家学会会员，中国散文学会写作中心创作员，西部散文家学会会员。湖北教育学院汉语言本科，曾为新疆兵团农二师25团宣传干事，现在武汉市从事教育工作。从事散文诗歌写作，有散文、诗歌见诸于《词刊》、《当代散文》、《岁月》、《绿洲》、《西部散文家》、《华夏散文》、《荒原》、《辽河》、《新散文周刊》、《运河》、《武穴文坛》、《水》、《天门文艺》、《张北文艺》、《写作时代》、《沈阳铁道报》、《兵团日报》、《新疆日报》、《中国经济报》等文学期刊及副刊版面，并被《2009年中国精短美文精选》、《中国当代散文大观》收录，获2009年中国作协《长江颂》全国游记散文三等奖。中国散文学会第八届"中华颂"征文一等奖。

那棵树站成了一道风景

站成一道风景的是卧浪跨波的宏伟江桥,从容阅读江面历史的是岸边的那棵菩提树。

说是菩提其实并不确切,或者说有些牵强。她,既没有虔诚朝拜的人流,也没有满树敬献的七色彩带,只是经年累月地默默伫立在岸边,注视着江面,从容地见证和衔接起龟蛇长江第一桥的历史。所以,更有了发言的权利和让我拥戴的资本。

听老人说,原来的黄鹤楼就在临岸的江边,微耸的山岩是旧日的古楼。二十世纪五十年代,因为要在长江上修建大桥,鉴于高大巍峨的桥面会有碍古黄鹤楼的观景,于是,旧址才迁移到蛇山的更高处。岸边的山岩如今已被削平,但唯一留下的这棵树却被保留下来。她静静地伫立在江边,如玉般轻灵,成为岁月的象征。如今,随着岁月的更迭,她已自然地融入我身边的社会,融入那满江皆是的人造景观。

人们用围栏把她重新装饰,成为一道奇特而又亮丽的绿色空间。至于人们在乎她的存在,也许是想记住那一段流逝的古老情结,或许是在等待和期盼着当年黄鹤一去不复返的身影。

所以,一棵生命之树就这样又坚毅地站成了一道风景。

千百年来,阻断两岸往来的是宽阔而又汹涌的长江,从没有被征服的大江,总是那么傲慢,以一副不可一世的姿态横亘在两岸之间。正因这难以逾越的滔滔江水,才让苟延残喘的南宋王朝继续地生存下来。傲视江北,坐视群雄逐鹿,是宽阔的江水让孙仲谋有了小视曹操的胆量。然而,蒋家王朝划江而治的最后一线生机,正是梦想凭借长江天险的难以飞渡而负隅顽抗。彩虹飞架南北,天堑变通途,多少年来早已成为人们心中的憧憬。

古树作证,见证了第一桥的开工场面。那拔江而起的座座桥墩就像江心盛开的礼花,逐日漫过你的树干,那昼夜不熄的点点焊花,凝聚着桥梁工人的汗水,让有力的钢铁臂膀慢慢跨过你的树尖,延伸到江心,合龙在最后的对接时刻。直到有一天,你终于亲耳聆听悦耳的隆隆声碾过了桥身,让你感受了列车的鸣笛,感受到桥面上人声鼎沸的喧嚣,长江第一桥就这样活生生地走进了你的视野,也走进了我的生活。从此,在你高高的树冠上托起了一座彩虹,成全了京广铁路上的一段美丽佳话,卧波的长虹从此成为你的骄傲。

能引起我的注意，还是五月的一天。在你的身边，我看到一群即将渡江的游泳爱好者云集在你的脚下，我也带着敬佩之情赶来观摩。虽然小时候就喜欢戏水，但是，真正到长江里搏击风浪还从来没有这个勇气。而这些人中，小到十来岁的少年，大到耄耋老人，都能检索出不同的身影。我纳闷，江水的情结怎能聚集起这么多钟情的追随者呢？这种情结是领袖的风采深深地感染和激励了江城的百姓，还是从古至今的一脉延续，让那种舟渡的困苦练就了江城人永不屈服的性格？思量中我无意中看到了你的身影，一棵不知名的树独立在人群当中。龟裂的树皮斑斑驳驳，然而却秉性高贵。那孤傲开放的粉红色花挂满树间，花不是瓣状而生，却是一粒粒满身绒球，绒球表面聚展着浑身的茸刺。这是一种什么花呀！记得在塔里木生活的胡杨，纤细的种子也像你一样浑身长满了茸毛，落在沙漠里，只要有风就会滚动自己的身躯，随风飘移到遥远的地方，然后再生根发芽。然而，你长出这么饱满的绒球，也要模仿蒲公英去飞翔，也要效仿胡杨去奋力张扬吗？可我知道，你就在江边，即使落下，也只能在江水中。哦，原来你的本性也有椰子的坚韧，也能学着椰子一样去逐水漂流。如果那样，到另是一番景致，映衬在江水中，粉红的身躯也许更有一番韵味。我不敢一一定论，但我希望你能这样。

记得没有桥的历史，一条大江，把两岸的你我相隔在遥远缥缈的水岸边上，想要牵手，却要摆过宽阔的大江。那汉水裹挟着秦岭的热血北行而来，远道的汇聚就是为了定格这三镇的格局，而你却始终地跟随着黄鹤，在南岸伫立成一道前沿的风景，拱卫着古老的黄鹤楼。被水分隔，确实让远处的江汉关钟楼模糊了你的身影。左岸，触手可及；近前，却又难以亲密地接触：这就是水的阻隔，更是渡江踌躇者的苦恼。而这些都不重要，重要的是你匆匆走过的脚步，多少年来，一直就在江水的岸边昭示着路人。看潮起潮落，观日出日落，亲眼目送江城的父老，为了生计，踏着两岸的泥泞，追赶着班轮晨出暮归。一拨拨，一趟趟往返于两岸，从没有间断。

那天在步行街购物，不知不觉中夜阑初上，于是，又想起了当年不知摆渡过多少次的轮渡，便突发奇想，放弃了便捷的公交，携妻一起坐船赶往南岸。

踏上甲板，又一次在江水中巡游，星星点点的街灯洒在江面，被江水搅拌，泻下一池的碎金细银，仿佛是你的果实掉进了含情脉脉的江水里，与远处大桥的霓虹彩灯一起交相辉映。此刻，轮船在夜空中拉响离岸的笛声，清晰而又欢畅，似乎在告诉对岸的那棵菩提树神，欲说我的即将归家，欲说一江的灯影已将你洒落的果实随波带走。

如今，是你在告诉我久违的心应该归宿，在这快节奏的城市，不该丢失那可贵的真情，感受城市的宁静就应该重回这里，尽情地观赏水岸江城，悠闲地

倾听琴台古韵，一定会声声呼唤起旧时梦境里的鹤影回归。

　　站在船甲板，此刻我在遐想，黄鹤是什么，这种吉祥鸟真的还存在吗？骤然间，我似乎有所顿悟！那是两岸的人民，为了一条大江的苦恼，而幻化出的一种舟渡之神吧！这辽阔的水面因为有了她的存在，归家的路才不再遥远，不再被江水所困扰。

　　渡轮上依然清静，已经不再是旧日的拥挤，我知道，如今的路已经有很多，可以自由选择，而船也不再是当年的唯一。仅是江面就已经有了四座可以通行的大桥凌空出世。而且，暗伏水底穿江而过的长江第一隧道也已贯通，往来如梭的人流可以很从容地选择。这非你所能为，但只有你能有此心计，久久地瞩目江面的变化。我知道，你是来者，更是守护神，默默地伫立，只为护卫我们一路前行，只为虔诚地祈祷。如此，是江城人的荣耀；如此，是你我的福音。

　　船到码头，中华门旁的那棵树又跃入我的眼帘，过去人群熙攘的中华路，如今已没有了接踵擦肩的人流，只有树影下、江水边三三两两相拥而坐的情侣细语缠绵，浪漫地拥抱。

　　不与江桥争高低，不与黄鹤争威名，这就是那棵树，一棵让我至今都无法叫出名的极其普通的树。虽然人们的喜好会有不同，注目的视线会常常游离你的树冠，但这又何妨！你在我心中仍是神圣的菩提，仍是我心中的树神。你的伟岸，不会因为人们的脚步匆匆而消失，更不会因为我的辛勤劳作、疏忽大意而停止生长。即使生命的年轮有限，而在这有限的生命里，却会与我同在，与这个水岸的江城同辉。

三峡祖居

两天来,淅淅沥沥的雨落个不停,打湿的心情潮潮的,让人振奋不得。人说一场秋雨一场寒,这话一点不假,本是秋高气爽收获湛蓝心情的季节,却也阴霾不散。人在世不可预见的事多了,生活节奏的加快,生存环境的改变,让我来不及细想。便仿若人似物非,逝世以绝。

川水长蜀道远,看着一江秋水复东流,茫茫九派蒙烟雨,知道彼此和这个世界已经深深地融为了一体。

我们离不开这个世界,就像总也离不开的一江秋水,就像那如今又多出的巍峨矗立的三峡大坝,物与人所居,祸兮福所倚。奔腾不息磅礴千里的大气之势,已经被一只无形的巨手拦腰截断巫山烟雨。高峡出平湖,神女应无恙,猿徙身境迁,祖籍已难觅。

记得初回祖籍的时日是在少年的西北,一家人来到山城,攀朝天门的江阶而下,轻舟简从,坐江船放流而归。我不能说清当时父亲心中的曲衷,只依稀看到父亲沧桑的眼角挂着泪珠。谁在三峡深处住,独凭栏,泪迷蒙。青山关不住,脚步却匆匆,惊回首,雨如注。那年也是秋,夏暑西风正过尽,走出西北却是十年的等待,思乡的情怀。然而,十年的历练是在屯荒的岁月里完成,从疆北再入南疆,直至迁居博湖之滨,从没有停止过漂流的脚步,都是为了一个边疆建设的主题,回乡探亲才暂时离开西北。那虽不是父辈的第一次,却是我的头一回。山在江水的眼前流动,水载着游子的近乡情结。走进天府,物丰人朴,川江号公已无从觅踪,只有湍急的浩浩长江之水助澜推舟抚慰我的心情。虽然旋涡四起,浪遏飞舟,葱茏的山岚却是西北不能比拟。

江晚灯影稀,船靠新田,山路弯弯,曲折婉转无人烟,盘旋逶迤家不远。好在父亲从小就在江边长大,凭着记忆引领我们归家。长于戈壁宽敞的地面上行走,此时的我怎么也不适应山区的崎岖小路,爬坡气喘吁吁,下坡举步维艰。即使这样还是小心翼翼圆睁着双眼,兴趣盎然地穿岩跨溪。当走进一方山脚的堰塘,父亲手臂一指,才朦胧看到远处的乡村。不用说,那就是父亲的家了。原来家是这样遥远。

回望江山,远是天涯近是乡,一缕炊烟,几多等待。香火高烛照灯台,蜀国故里青衣还。我们是哪里的臣民呢?胡服的布衣,漂泊的浪人,即使走到天涯,都有叶落归根的念头。这就是乡恋,纯纯的血统,深深的三峡故土情

结,正是这种父亲的思念把我第一次带回了天府。如果没有这次的回归,也许我的下一代或是下下一代,就永远泯灭了归乡的念头。

推开柴门,两眼已经昏花的爷爷拉开了门闩,屏息注目,一刹那的惊喜,让泪水模糊了双眼。少小离家老大回,乡音未改鬓毛衰。爷爷念念有词:"终于回来了!"江河留得住青山却留不住江水,留不住远行大漠的儿子,父子相拥而泣,我们只有痴痴地伫立,等爷爷回转身来,我早已顾忌不上亲人的问候,扑到了爷爷的怀里。还是那样的慈祥,还是蓄满下颌的长须,当年带我稚童成长的形象仍旧没有改变,只是如今步履蹒跚,银发白首了。

看着爷爷笑弯了眉,嘴里不时地招呼幺爸拿出刚下树的川橘,往每个人手里塞。川府的水果,红澄澄,金灿灿。话不完的甜,蓄不尽的果汁带着浓郁的酸甜清香在心里,别是一番家乡的滋味。山永远是青岱葱郁,近在眼前,就像大西北那样辽阔无边。感受着融融的亲情,感受着秀美的村庄。这就是我的祖籍,一个三峡人家的血缘亲脉。

那年临别家乡,记忆最深的是父亲圆了爷爷的梦,找来木匠,精心选材,为老人打好了棺椁,直到新漆油面停放进偏房,才在爷爷含泪的注视下离开了村庄。时过境迁,爷爷仍安息在三峡高高的山岚,而父亲已经长辞大漠,永无归日了。

时光轮回,等我定居江城,已经淡漠了家乡的阡陌,模糊了三峡的轮廓。而再聚首家乡的亲戚,已是三峡大坝炮声隆隆的前夜。

家乡要淹没,祖居需迁移,库区的原居民里走来了幺爸一家。家是政府新盖的楼房,就在古老的荆楚大地上。一脉的江流,只是比三峡祖居多了湖泊水乡。顺流而下,喜相重逢,好大的一家人!田园乡水,物丰人欢。只是没有了前辈,因为他们已将生命的根须深深地扎在了三峡的土壤里,永远地陪伴那一块土地,日出而作,日落而息。

明月我心,高高地挂在三峡的天边,让人思念,让人怀想。逝者已去,来者路长。

江水长流,载不完的三峡情,走不完的人世路,脚步匆匆,从春到秋,一代代,周而复始,就像这浩浩的长江之水静静地流淌。不管她源自哪里,都会滋润抚育她的土地,她的臣民。因为这就是江水的力量,这就是华夏的血脉,源远流长。

坚硬的土地

几乎在它到达的同一时刻,旷野的泥土就改变了初始的姿态。

我的向往明显带着朴质的泥土气息,而这里拒绝裸露。多重的复构都建立在城市的外表,所以,才须经过精细的打磨,仔细的包装,让它组成一个立体的结构。高高地耸立,那是为了瞭望到遥远的先辈,它幽幽地隐在我来时的地方。在时间深度的逆程,有一个形式可以完成心愿的表达,那就是东方明珠的塔尖上发出的柔和电波,它可以带去我早年出行时曾经有过的憧憬,也可以悄悄地捎去我梦里的家乡思念。

四面八方的路,完成了乡间土地的引导,包括更为直接的铁轨,怎么都是这样硬性的直肠。这种坚硬的辐射,是想告诉土地,我是一个巨大的旋转时轮,当完成乡村与城市的转换,唯有一条条路的辐条能把乡村牵引。圆轮的轴心就是城市,是坚硬的地表。这一处坚硬的地面,是由水泥混凝而成的路面构成,是由钢筋铁骨支撑。一些家乡的山石也已车拉船运来到这里,早已经过了精心的切割,为的是组成市井里坚固的壁垒,所以,充当高楼大厦的基础是理所当然的事情。剩下的部分也已铺在了路面,理由非常简单,就是绝对不允许裸露出泥土。那是城市不愿看到的成分,那是为了城市人行走方便的缘故,洁净的外表不该让泥土玷污。真的会玷污吗?我也说不清楚,反正外表达到了干净的效果,故而少了我日日洗涤鞋面污垢的烦恼。这是最重要的感觉,至于泥土的作用,在这里已经不再重要。我来,抛弃它是理所当然的事情,不由我意志所决定。

城市是城市的风格,覆盖在原始的泥土之上,深深地包裹着市井人心,灵魂似乎也有一层坚硬的外壳,就像炽热的地球表面一定要有地壳用来支撑,否则,一定会与太阳一样,浓烈得无法容身。城市的坚硬决定了人们的取向。松散属于乡村,都是本真的形态,粗犷,裸露,清一色的纯净是土地的色彩,不需要包装,就可以轻而易举地种出庄稼。而这里却大有不同,一个单元,一盏屋灯,就可以把每个人封闭。

我来的时候,还没有学会搅拌,所以没有构成混凝土的成分。虽然,这些矿物大都产自家乡的山野,但是却要再进行提炼。没有工厂丰厚的知识储备,没有一道道分工精细的流水工序,自然还是泥土的本色,提炼不出水泥的成分,也完成不了坚硬的转换,表态必须先学会搅拌。我模仿着师傅们的模样,弄来沙漠的颗粒,倒入人们为城市预备的水泥,然后用水反复地搅拌。一种混合的物质就这样形成,坚硬得非常适合城市的口味。过惯了城市生活,看惯了花花绿绿的霓裳,知道了人们的爱好趣味,才知道,泥土也需要重组,如果不经过二次加工,城市不会轻易地接受。这是坚硬土地上的生存之道。完成土地的这次蜕变,我也要跟着人们一起学会。

走在四通八达的路面,到处都是坚硬的路口。四面的风,把我的思维彻底地改造。软包装趋向于胃口,那是需要调理和掩饰的肉体,提供的蛋白质或卡路里成分一应来自乡村。我的粮食,我的蔬菜,以及那些牛羊,你们的骨骼大体可以剔除,那是不需要的成分,那只是低等动物的硬度,强度达不到要求,也不能补充躯体的养分,唯有肉质才能喂养脾胃,强化我的骨骼。对立在坚硬的路面,才能互为协调,形成力与作用力的关系。要不然,抓蛐蛐、逮蚯蚓这样的事情,怎么非要到乡间的泥土里才能完成?就因为乡下是滋生这些软体动物的场所。

真的唯有坚硬才洁净吗?可是,我分明看到城市也有裸露泥土的地方,这些成分虽然很少,但是毕竟是城市灵魂的一个组成部分。花卉,在人们向往的目光里绽放;树木,艰难地在路面上占有了一席之地,虽然被挤到了边边角角,还是留下了阴凉,更主要的是吐纳了人们最需要的氧气成分;花坛里,草坪回到了地面,这与坚硬形成了强烈的反差。难怪,一到休闲假期,人们就纷纷地涌入了公园,特意去与之亲近,那是绿化师精心留住的泥土培育的结晶。不信你可以四下窥视,大凡有草坪、树木的地方,总有零零星星的盈余寸土,在此之上,才能种出一株株树木。这是乡村随意任何地方都能栽种成活的植物,而在城市,很多的要素都被抽离,所以,驾驭起来就有些难度。难怪要有绿化师来精心调理反复修剪呢。

终于和两个月的阴雨天说再见了,早想感受一下阳光的沐浴,以熨平久闷楼宇内的阴霾。天晴了,出奇得热,很有热带海滨的味道。午饭后想去看看居所后面那条一直陪伴我的林荫小路。走出大楼,离开舒适的空调才知道夏天的味道,闷热的空气和直射的骄阳让人睁不开眼。彷徨和犹豫之中,真想打消去散步的念头。但心却着实惦记着那片绿色,还是强忍着烈日,继续前行。

阳光在坚硬的路面上肆意地扫描,我徜徉在这片绿荫和阳光之间。无意间,在一处树荫下,发现一位女清洁工在悠然地品尝着自己的零食。挽起的裤腿显出黝黑的皮肤,凌乱的头发渗出密密的汗珠,顺着面颊慢慢地下滑。悠然的神情像是在享用一顿佳肴,让我想起儿时与伙伴去乡村郊游的情景,短暂的画面给我带来瞬间的联想。我经过她,继续前行,继续贪婪地享受着

小片绿地。

独自来到鹏城打拼，这条悠长的小路，在我烦闷时，失意时，孤单时静静地陪伴我，像是一个可以倾诉的朋友。还记得在那些忧伤、孤独的日子，在空无一人的小路上，我一次次徜徉在这条绿荫下，回忆着过去，想象着将来，思念着家人，唱着自己喜爱的歌曲。

当我再次经过那位清洁工时，她却在身旁找着什么，然后敏捷地掏出一包她的零食示意着说要我一起分享，简单的神情像是一个可以交心的孩子。

这是深圳吗？是她在和别人说话，还是我听错了呢？她有企图吗？那东西能吃吗？我的直觉让我本能地拒绝了她。但是，刹那间的疑惑，在她一脸的诚意中感受出一丝朴素的真挚，虽是这样，我还是用警觉的口吻委婉地对她说了声："谢谢！"

城市本能地吞噬着人们的真挚，金钱无时无刻不在考验着你我的处世观念，行为就在这染缸里屈从着、挣扎着。漂洗后的言行已失去了原来的本色，准绳失去了基本的砝码，摇摆着，衡量着利弊、真伪。总也找不到原味的淳朴。当偶然的一点征程不期而遇时，却是本能地怀疑着，躲闪着，回避着。城市的主人是钢筋、混凝土，每个人都在躲闪、回避。裸露的泥土总要凭借坚硬的地面来隔离。仿佛将自己装在了套子里，不愿揭去自身那一层朦胧的面纱。裸露出大地的原貌，丢失了什么，得到了什么，谁能说得清楚。

他在城市的地位虽然低微，但却是千万个不可或缺的灵魂。没有他们，那些边边角角的泥土就不会留存，即使留存也不会很好地生长成茂密的树木。而我生活在坚硬的城市，我不该迷失在坚硬的土地里。

老去的花楼

花楼无花，也没有洋楼，只是江城汉口中心城区的一条普通的街名。何时开始有这个街名，不太清楚，只自打祖辈起，就开始叫了，等我记事，它就深深地印在了我的脑海之中。

常听母亲唠念这个名称，能挂在嘴边，谙熟于胸，大概都与生活有关。在大西北居住，牵挂是一枚小小的乡邮，每次，一封封厚重的信笺都会装进同一个地址。然后从天山一端飞越千里，落脚在江岸的街屋里。来来去去，扯不断的就是花楼里的亲情。那里居住着外公外婆，远远的，无法牵手，唯有邮票上的花楼可亲可读，正是这个街名，让我留住了一份乡情。

多少年后，等我回到江城，它清晰的轮廓才凸显出来。

那年，第一次回乡探亲，当小小的足跟初次踏上迷宫一样的街道，想象就像泡沫一样烟消云散。眼前的场景，都与花楼无关，却原来花楼只是一条古老的小巷。街道狭窄而又幽长，两边大都是居民的低矮楼房，高不过三层，狭小而又拥挤，是一处热闹的平民居住区。稚嫩的想象无法张开翅膀，坚实的唯有脚下这花楼街的路面。它一头连着中山大道繁华的正街，另一头延伸到江边的码头。在它的内巷里，细巷众多，如同一个水汊繁密的苇湖迷巷，承载着密如芦草而生的平民，实实在在地卧榻而居。

最是清晰的，就是街头的小吃，热干面、欢喜坨、面窝随处可见。"好吃佬"是江城人出了名的外号。在西北，从没有出外过早的习惯，可江城人却不这样，早餐大都在街上用餐，这与戈壁滩走来的我的习惯形成强烈的反差。记得外公看我总是垂涎于小巷的烧卖，于是，捋一捋胡子，笑呵呵地领我走进老通城豆皮馆说："这里最有名，毛泽东来这儿吃过。"小餐一顿，我仍意犹未尽。外公不慌不忙补上一句："不用急，等明天我们再去四季美尝尝那里的汤包。"就这样，我记住了家乡，原来江城就是浓浓的美味，这就是一个懵懂少年的初次印象。

与大舅牵手，就是想去胡同尽头的江船码头，只要一坐上他的轮船，天南地北就可以到处游览。那个时候，大舅带着我总是脚步匆匆，兜里揣一盒廉价的游泳牌香烟，可总不见他带火柴，烟瘾上来，找个擦肩而过的烟民，笑嘻嘻地借火点烟。这是街民的习惯，还是花楼的风格？我总是看不明白。节俭大概就是胡同人的本色。

　　开心的是西北人不曾见过的游戏,每每与表弟在一起玩,都会到街的另一端姨妈家里,拿出克朗棋玩个尽兴。你一杆,我一杆,杀个昏天黑地。余兴未了,姨妈叫几遍后,才揪着耳朵把我们拽到桌前吃饭。

　　走在街道上,小舅的点子最多。他比我大不了几岁,手中总是拿着一把自做的火柴梗手枪,自行车链条拼在一起,简单地拼成一个枪管,再用铁丝固定在手枪上,很是新颖。撞针一击,火柴头就燃出一股烟,从链条孔飞出老远的火柴棒,不偏不斜正中别人身上。

　　租界在西侧,没有自然的分界,是当年英、法、俄的居住商务区。听外公说,早年洋人用坚炮利舰闯开了武汉的门户,就比邻江边划定了自己的租界。江汉关钟楼高耸、森严,成了洋人奴役华人的标志。西式洋楼林林总总,一溜铺陈,把个花楼街衬托得寒碜不堪,明显矮了一头。如今虽然洋人早已走了,但是钟楼仍然矗立,当年悠悠的钟声已经停止了报时。屈指算来,上百年的历史,条石砌成的石墙花楼仍是江城的风景。层楼厚重,花纹斑驳,形同我儿时摆过的积木洋房,几何形状与花楼街真有天壤之别,相比而言,"花楼"只是空有虚名。也许,就是当年居住在此的平民期盼"安得广厦千万间"的美好用名而已。

　　中国的建筑,少有长久的概念,就像外公的老屋,大都是木式砖瓦建筑,楼梯"吱吱",踏上去颤颤悠悠,即使是瓦当盖顶,也总是与木梁檩椽结为一体,朽也,木也!短暂得如同一辈人的生命。而此地高高在上长久保存的,只能是那些西洋式建筑。赶走了列强,这里才真正换了主人,如今已经成了步行街的一部分。商铺,琳琅满目,好不热闹。

　　花楼街的南面是改革开放名噪一时的汉正街,如今已经是车水马龙,进进出出都是商品。物流的交易,人流如潮。繁华,早已成了华中地区的商品集散地了,楼房也改变了旧日的模样。三十年的商品经济浪潮,它大器晚成,已经脱颖而出了。如今,春节到了,才稍显安静,批发市场,毕竟不同于零售商店,年节前订货,人来人往,摩肩接踵,一旦入年倒安静下来。都是来自五湖四海的商人,该回家的都踏上了归家的路程。逐利而来,追赶商业的大潮,成为时代的弄潮好手。这正应了那句古话:天下熙熙皆为利来,天下攘攘皆为利往。

　　唯有花楼街不改旧貌,小处着眼,死守着街区。与旧屋同在的还有我的外婆。外公走了,母亲也没有等到回江城的那个时刻。慢慢湮没的是等待拆迁的居民。旧楼老屋,跟着时间一起慢慢变老,剩下的就是流逝的记忆。

　　雪过初霁,江城的春节,空气中弥漫着湿漉漉的水汽。三十的年夜,鞭炮声不断,汉口的街里巷口,散发着烟花燃放后浓浓的火药味。当年从这儿走

出去的晚辈相约一起回到了老屋,我和弟弟也不例外。

路弯弯曲曲,弯过了一个世纪,仿佛总也走不到尽头。有时候它真会让我迷路,曲巷众多,弯不好,就会走到临近的大街上去。民权,民生,民主已成路名,中山先生铜像就竖立在三街路口,他背负长江,拄杖迈步,向中山路的腹地坚实地走来。延展的思维,让人想起武昌起义的第一声枪响,正是他指引着黄皮肤的贫民埋葬了封建帝制。随后的毛泽东,从农讲所又义无反顾地走向井冈山,走向四面八方。他追求、探索,衍生出的农村包围城市,枪杆子里的哲学思想,是一个红红火火中国结的色彩。难怪今日屋里屋外满眼皆是,装点一个偌大的小巷街面鲜艳火红。历史就像这滔滔江水,前仆后继,永无止境。

仍然是挡风遮雨的旧巷,花楼街老得如今已淹没在繁华的街市中了。满街的灯光,灿若星河。道边的小摊店铺商品摆上了路面,把一个本就只有三四米宽的道路挤对得更加狭窄。延伸出的道路艰难地向外曲展,汉口的地界,寸土寸金,有一处老屋生存,已经算是幸运。拥挤也是别样的情怀,外婆总是守着这条巷子,早年是等待夫君,迎送子女归屋。如今,三三两两的爹爹婆婆悠闲地聚在一起打打麻将,唠唠家常。

我曾多少次地走过这条巷口,我曾多少次地迷失在迷宫一样的街口巷中。不是我找不到回家的道路,而是小小年纪就离开了花楼,那时还不到三岁。跟随父母一走就是三十年,等再回到江城,拥挤的街道依然拥挤,旧貌依然,只是多了一些新建的楼房。我又怎能再找到家门呢?

一条花楼悠悠长长,深深浅浅蜿蜒在繁华的汉口楼群中。旧巷里住着我年迈的外婆,楼门的阶石盘绕起岁月,坚实地奠基在大门口,衔接起花楼街与花楼主人出入的阶梯,为老人默默地垫步。在晨钟的朝辉中,目送老人出门;在暮鼓的帮子声里,迎接老人返归;市井艰难,看得出,风雨洗刷的胡同光亮无比,走过多少足迹,只有他俩默契认可,聆听儿时的童音就是这熟悉的声音。

外婆不老,步履坚实,精神矍铄,谁能看出她是九十岁高龄的老妪呢?只有小巷还记得她的背影。外婆不亲,只是母亲的继母。然而,花楼确是属于她的街道。在这里,她生育了四个子女,在这里,她操持着整个家庭。母亲走后,都是她辛勤劳作,相夫教子,忙忙碌碌只有日子,忙忙碌碌总是这条胡同,没有人比她更清楚这条窄窄的花楼街了。

听母亲说,早年抗战时,外公避难监利,等回来,外婆也随外公来到了江城。从此,她成了江城人的媳妇。住进花楼街,成为弄巷小屋里的主人。艰苦的岁月,一间十平方的木楼小屋,扎堆一样挤着一家六口。她含辛茹苦拉

扯四个儿女,母亲鞭长莫及,只能寄回钱和粮票周济老家的生活。而真正的苦寒,只有外婆才体验得深切。岁月剥蚀了花楼街的身影,困难时,简陋木房还吊装着板床睡厢,两代人就挤在狭小的空间里,做饭只能在过道上。如今,老屋的吊床还在,而地面的木板已经洼陷。每每晚辈们回家把外婆接到子女宽敞的花园小区去生活时,外婆住不了一段时日,仍会惦记着那间吱吱作响的木屋。岁月的情感谁能忘怀呢?

三十的夜这里是流光溢彩的不夜之城,三十的年饭依然是浓浓的亲情。今年没有去餐馆预定年饭,子女们就是想再回到花楼的老屋,体验一下当年的滋味,想亲口尝尝外婆熬制的排骨藕汤。一鼎老式沙锅,两枚蜂窝煤球,当年最有滋味的藕汤就在这文火中细细地炖煎,熬的是亲情的记忆,煨的是民家早年的向往,因为,唯有那鼎老汤原汁原味,煨着岁月的浓浓香醇,是我们喝惯了的味道。

显然花楼老了,启动的规划已在城市的蓝图之中,不久的将来,它会退掉旧日的模样。然而,在老去的街道里,外婆也会随昔日的街屋一起老去。走过风风雨雨,走过岁月沧桑,我知道,是老屋和旧街,把一个大武汉抚育成如今这般繁花似锦的气象。谁能说花楼不是风景,谁能忽略它当初的存在?记忆的身影,是实实在在的街巷人生。

也许有一天,它会轰然倒塌,可从它身上崛起的一定是一个崭新的江城巨人。眼前消失的都该消失,不该消失的永远留在心上。它是我的记忆,我的花楼。因为,没有那一块基石,永远走不出江城的后人,如果没有那一条悠长的街巷奠基,永远完成不了偌大江城的新老更迭。有什么能比它敦实、厚重呢?!

此刻,拆迁是飞速变化的江城一大景致,到处都在敲敲打打,渗透在新建筑里,也寄望在期许中。新的来了,旧的自然要消亡,停停当当是众多的大家闺楼。旧貌随时间一点点流逝,乔迁的新居多是年轻人的身影,留守这里的,只有总也劝不走的外婆。

湖水的记忆

　　生命之烛，被岁月之火点燃。烛，渐短，滴泪；光，微明，不屈；难寻轮回的人生，铅华尽洗，感恩戴德，是谁将它的生杀大权独揽。才知道抹净久覆的尘灰，才晓得掸去落埃的湿衣。

　　静坐在人世的湖边，观云戏水。鸥歌，一两声，凄凄；鱼影，三两米，潜底。

　　年华失落在湖畔，岁月深埋在湖底，忙忙碌碌，原来是如此难以拾起。只留下穿波而去的船夫，犁开浪花，小心地布下蜿蜒曲折的渔具，静静地沉入湖底，等待生命来换取。生命的黑洞吞噬了生命，生命的连环，扣扣相连。今昔是何年？

　　千湖之省的楚天，丰韵卓姿，灵性的水，片片点点。没有冬雪，只有滴落湖面，烟水一色的雨寒。白沙洲，东湖畔，鸟语莺啼，声声撕碎寂寞无主的心田。沾露的情感凝固在水泊沙滩，永恒的诗篇寄托在遥远的水天一线。

　　湖中的莲，已枯卷了泛黄的残片，也许是在等待着来年。藕，早已净节段段，投入鼎沸的沙锅，咝咝慢慢，炖煨一鼎老汤，领受煎熬的滋味。曾经深埋湖底的梦想，如今也已沸腾，有滋有味地给人以享用的大餐。

　　物尽其用的世界里，我找寻自己的位子，物我的天地里，哪里是你的明天。啄下的日历，快得像鸥鹭的影，刹那间就从眼前消遁。忽忽悠悠，落下的只是遗弃的鸿羽，如此轻贱，洒落在湖面，连一丝涟漪都未溅起。

　　一节藕尚有自己的归属，你却还在何处的奈何桥边？

　　在春的季节里，有的是花团锦簇，山花烂漫。在夏的时光里，有的是阳光灿烂，万物璀璨，生机盎然。更不用说秋的丰满，桂花的香袭，点点滴滴，插入发髻，装饰髻簪。

　　梦回故乡，千回百转。漂泊流浪，却是一束湖水的牵盼。

　　梦犹存，那是初醒的滋味；酒浓烈，已浸透时光的芳香；陈年的醇厚，依稀可闻，浸湿的神经，昨已醉倒在牧羊的悠悠远天，陶醉在落木萧萧的征程苦旅。梦的滋味，梦的色彩，梦的岁月，苦涩甘甜，美轮美奂。是妻枕畔苍凉的鼓励，是儿行千里，刚起步时的步履蹒跚，短短浅浅。

　　爱在故乡的湖畔，不管是在风霜雪夜，不管是在绿茵满坡的天山深处的牧场，嵌在心里的思念，总是不需要用荧光棒来渲染，总是不需用鲈鱼肥美来点缀，歌手就会伴着牛羊不由自主地吟唱，随着白云游动到蓝天深处的天山。

131

在感觉中酝酿,在落魄中构思,绵绵源远。只要心在跳,爱就留驻在心田……

有多少事可以重来,有多少话可以等待。但,岁月苦短,人生岂有续篇。

静静地坐在湖边,看着人流构建的风景,数着飘然滑落的枯叶,斑斑点点,渐渐铺厚了湖堤的鹅卵石地面。

何日何天,平静的湖水,你还会记起那条石凳旁的孤影?

何岁何年,早已滑落的枯叶,你还会否依偎在湖边小道的石林缝间?

月湖之夜

钟家村早已改变了旧日荒凉的模样，到处是一片繁华的景象。临街都是流动的车影，流光溢彩歌舞升平。唯有静静蛰伏的月湖依然故我，在两江汇流的龟山脚下，为江船卸妆。

远处已不再是柴山，那个樵夫也全无了山里的踪影，原来他已经来到了月湖畔，睡在这宁静的古琴台边，祈祷村民，与满池潋滟的水色共辉。

晚风生凉，我在人们遗忘的目光下，走进了你的水岸。小小的一汪城池，是那个湖光月色，她叫月湖，只为你专门预留。停泊在汉水的江边，无需再一路坎坎坷坷地打捞岁月，徒劳地奔流，就是为了承载一次远行吗？那个晋国的上大夫如今到哪里去了呢？南来的汉水，就这样自然地走到了生命流域的尽头。北水浩浩，源远流长；江水荡荡，带走了汉水的波浪；此地小憩，泊在沙洲，做一次最后的诀别，为子期也是为汉水，尚能记得真切的，唯有留下的这一池温馨的月湖水了。把她交给月娥来梳理再适合不过了，怪不得今夜我不愿归去。干嘛要有这么多的愁绪，生发出"烟波江上使人愁"的感叹，就因为那"孤帆远影碧空尽，唯见长江天际流"吗？总有千年不断的船桅。这是崔颢，也是李白诗仙，更是你心中的伯牙兄弟。难怪汉水把最后一滴停泊的水流交给了月湖，然后，才无怨无悔地去拥抱长江。寻到了宽阔浩渺，就寻到了归源，那是一方更为广阔的流域。而你的行程，在辛苦的北流路上，走得这么长久，从此入江归口，就可以放下奔波的疲惫，举行一个毫无愧言的交接仪式。辉煌使命必有辉煌的流传，谁又会怨你呢？爱了，恨了，都是这个社会千百年的低喃。似高山，似流水，所以，才能听得那么真切，才能留住伯牙兄弟来年的再一次行期。

如今，堤岸上仍然留着当年洪泛溢灌的入口，那里已是琴台大剧院的新址。一架仿若古琴的巨大建筑拔地而起，天籁袅袅，这就是后人的仰慕。那上面分明放着当年伯牙兄弟的古筝。而你，静静地躺在静谧的月湖边，数落着音符。头枕着汉水的波涛，身拥着满园的翠竹，与琴声做伴。怪不得会有这池月湖水来为你做媒，她一定是想借着池中水波的载体，自然而然地传递你兄弟的忧语琴韵，让耳膜再一次聆听，交响在心灵的对撞。难怪龟山不语，难怪知音纷至沓来，走进月湖，就走进了音韵醇厚的真心世界，走进了洗涤世路尘埃的殿堂。

月挂在南天,遥遥地与我相望。停车坐望,相看两不厌的是静静的月湖湾了。古老的传说,至今是人们记得她的地方。知音的故事藏在琴台的月色里,诉说着古老的佳话。一边是蛇山,一边就是这片水面了。那个钟家村的小村庄,已经归隐在城市的街巷,成为象征性的街名。我站在隆起的龟山之上,遥遥就可看见。如今,偌大的城市,构建了满城的江水,纵也是水,横也是水,铺垫成一江的美景,可总感到没有你亲切。我生活在水泊的岸边,进进出出,都与龟山相望。暮色斜阳下,晚霞的余晖还在修饰龟山的亭台,这哪里是当年的柴山,子期肩负柴薪的身影也已经不在。城市在走向安静前还在喧闹,唯有安静下来月湖才愿和盘托出她的心情,这是她躲避嘈杂的唯一方法。早年不知道,只认得龟蛇锁大江的彩虹飞桥,却原来这龟山就是当年子期砍柴的山头,难怪钟家村就在不远的街巷。那里是"晴川历历汉阳树,芳草萋萋鹦鹉洲"的地界,一座墓茔就停泊在月湖的臂弯。这一停,就是千年。她澄澈地洗浴了风雨,等待那一个如约而至的来年。汉水滔滔,汉水长长,北上秦晋。那个楚国上大夫走得可算辛苦,走的路太长,弯过的梁真多。最后的期约无奈让坟头的古琴夭亡,没有了知音,这个世界琴声与谁倾诉,那一挂明亮的皎月也只有日日独白。汉水之南,两江之岸,唯有这座低矮的山头目睹了两位知音的亲密交流,就像天天目睹两江的汇流一样。不管他到哪里,水的流动都会紧密地拥抱,发端于秦岭,只要认准了方向,即使再过一个千年,他还会继续回来。水波漂漂,船儿摇摇,就这样,摇到了这里的港口,找到了最后的归宿。

车灯是流动的光线,车轮是圆与路面的切点,当然也走不进湖面。现代人的行程不用桅杆方式来打点。只要上路,粘着车座就可迅捷地抵达。小小的座位,难比那船舱,可以舒展地摆放一架古朴的琴筝,都要弯腰拱背,又怎能张弓抚弦。所以,这样的邂逅,只能是早年的船舷,留下一段佳话也就是顺理成章的事情。世俗的杂念,在这池湖水畔漂白,远古与现代还有很多形式,话题已经演变了无数,纯文本的载体还在,全都放在了月湖畔,由子期的坟茔作证,难道这还会不公正吗?而副本各式各样,今天,离去的都消失在市井的街道内了,匆忙地载客,密集地汇合,那是摇滚的舞台搭建的人间天堂。爵士乐的喧哗,流行乐的鼓点,雷动着人们的心房。架子鼓的节奏,伴随着星光闪烁,让人传承千年的余脉,有荧虹灯来完成。只要有荧光棒舞动,心就同样在愉悦的歌声中跳动,那是民众的乐园。欢乐的海洋,在舞厅,在酒吧,一杯浓香的咖啡,消遣着晨日里白领的疲惫。霓虹流彩,歌女暗香勾魂。有这样昏暗的光线,足以传递包厢里的媚眼,借助光的媒介,一个情字自能在画外脉脉地组合与酝酿。

　　这个世界,服从大家的意志,怪不得是大众的乐园。一路跌跌撞撞地走来,继续着前朝的大纲,演绎着后现代的生活,又岂是知音所能看得懂的乐谱。都市是人们的向往,追逐着,崇拜着,我也身不由己。此刻,我只想来到这里,听听还有没有那一曲《高山流水》的天籁之音。

　　月在中天,唯有汉水平静地默默流淌。

　　隔着一道江堤,月湖就与我一起走进琴音的对视,身边的龟山全都包裹在朦朦胧胧灯影下,它在瞭望那一片帆影吗?我不知道,反正总有山顶的电视塔灯光忽闪忽闪。看来,早年的琴声已经换了戎装,用另一种形式,传递千家万户的福音。难怪,在家里,只要打开电视就能享受。只是可怜了那把古琴,如果保留下来,即使不用,也是一个尚好的古玩,其价值一定不菲。陈列在琴台阁里,更有其久远的意义。

　　柔柔的江风吹来,有花香暗动,在湖面上荡漾。晚风融融,褶皱荷仙子的娇容。花瓣动起来,不与我分说,只跟赶来的水波悄悄地对语。汉水远来还会一浪浪拍打这池碧莲,总会撞开伯牙的心事。荷叶醒了,冲着水波点头,一概地向那座坟茔叩首。伯牙呀,你可以落泪,默默地瞩目已经有了彼此的认可,沉浮终是当年的音符,你把它交给了千家万户。这个世界拒绝重复,重复就不会再有美好的记忆。就把她留在一池的碧莲之中。让人在晚餐的桌上,化作甜甜的莲子汤溶。

　　善男信女还在,在酒吧,在路上,在湖畔……隔江的堤岸,在这个琴台一样线条的音乐大厅还能倾听,还能欣赏,虽是属于复制,也是对我的态度,我的思念。

　　城市的夜晚,音乐厅的光线是斑斓的色斑,留在了湖水里,也留在了花瓣上。难得捞起,就让它与现实和远古融合,来做一个虔诚的传道者吧。涟漪是冥界的告慰。这异样的花色,一样的风情,白红点点,灯盏印辉,足够受用。传入耳膜的还有千年前的绝宇清音,滴落在鲜艳的荷花上,缠绕着我的心绪,让我去也去不得。远处的灯在时间的河床边停泊,那是现代城市的灯影。捞起,仍然亮着。"拣尽寒枝不肯栖","欲将心事付瑶琴",是你在听吗?我的知音,沉下去,就埋入了河床的泥沙中,会自然地熄灭。

　　弦断了……"士为知己者死,女为悦己者容。"

　　有声的地界里一定还在闹着。此刻,不会在夜深人静的地方来理我,都是一天奔波的辛苦,该收收心了。每个人都有自己的思路,更何况是寄托,当年的伯牙是这样,如今,我又何尝不是如此。心态就是明天的太阳,新的一天还会来临。

　　这个夜晚,属于我的唯有一池静静的月湖。

雪线边的花朵

——难忘天山雪莲

喜欢雪莲由来已久，一直想写出自己心中的雪莲，却迟迟未能动笔。那种高山之中圣洁的花，我实在不敢贸然动笔。一来怕笔力不够，亵渎了她的神韵；二来，那高寒中的圣洁，真的不是什么人都能随便临摹。弄不好，一不小心，会画虎不成反类犬，触犯了她的尊荣。虑于这种顾忌，所以，总是搁置在脑海的深处，一放再放。

在文字的海洋里遨游，不时会检索出她的身影。于是，小心翼翼地阅读，愚于固有的偏见去欣赏。心里萦绕的这种情怀，不知是不是一种病态。这种一己私心像痼疾一样，深深地烙在心灵的深处，总也挥之不去。

花仙子的世界，各色花卉层出不穷。南国的花市千般娇媚，万种风情，目力所及，比比皆是。人们心有所向，各自挑选着自己心仪的花神，给予这种自然界的尤物以物我的化身。然而，大自然的恩赐总是厚此薄彼，赐予天山脚下的植物少得可怜。

好的生长环境，生命的形态总是婀娜多姿，万紫千红，让人目不暇接，眼花缭乱。但那种艳丽，我心里好像总感觉缺少些什么。在温暖的春光里，在明媚的阳光下，富丽堂皇的南国花卉，给人的感觉是来自温暖环境或温室的滋润，让人感受美丽过后的视觉疲劳。花的生命，就在昙花一现的时间里，自然地凋谢和零落。而走进西北的天山，便难得有如此的繁华景象。大漠苍凉的古道上，更多的是黄沙漫漫，所以，憧憬一缕花香，好像是生活中的奢望。

雪莲花仿佛是上苍赐予西北的神灵，具有一种典雅、顽强的高原气质。花不娇艳，与雪色并容。几近于白色里，透着少许浅浅的淡绿，跟雪峰共辉，与贫瘠的土壤相伴，浑然天成。在横贯新疆的天山山脉，冰峰雪岭逶迤连绵，海拔四千米以上是终年的积雪地带，雪莲就在这雪线附近的三四千米的悬崖峭壁上生长。由于常年生长在特殊的环境，所以，三至五年才能开花结果。而浩瀚的戈壁上，就更不会有她的身影。记得前年再回新疆，在天池附近新疆农科所的植物园内，偶尔看到了人工栽培的雪莲，虽然植株大都成活，却看不到花的芳容。据说，这主要是海拔太低妨碍了开花。真是这样吗？我的雪莲花！为什么非要钟情于如此的高度，那可是别的物种不愿光顾的寒冷地

带，那可是植物的禁区。而你却偏偏独守一份孤独，把自己的贞洁选址于洁净的高山，让他人望尘莫及，让别的花朵不敢企及。哦，我懂得了你的秘密，底层是泥泞和雨水搅拌的浑浊世界，在那里，你只会很快地零落，只会无休无止地日堪平庸。拒绝俗流，才找到一方静谧的绝域，才在边疆站成一道美丽的风景。也正因此，雪莲才极为稀少，难觅其踪迹。

更或要赋予人文，早有诗人吟咏过"梅花香自苦寒来"的诗句。其实，这也仅仅是江南冬季的花朵，江南文人的岁寒风骨。"孤傲绝顶雪绒花"才是雪莲。难怪当年唐代边塞诗人岑参在《优钵罗花歌》中赞之为："耻与众草之为伍，何亭亭而独芳！何不为人之所赏兮，深山穷谷委严霜？"有谁能耐得住寂寞，更无人能企及你登临的绝顶。不争春荣，唯有这雪峰下的孤品才能胜任，才能在雪线周边生长。

除此之外，我还知道，雪莲是独枝单体生长，开放的花瓣紧紧包裹或散状绽开，花硕大，似我张开的掌心。零零星星，在绝顶，在山崖，把生命写成属于自己的乐章。常在高寒山区行走，各种植物也见了不少，从没有看过如此大的花朵，唯单株独放。江南的蜡梅风骨犹存，它与枝干和集束可谓关系密切。借助坚硬的树干，有坚实的母体为其撑腰。一树树花朵，虽然在冬季绽放，但已经小得不易觉察了。相辅相依的花瓣，偶尔还要用红黄的梅色来点缀，而抵御冬寒，依靠的是群体的意识与抗争，是枝干和相互偎依的力量。

拒绝温室，这就是雪莲追求的境地。只有悬崖边，峭壁旁是我的温床。在零下几十度的严寒中，在空气稀薄的缺氧环境中顽强生长。远远望去，雪莲宛若白色的玉兔，为那一片冰天雪地的世界带来了勃勃生机。深深地扎根、孕育，是生命极限的苦寒；傲霜斗雪，真是冰雪的精灵；有花香自远处飘来，淡淡地沁人心脾，刹那间，仿佛一个绝代佳人从绝壁翩然而至，让我在逆境中看到了生命的勇气和希望。

那年，朋友告诉我一个古老的传说，西王母定居"灵台"（即博格达），有一天她到瑶池沐浴，让仙女们撒下博格达峰独有的白色花瓣，刹那间，疲惫全消，红光满面。这一幕恰被一个过路的牧民看见，便视为神物。于是，他立刻四处寻觅，终于在冰峰悬崖看见了这种花，因为那花形如莲，故而称为雪莲花。每当这个牧民生病的时候，都会爬上悬崖，饮一口雪莲花瓣上的露珠，于是百病立除。就这样，这个牧民活到了一百多岁。这个故事三分似真，七分神话，虽然不能确信，但关键是雪莲的病理作用，真的被今人所认同。

实实在在的邂逅是在天山深处的蒙古游牧民族那里。

说来1978年正是国内大改革的前夜，春风正在悄无声息地孕育新生命

137

周期的开始。万物苏醒，以新的姿态迎接岁月的洗礼。再进天山时，心情乱极了，悲伤中料理完母亲的后事，又匆匆返回牧区。我知道，从此后，人生的旅途不再有母亲陪伴。工作刚刚开始，就要独自面对风浪。生活的暗示在冥冥之中，隐匿着无序的坐标，不知会驶向何方。

临别农场时，才知道几个同学已经考取了大学。看着同学金榜题名，我心中泛起一种苦涩的滋味。刚恢复高考，机会难得，老师殷切的告诫还在耳边，可时代的潮流却把我推上了工作组的方舟。无意中投身到马背民族之中，任务就是履行割资本主义尾巴的职责。工作的性质，或多或少还带着"文革"的余味。怀揣几本预考的复习资料，简单的行囊就是我生活的全部。

在新疆，真正以牧业为生的大都是蒙古、哈萨克等少数民族，而汉人、维吾尔、回族多以农业作为主要生活方式。俗话说："蒙古、哈萨克放牧，维吾尔买卖，回族人烹制。"这其实是个笼统的概括。追溯蒙古人进疆的历史，大概要探源到十三世纪的成吉思汗时期。当时，崛起的蒙古帝国征服了西突厥之后，铁木真就把这块领地封给了二儿子察合台，自此，大批的蒙古游牧民开始定居在天山脚下。后来，又有了土尔扈特族孰巴锡的东归，几百年来，这里已然是他们代代生息的地方。

春暖花开，焉耆垦区的大地上已是农耕开播的季节。这个时期，土地已经不适合牧群放牧。戈壁豢养不了大批的牲畜，转场成为势在必行的选择。四月的天山，牧民们追随着天山牧场的莺飞草长，我第一次跟随流动的牧民走进了天山深处。和硕牧场，地处天山南麓，百里山区了无人烟。这里远离巴音布鲁克草原，山区没有丰沛的草场。贫瘠的群山，虽然不像西北其他山区那样裸岩秃岭，但是，起伏绵延的山脉，只有满山低矮的酥油草茵茵翠绿。这种草极具营养价值，饲养的牛羊也易于长膘，是蒙古牧民最喜欢的放牧场所。虽然高寒人迹罕至，仍是他们每年转场必去的牧区。

轻装简从，逐草寻访牧民。那一天我和巴特沿着东大思汉沟骑行了一天，逆溪流来到雪大板之上。无意之间，一只灰狼从岩洞窜出，刹那间，惊扰了我的坐骑，在双蹄腾空的一霎，我被重重地摔在地上，等巴特勒马赶走独狼，我才惊魂未定地站起身来。安慰之中，我看到岩崖上生长的几株雪莲，一时兴奋得忘记了身上的疼痛。这不是我家人期盼得到的花吗？巴特看我如此钟爱，于是，攀上绝壁，帮我采摘下来。这个四十出头的蒙医有着丰富的牧区阅历。从他口里得知，牛羊也喜食这种抗寒的植物，所以，平坦的山坡已很难找到雪莲。今天，我能采摘到手，实属不易了。

还记得那个夜晚，我在营地毡房复习，忽而，一阵急促的马蹄声打断了我的思路，撩开毡帘，只见巴特向我招手，未近身前，就急匆匆地说道："一个蒙

民产妇大出血，生命垂危，需用雪莲调理，希望把雪莲拿给她用。"虽然心生不舍，但我知道，在天山深处是没有医院的。要想住院就医，没有三四天的骑马跋涉，根本就走不出大山，何况道路崎岖，一个重病人又怎能经得起马背的颠簸。在这里，生老病死都听从上天安排，而自然生长的雪莲是可以救人命的。我还能说什么呢，于是，毫不犹豫地拿来交给了巴特。

几天后，我们再去探望。进门，看到婴儿安康，产妇脸色红润，已经恢复了元气，我们心中也流露出一丝欣慰。那些牧民，可谓善良，当时，割资本主义尾巴就是清理私有羊只的问题。不允许自家多养私人羊只，他们也就不轻易宰杀集体的牛羊。畜牧乳汁可以饮用，牧民们就加工成各式各样的乳制品。奶茶、酥油、酸奶干，都得时常备制。很多时候，我都会看到牧民在采摘一种地衣菜来充作蔬菜，也有山里野菇可为美食，但是，这些毕竟很少。一天中，奶茶与馕就可以充饥。

初进深山，每当夜阑人静油灯疏恍之时，总有一种"独在异乡为异客"的思家恋母的情愁。此时，巴特就会拉起我走进牧民毡房中，跟他们一起聊天，与他们一起歌唱跳舞。那种驰骋的惬意会让人陶醉，那种一起赛马的激烈会让人想起疆场。静下来，坐在高高的山岚，观赏身边的羊群流动；忙碌时，随牧民一起迁移转场，搭建新居；与牧民一起碾毡制革，亲手酿制一杯醇厚的马奶酒。远乡何须抱怨，有这么勤朴的人民，心底自然少了世俗的杂念。

一个民族，只是一个民族，一个国家，正是大家庭的所有成员，才能打下坚实的基础，生命的源水才能活泛得清澈如溪。这就是天山的草原牧民，生活的源头源自高原，就像摧不垮怒放在雪线边的雪莲。生于斯，长于斯，把自己定位得这么淳朴，这么平淡无奇。生命的忍耐力如此坚强，深邃而又透彻。这分明与雪莲一样，是同属于雪线上的生命。难怪在广阔的地平线上总有蒙古牧民，从大兴安岭，到他们的发祥地鄂尔多斯草原，如今来到天山脚下，又与维、汉民族和睦共处，与不畏严寒的雪莲一起，构筑起雪线边的一道美丽风景，一起擎举起西北边疆的一片精神家园。

血 脉

　　婀娜,如少女丝巾般纤细的灌渠,如同维系绿洲美人肌肤的血脉,蛛丝结网般密布于天山脚下的绿野田间。揽来冰峰的雪水,滋润戈壁的绿洲。

　　渠系,纵横交错,密贯田野,给大漠的生命注入血液,滋润了嫩芽,使枯黄燃一片重生的翠绿。掬一捧渠水中的清凉,我在默默无语地对视里把你端详,眼前仿佛穿透西部千古的蛮荒,解读出漫漫风程中的凄凉。你真是太过平常,平常得有时人们会将你遗忘。然而我知道,古道上,今日里,正是你矢志不移的坚守,才将一份自身的情操凝结成戈壁的彩绘,融化在滴滴透心的渠水之中。品一口你的甘甜,是原汁原味的情怀,是无私的奉献。细细地咀嚼,我懂得了土地的渴盼,体验了你的温馨,原来西部的渠水保藏了岁月的力量。摇曳的枝丫在渠水旁斑驳陆离,撒一串倩影,仿佛在述说着你的情话,在小心翼翼地为你护航。

　　小时候听长辈说,在南方庄稼的生长不是依赖人为的灌溉,天降的雨水就足够作物享用。然而,这天山下的乐土却迥然相悖。由于西王母薄待,所以,赐予的雨水真是少得可怜。因此,拓荒者只有靠挖渠引水来灌溉。离开了渠水,难以想象作物将如何生长,难怪人们说灌渠是农田作物的血脉呢?

　　纵观绿洲,良田千顷,麦禾碧波荡漾,这绿色的蓝图都离不开灌渠来精心挈领。尽数这嵌在农田里的众多毛渠,就如同肌肤里纵横交错的毛细血管体系,千丝万缕都上溯到支脉的动脉干渠,直至汇聚到上游的总渠,然后,再一路前行,对接在自然的河流。当它汲取甘露般的河流之源后,再统领着巨大的网络,饱食那高山之巅清澈的雪山之水,一路坦坦荡荡,欢快地从渠脉里奔涌而来,最后分配、供养给生活在天山脚下的生灵。至此,才有了棉桃开铃,绽放出雪一样的笑靥;麦苗灌浆,饱含穗粒;瓜果成熟,飘香到大江南北。这就是绿洲的生命之渠,年年月月布田间,岁岁今今润荒原。

　　更有情者,就是吐鲁番的坎儿井了,那古老的暗渠,在维吾尔族人智慧的手里,经过多少年、多少代不懈地开掘,终于深深地烙在戈壁的深处,它巧妙地避开了火焰山的蒸灼,辗转流淌在民族繁衍的古道戈壁下,无言地诉说着生命的故事。它沿着苍茫的山峦而来,在地下潜行密布,正因为它的存在,才有了葡萄架下的绵绵情话。西部的历史,果真是一幅潜移默化的画卷。谁能不为这方渠水动情,谁能不为暗渠里的涌动正音呢。可以毫不夸张地说,不

是这浩如长城般的工程，哪会有那架架相连的葡萄沟，哪会有这广袤戈壁上的绿洲。如果要累计的话，修筑戈壁的灌溉体系，真不亚于开挖京杭大运河的土方量。

暖春四月，一行雁唳，一阵物哗，万物苏醒，大地返春。正是麦苗拔节嗷嗷待哺的时节。如果没有田野里盛载渠水的脉络，将是一幅怎样的情景。记得那一年，麦苗刚开始抽穗，蜿蜒在山脚下的总渠被山洪突然冲毁，险情就像炸响的惊雷，刹那间，惊愕了千百个黎民百姓。人们从四面八方赶来，自告奋勇地跳入泥石冲毁的渠里，昼夜奋战，清淤疏浚……

从那时起，我就懂得了一首西部的乐章，了解了渠网中编织的主题。穿过漫漫戈壁，我仿佛听到，每一眼泉井都在呼唤和憧憬着你的身影。肆意粗放的河床，在寻找着它的替身，只有你能胜任。只要你能良好地发挥，就能让一株株焦渴的生命在天山下的戈壁里继续伸展。你懂得西部人的渴求，你懂得生命的扩张，所以，延长的渠系才从河流伸向绿洲的腹地，延伸到沙海戈壁的远方。

再回到我生长的故地，如今，我又看到了西部人开始了新的创举，未雨绸缪，人们开始推广滴灌技术的节水灌溉。农田作业已经细致入微，滴滴涓流把过去的毛渠延伸到滴管下的每一棵植物细株。西北已经从粗放的渠水漫灌，走向了更为科学的程控化用水时代。那个曾经在下游因水的枯竭而消失的罗布泊，如今虽然难以再现，但我看到荒山绿了，戈壁退缩了。随之而来的是更多的内地安居者，他们有节制的管水机制已经大大地扩展了绿洲，拓宽了生命的空间。原来西部渠水的真谛还有这么多包罗万象的经典，其中的秘密，封存着这么多丰富的内涵，这真是让我惊讶，看来锦绣戈壁，绿色山川不会是幻想的未来。

渠水静静，从春到秋，流着西北人的心曲。白杨株株，傲然护绿，仿佛是渠灌彩带上缀满的胸花，在映日流银的渠旁，弹奏一曲美妙的绿洲之歌。

又是一年清明时

又是一年清明节,望着一路逶迤绵延的祭奠人流,远方的怀念袭上心头……

大漠深处,那座孤独的坟茔,是否在荒芜中萧萧鸣着凄语。我的1978,泪悲顿作倾盆雨,已与我隔了三十个春秋。思念,却未因岁月流逝而减少,更没有因换季而退色。

春风把三月的楚天梳理得一碧如蓝,那是我青青的萱瑞草的芳香染蓝。我伫立在滔滔的大江之南,遥望西天,追思那一方亲缘的西霞,却不能再回到新疆您墓地的旁边。飘过的白云在远行的西程,挂着思念的羽翼飞翔,一路的雨会否滴落大漠的胡杨?登陆我心中的朝圣之地。三十年,漫漫的长夜,月白如洗,麦加已用它古兰圣经的弯月勾走了至萱的心魂。没有江水的日子里,没有守望的子女中,你独自用几文冥币在购买那来世的安宁?黄帕曼舞,梳染血色的风程。云悄悄地游走,那上面挂着我的祭语,飞向遥远的博湖之滨。那是江河的源头,那是昆仑的阻隔。你疲惫了,喘气了,歇息了,悄悄捎去的话语请别让他滞留在远天的山岚。我一摞迷眸的祈求,此时的上帝真正在我心中。

滚滚长江东逝水。行程遥遥何时回。

挨过红尘,剪去秋水,走向你,我只能在梦中抚摸你冰凉的墓碑,静静地打理那纷乱的心绪。望穿春水春不回,呼唤白云快快归。酸楚的眸子,望穿天涯,我欲抽刀断江流,乾坤倒转向西行。然而无奈一江春水却无忧,默默流淌向东流。淹没了我的纸船,浸灭了我的祭火。谁愿意行走那西天的征旅,极目楚天,阳关漫漫真如铁,茫茫戈壁冷尤寒。

人的一生会经历很多,而你却在儿女刚刚踏上工作的路程,撒手人寰。记得回去的那天,没有路灯,没有芦黄。只有湖水的一波褶皱,密密地赶也赶不开。溢血的脉搏怎么这么脆弱,仅仅是因为多听了一节远路的课程吗?家未还,你就客殒异乡的工作途中。我拿什么去承载你今生的早逝,你又拿什么来回馈游子的思念,哪怕稍稍逗留到我们亲人的来临。你走了,带着牵挂,念我于大山的深处。当时的我可是在悠悠牧羊的远天,风奏着凄凉,雪落着白练。那是四月的飞雪,炼狱的崖壁,我还没有攀上立足的绝顶。永远的殇,

永远的痛,就已麻木了我的神经,即使被岁月风干隐藏在心灵的深处,依然会有潮湿的阴霾挥之不去。

曾记得,在列车西行的进疆路途,您温柔的臂弯阻挡着漫漫黄沙,为我睁大童眼来勇敢窥视苍茫的行程;曾记得,在凛冽的寒冬里是您羸弱的身影,一丝一线密缀御寒的棉装,让我暖在风霜雪夜;曾记得,在"文革"断粮的三月里,无米的炊烟下你省下最后的口粮,让我们抵御了饥饿的晕眩。

窑屋下,湖水畔,戈壁中,归途里……

揉碎的记忆,情感饱蘸在屯垦戍边的泥泞里,垂帘在童年的梦呓中。一丝月晕,飘在远远的天边,如同天山融下的雪水。凝露为霜,染白了你的发,怀念,牵着衣襟走过每个细小的情节。在玛纳斯河畔,在开都河古河床中细细地流淌。那乳汁的水滴越过冰川,淌过戈壁,蜿蜒一脉哺育着枯竭的生命,反哺着一株株瑟瑟的稚草。叶在萌芽,枝在抽条,跳动的舞步,在油灯下启幕。一种凄美的苍凉,随着你的报幕蔓展开每一个细胞。

夕阳疏落的旷野,噩梦让彩霞碾碎。原来那就是你编织的一段丝锦,绚得那么灿烂,以至于暮鸦飞过的哀鸣,都融化在了苍庐的深处……

不识寅卯时辰的日子,幼年总是太多美丽的幻想,有谁会比你清楚其中的滋味。每每提起家乡的江城,簌簌的泪水挂满了你的双眼。过后的岁月里,我才慢慢地听你说起来疆前的身世。母亲早逝,家境艰难,早年学业未完就投入了南下的军旅,直到有一天走出自己的一片天地时,已是汉口分局的一名警员。在花城,军区生活才有了我们这些子女。然而,父亲转业时,在支援边疆建设的口号中,又义无反顾地选择了艰苦的环境。你默默地跟随,不是落日的苍凉,是沉静中的美丽,是苍凉的怀情。或许只有走进那里,才会懂得激情燃烧的岁月。

你睡了,枕着大漠的黄沙,轻轻地闭上了眼睛。像一本日久弥香的琴谱古筝,浑厚音纯奏响我心灵深处的铭文,叩击我今生进行的节拍。今夜无眠,今夜酒醒何处?醒得这么孤独;醒得如此凄楚;水岸的虹桥灯火辉煌,洒落的余光遗失在江面,支离破碎,幻影斑驳,被水无情地带走。今夜无眠,月光点亮我的思念。此刻,我只想与繁星牵手,携手款款西行,以寄去天街满满一篮洁白的祭祀星辰……

芳草岸,和烟雾,谁在胡杨深处住?

此刻,多想圆我一个梦。有花开,有阳光,有水声,有晨露。碧绿的湖水在千湖的楚天下歌唱,一片属于我也属于你的家园已在江城的庭院温馨地搭建,它穿越时空的芳香,从远方飘来。我知道,在你寂静的世界里一定有我,因为我们一直都在一起居住,一起在梦里的百花园里亲切地会晤。如此,是

我今日的安慰，如此，也是你宁静的憩宿。

　　人说，在月光下奔跑，去世的亲人会看见自己。真的吗？如果可以，请赐我一个晴好的夜色，让我们给彼此一个超越时空的慰藉！

　　今年的清明满天星辰，今夜的星辰是我的恋语。

佛刘散文

【作者简介】

　　刘玉凯，笔名佛刘，河北人，初中肄业，到外地谋生。在工作期间，辗转取得大专、本科学历，现在邯郸某地供职，业余时间爬爬格子，满足一下虚荣心。自2004年开始，分别在《散文》、《读者》（原创版）、《文学港》、《中国校园文学》、《中国铁路文艺》、《短篇小说》、《黄河文学》、《延河》等报刊发表。曾有文字入选《读者》（乡土版）、《小小说选刊》、《青年博览》、《微型小说选刊》、《可乐》、《感动大学生的100篇小小说》、《神笔阅读与作文》等。另有五篇文字《晚年的寂寞》、《私房钱》、《标语》、《爱心不需要声张》、《处处老宅》被选作初高中语文测试试题。

晚年的寂寞

她躺在东屋的土炕上，手里拿着一把已经毛了边的蒲扇。屋子里并不是很热，有一碗水放在她头边的窗台上，想必她已经吃过午饭。我不想惊动她，就那样看她轻轻地摇着扇子，她的手臂依旧枯瘦着，仿佛冬季里凋零的荷花的叶柄。她的衣襟微微地敞开着，可以看见脖颈上松弛的皮肤。她很慈祥，但是比慈祥更苍老。

我轻轻地喊，奶奶。

她手中的扇子停下来，她睁开眼睛，她看见了我。

没有预期的惊喜，也没有预期的亲热，她怔怔地看着我，眼睛里混浊一片。

我的心忽然凉下来，不知道为什么她没有露出熟悉的笑容，分别三年，她是我想念的祖母啊。我依旧喊，奶奶。

她忽然坐起来，她分明已经知道了什么，她扔掉手中的蒲扇，两只手向前伸着，你是狗子，我的孙子！

我说，是我啊，奶奶。

她忽然向炕边扑过来，声音里已含了嘶哑的痛苦。我看不到我的孙子了，我什么也看不到了。她哭着抱住我迎上去的身体，她的脸贴上来，我的脸上沾满了她的眼泪。

她失明了，曾经熟悉的音容笑貌，对于她已成了昨日的回忆。

她抚摸着我的脸颊，说，你们怎么也不回来看我，你不知道我有多么的想你们。

其实我也是含着眼泪的，可是我却不能让她看见。

那个夏天的故事就是这样的开头了，有时候我闭上眼睛，长久地不去睁开，我想去体验一下没有阳光的世界，可只是一会儿，我就会心浮气躁，我的世界里不能没有阳光。

白天，我陪她坐在阴凉的胡同里，叔叔们都下地干活儿了，偌大的胡同里没有一点儿声音，阳光软软地洒下来，竟是一片斑斑驳驳的阴影。一排老房子，一样的屋檐儿和院落，干燥的风从北吹到南，拂动着那些老屋顶上的绿草。我看见她的目光时不时地从那些房子的位置上停止下来，我知道那是她和爷爷一生的作品，那一排房屋，是她一生中最后的守候。

寂寞,忽然就从心底涌上来。一个老人的寂寞比热闹更能使人安静下来,我静静地聆听着她心灵深处的回音,哪怕一丝一毫。

她回忆我小时候的模样,说我七岁了还光着屁股乱跑,说我有一次不小心掉进猪圈里,还说我好斗,因为看电影占座位而打破了小伙伴的脑袋。她每说完一次,都会扭过头看我一眼,我知道她看不见我的表情,但我还是很羞涩,她的短暂的笑容会让我忘记了她失明的眼睛,有好几次我都躲开她的眼睛,她的目光是有穿透力的。

她说,那时候多么好啊,我一个人带着你们一大帮,前呼后拥的,一划拉,都是自己的孩子,可是现在却没有几个在身边了。随着她语调的降低,她的神情也黯淡下来,你看要不是你陪着我,平时就是我自己,连个说话的人都没有。

我看看远处的鸡婆,慵懒地在墙角里趴着,一棵棵陈年老柳树的树干上,竟有了一些奇形怪状的洞。水滴石穿,什么也经不起时光的侵蚀啊。

她常常打盹,让她去炕上睡一会儿,她都摇摇头说,就这样就这样,说着话,眼睛却闭上了。那时的阳光是宁静的,没有什么比一个老人的入睡更能让人感到这个世界的静谧。那时候,我常常会打开一本书,偶尔也会把目光定格在她苍老的面颊上,她的呼吸很均匀,但节奏缓慢。她的皱褶会使我想到"皮包骨头"这样一个生动的词语。在老年斑近乎疯狂的侵蚀下,她已经没有一块当初的皮肤了。

说实话,我是爱她的,有时候我会从她凸起的青筋上想起我身体里的血液,每每想起那一滴又一滴的液体就是从她那里经过父亲身体传给我的时候,我就会感叹生命的衔接竟然是这样的完美无缺。我喜欢《龙的传人》,因为那首歌会使我想起祖辈们一晃而过的面孔。

夜晚,我就睡在她的身边,像小时候一样,只不过这次是她在里面,我在外面。她教给我怎样把电灯开关的绳子压在枕头底下,以便有急事的时候好及时地开灯。末了的时候还会说,你要是不知道怎么办,就喊我。我轻轻地笑笑,在这个世界里,她永远都不会迷失自己的角色。

在寂静的夜里,我常常会对着漆黑的屋顶发呆,我不知道为什么,会没有来由地想到遥远的将来,其实我是怕失去她,怕一觉醒来,人去房空。

有几次叔叔跟我抱怨,说她太爱打听闲事了,什么播种了吗?玉米浇水了吗?还有谁谁家的孩子们怎么样了?八竿子打不着的事她也想问,知道了又能起什么作用啊,再说了,哪有那么多的时间来回答她的那些问题。

寂寞,晚年的寂寞,有哪一个子女会理解一个八十八岁老人心中的寂寞啊?匆匆地来,匆匆地去,你的脚步有多匆匆,她担心的事情就有多匆匆。

　有好几次，我听见她一个人唉声叹气，仿佛寂静湖面上的一片涟漪，引起我久远的猜想。有时我也是害怕寂寞的，但那时我常常会一个人跑到大街上打发掉无聊的时光，而她呢？在一片没有光明的世界里，声音是多么的重要啊，可是却常常被我们忽略。

　多年之后，我常常会想起自责，其实我那时是根本不懂得她的寂寞的，我的短暂的到来，尽管可以给她增加一时的快乐，可是快乐过后，却是更长的寂寞，在漫长的黑暗的世界里，依旧是她一个人面对着生命的油灯，一点点熄灭。

　我知道，总有一天，我也会走向寂寞的，只是那时的心境，会不会与祖母相同？会不会另辟天地，找到破解的办法？

一茬一茬的月光

从姑姑家出来，天色已经完全黑下来。姑姑送到大门口说，这么黑的路，要小心。父亲说，姐，你回去吧，有月光呢。我抬头看看月亮，虽然还在东边斜斜地挂着，可是已经有浅亮的光线了，它笼罩在村落的上空，有一些朦胧。

上了路，自行车在坑坑洼洼的乡路上颠簸。好几年没在这样的路上骑车了，技术不免有些生疏。父亲大概也感觉到了，说，我们下来走一会儿吧。我说不用。父亲坐在后车座上，两只手紧紧地抱了我的后腰。我感到了父亲两手的温度，长这么大，父亲还是第一次在自行车上抱了我的后腰。原来他都是双手握了后车架的，而现在，他亲昵的动作让我的心里涌起了一阵阵的热浪。

父亲的呼吸就在耳旁响着，我能感觉出他呼吸的温热。不知道为什么，离家愈久，我对父亲的一切就愈敏感，深夜里，哪怕他一声轻轻的咳嗽，我也能够醒来，然后再在他轻轻的呼吸中睡去。父子连心，有时候我真的感受到了这一点。

月亮已经慢慢地爬了上来，广阔无垠的田野沐浴在它的华光里，显得宁静而温柔。

我说，姑姑应该不会有问题吧。

不好说啊，毕竟八十岁的人了。父亲的口气含了极大的担忧。你爷爷就是在八十岁上去的。

爷爷去世的时候我刚刚十岁，我亲眼目睹了爷爷去世的整个过程。现在姑姑也八十岁了，好像只是一眨眼，一代人就这么简单地过去了。每次我从城里回家，父亲总要我去看一次姑姑，父亲常说姑姑是他们姐弟的旗帜，父母都不在了，姐姐就是唯一的依靠。

其实父亲也已经不小了，过了年他就该往七十上数了，不过他自己不服老，每次我让他注意身体的时候，他就拍拍胸脯说自己壮着呢。其实每个人都知道，他的壮已是昨日黄花了。

这次来看姑姑，也是父亲的意思，本来我明天就要返城了，父亲说，还是再去看看吧，你常年不在家，不知道下一次什么时候见面呢。父亲说得不是没有道理。只是没想到，姑姑正患着重感冒，无论是见面还是告别，都有了一种悲凉的气氛。

借着月光,我小心翼翼地蹬着自行车,乡村的路不好走,这是我很早以前就一直领教过的,只是现在带着父亲,我愈担心那一次次的颠簸。父亲的手紧紧地抱着我的腰,从开始上车就一直没有松开。

从记事起,我和父亲之间就很少有亲昵的动作了,比如别的孩子在父亲的怀里撒娇,我就从来没有过。父亲对我们子女自始至终是不苟言笑的,即便是那年我考上大学,他也只是把双手举起来做了一个向下的动作,我希望的拥抱一直都没有出现。但是这并不代表他的父爱是微小的。他省吃俭用供我们兄弟上学,从来就没有说过一次累。大冬天的,别人都窝在家里打麻将,而他却到处给人家帮工,手上常常布满了冻疮。那年他去送我上大学,一路上吃的都是自带的馒头就白开水,却给我买了很多的面包和饼干。我知道父亲的爱一直是默默的,如果不是这样的夜路,也许不会给我这样的机会。

月亮已经升起来了,银白的光辉洒在路两边黑绿的庄稼上,一层一层的,错落的感觉就像事先划好了的。看着那些月光,我忽然有了想和父亲说话的冲动。

没想到姑姑都快八十岁了,我以为她还年轻呢。我说。

怎么会呢,我都快七十了,你姑姑比我大十岁。父亲应答。

我还老记着爷爷和奶奶活着的时候姑姑的样子,那时候她梳着两条大辫子,一到星期六就回娘家来,我就喜欢揪她的辫子玩。

那时候你多调皮啊,父亲笑了笑,没少让我打你的屁股。

我也笑了笑,虽然我看不见父亲的表情,但我知道黑暗中父亲肯定绽开了笑脸。

我还以为自己刚刚二十呢。

呵呵,还二十呢?虎子都八岁了,你说说你多大。

我看看路两边一茬一茬的月光,昨天的月光是这样的,今天的月光也是这样的,只是我们却不是原来的样子了。

自行车发出轻轻的声响,我和父亲的暗影在路面上轻轻地滑行。乡村的路上安静极了,如果不是这样的坑洼,我宁愿一辈子这样骑下去。

你要是累了,我们就下来走走。父亲用手拍拍我的腰。

我说不累,然后说,要是在城里就好了,有出租车。

出租车哪有这样好,你闻闻,这空气多新鲜。

我使劲地呼吸,潮湿的空气里似乎有月光的味道。

这就是父亲的固执之处,我曾经很多次地要他去城里居住,他都拒绝了,他说还是乡下好,大家都住在一块,想谁了就可以去看看,到了城里就和大家远了,看不见,心里想。

　　我不理解父亲,正如他不理解我们一样。他不愿意离开乡村,其实是不愿意离开土里的父母和都已暮年的姐弟们。

　　姑姑八十了,他七十了,就连他们最小的兄弟也已经六十三了。有一次我看小叔保留的家谱,第一排是他们的曾祖,我们这一辈排在第五行,在我们下面的一排,最大的都要成家了。看着那样的排列,仿佛就是一茬一茬的庄稼。几行简单的排列,却是用时光堆积起来的。在不久的将来,就会出现一排又一排新的庄稼,而那时的父亲呢,姑姑呢?

　　每次回家,我都有一种感觉,仿佛有什么在对我召唤,那是父亲的,还有父亲的父亲的……

　　路已经短了,可以看见村口星星点点的灯光了。父亲紧紧地抱了我的后腰,月光中,他忽然轻轻地叹了口气。他的气息拂过我的脖颈,竟让我感到了一片冰凉。

　　月光也是冰凉的啊,它穿越时空,一层一层地落在尘埃之上,落在我和父亲身后的路上。

阳台的对面

一

　　田野,在阳台的对面。隔着几座年久的老楼,有风声雨声人的脚步声,从容而又稳定。稀疏的树枝在空中把田野切割成一片一片不规则的图形,从我的角度望过去,恰好减少了田野些许的单调。每天,我都会站在阳台的窗户面前,把目光长长地伸出去,那时的阳光四射,些许的魅力使我无暇顾及它的温暖,只觉得温柔的阳光是恰到好处的,正好照亮了远处的那一片田野和沟壑。

　　山区的视觉一向是这样的,不能够一览无余,目光碰触到的总有遮遮挡挡的山坡,就好像把一个简单的问题给复杂化了。好在有那么多生命旺盛的庄稼和青草,也就不再留有过多的遗憾。其实一个人的时候不一定非要关注田野的每一处庄稼或者每一处绿色,更多的是需要释放一下积淤在心底的能量,让目光短暂地逃离书页和电脑屏幕。

　　通常是把手放在背后,拉一拉疲倦的后腰,目光也就弹出去了。这时候是轻松的,如果再有一杯绿茶,则更可以点缀一下空闲的时光。远处的田野呈平静的画面,其实这样的形容已经有些俗气了,但事情往往就是这样,别人咀嚼过的东西自己很难再另辟蹊径,过多地追求别致也许会让大多数人所不喜,索性放弃了这样的想法,一路把别人的青纱帐揽进自己的怀里。

　　在山区,大片的田野对一个从平原走出来的人似乎是奢侈的,层层的梯田似乎吃透了诗歌的韵律,错落有致,含蓄有余,呈现出较大的弹性。而那些庄稼则像灵性的动词,在一挥一摇之间尽显地主的本色。还有散落其间的人迹,车辆,似乎更含了中国古典画面的内涵,让我心动之余情也动。

　　总自醉于有这样一处住所,在田野的边上,风中雨中是小麦玉米的清香。那些广阔的生命,总是让我情不自禁地想起早年的躬身耕作,挥汗如雨。那些曾经深刻在我内心深处的泥土的颜色,丝毫也没有随着时间的流逝而褪色,它们就像潜伏在我意识中的酵母,随时随地都可以让我在那些绿色面前而折腰。二十多年了,不管是在汉字的耕耘里,还是在钢铁的构筑中,我总会想起夕阳西下的田野中一顶发黄的旧草帽,还有一首快要老去的歌谣:赤足

走在田埂上。

<h2 align="center">二</h2>

无法拒绝，有时候亲情是真的无法拒绝的。在新楼还并未交付的时候，我和母亲就商量着谁搬过去。那时母亲还住在一处破旧狭小的单元房里，捉襟见肘的空间每次都让我们的周末团聚有了一丝丝的美中不足。但母亲断然拒绝了我要她搬过去的建议，她说，人老了恋旧。我知道那只是母亲的一个托词，天底下，有哪一个母亲不会这样做呢？尽管她们对新楼也会有自己的渴望。新楼分下来的时候，虽然房管部门的一个小花招让我二三楼的梦想破灭，可是五楼也并不是不能接受。这下母亲更是有了借口，嫌高，又说自己腿疼爬不了那么高的楼房，在母亲过多的理由之下，我只好沾沾自喜地接受，试问，有几个人不喜欢住新楼呢？那皮袍下的"小"不管何时何地，都会露出它固有的尾巴来。感谢母亲，感谢母亲无私的借口满足了我自私的心愿。

新楼里都是些母亲的老邻居，每一次面对他们喜迁新居的笑脸，我心里都疼丝丝的，本来这些快乐是应该属于母亲的，而现在，却属于了我。

装修的时候，母亲也常来，一边看几个装修的人干活，一边为我计算着缺少的物料。她时常摸摸这里又摸摸那里，她的目光中有欣慰，也有满足，但我看到更多的却是羡慕和伤感。毕竟六十多岁的人了，住新楼的愿望或许还遥遥无期。

母亲也喜欢在阳台上远眺，她一定是喜欢上了那一片错落有致的田野。没有遮拦的阳光洒满了母亲的全身，她矮小的背影在那样的窗口显得更加矮小。但是我看见了挂在她嘴角的浅浅的笑意，也许因为田野的存在，让母亲想起了久远的时光。

母亲一定是想起了早年的劳作，在那些青纱帐里，一定还会有着母亲不曾完全消失的梦境，日出而作，日落而息，艰苦的劳动一度让她的腰身变得痛苦不堪。而今，感谢有这么一处阳台，可以让她享受这从田野里传过来的阳光。

我也站在阳台上，密密麻麻的阳光的碎片交织在一起，为我交织出一个梦想，我听见了夏日的蝉鸣，也看到了雨后的红蜻蜓，它们居高远啸，振翅盘旋。

喜迁新居的时候，一家人都来了，热热闹闹的一家人，一醉方休。而母亲不知道是什么时候跑到阳台上去了，直到我到阳台上拿东西的时候才看见她在出神地远眺。外面有什么呢？无非几座老旧的楼房，有白杨，有田野，还有

劳作的农民的身影。

几只白鸽划过楼顶上的蓝天,发出优美的鸽哨。我想,母亲一定是听到了田野的呼唤,那里有肥沃的泥土,还有曾经属于她的耕作过的庄稼。

三

收获的季节,阳台成了我临时的哨所。我看见黄乎乎的麦田一夜之间就消失了,我看见一对母子拉着小车行走在窄窄的山路上。有一个戴着草帽的人一边打着手机,一边还不忘向嘴里放一根麦秆。还有一个穿红衣服的小女孩,蹦蹦跳跳的,好似一团火苗在燃烧。

我还看见了黑夜,在灯影和回家的脚步声中缓缓地落下了帷幕。那些成熟的声音,正穿透黑暗向我的耳鼓传递着自信的气息。

在一个周末,我放下书本,喊上儿子,从城市的边缘走进乡村的怀抱。我还熟悉那样的景色,泛黄的玉米秸,已经看不到饱满的果实了,有一些豆角秧还兀自纠缠着秋色,开一些没有希望的花朵。野草似乎已经感觉到了生命的结束,虽然还绿,却已经看不到春天的那一种气息了。

意外的,竟然遇到了母亲。她穿了一件发白的蓝色工作服,大概是父亲穿旧的吧。她还戴了一副线手套,整个形象熟悉而又陌生。她看见我们也吓了一跳,不过很快露出了笑脸,她说,你们来得正好,你看看这些粮食,扔在地里有多么可惜。在她脚下的麻布口袋里,我看到竟是满满的黄豆荚,间或有一两穗玉米。秋天的阳光,虽然已经没有了曾经的霸气,可扫在脸上,依旧可以感觉到那种灼热。我虽然有些心疼母亲,但还是大声喊着儿子,一起去找残留在玉米秸上的玉米。

那个周末,我和儿子也学了母亲,躬身于田野里的寻找,那些遗散在田野里的粮食,它们应该感谢母亲,是母亲改变了它们的命运,让它们实现了作为粮食应该实现的价值。

秋天,我的阳台上堆满了玉米,大豆,还有谷穗,它们金灿灿的样子仿佛是得了阳光的好处,有时候连我也不得不在它们的面前蹲下来,我知道它们就是"赤足走在田埂上"诗意的结果。而我,在和它们最原始的接触之后,心也沉淀下来,我知道这是时间的结果,也是生命的结果。

母亲依旧常来,在我的阳台上,她的目光依旧是落在远方的田野上,她默默的身影对我似乎是一种提醒,那里肯定还有母亲没有说出的秘密。

一片田野,母亲能看到些什么呢?播种或者收获,四季的轮回中岁月已经深远得找不回原来的模样了。

时间的教改

　　在一个春天，儿子按照老师的布置，在花盆里种下了几颗黄豆，儿子说，它们很快就会发芽的。我知道儿子说的没错，等到它们生根发芽的时候，即便不是田野，也应该有一抹绿色。

秋风吹落

车过沧州的时候，正是秋天，人行路上落满了法国梧桐宽大的树叶，我喊了司机，在一个路口处下了车。

我不知道自己为什么要停下来，也许是北方这个城市熟悉的名字，也许是此时的气候秋高气爽。

但我知道，这些都不是真正的理由，我所要寻觅的，是在这个城市的某一个角落，一个与我有着血缘关系的老人。

在一个狭小幽静的胡同里，我拍响了那扇在我看来有些陌生的铁门，随着一阵缓慢拖沓的脚步声，在窄窄的门缝里，我看见了他那没有任何表情的脸庞。但他的眉，他的眼，却让我悬着的心放了下来。

打开门，他稍稍愣了一下，显然是没有丝毫的思想准备，他的眼睛里闪过一道惊喜的光芒，随即便一切如初。你怎么来了？他一边笑了笑，一边转过身冲里屋喊，是外甥来了。

他的行动迟缓，肥胖的身体似乎每挪动一步都要付出很大的艰辛。他说，我说早晨喜鹊叫什么呢？

家里只有他和舅母，舅母比他大三岁，消瘦的身体在他的肥胖面前似乎只剩下骨头架了。用舅母的话说，好吃的都让给他了。他不争辩，只是轻轻地笑，那样的宽容忽然让我有了想亲近他的冲动。他的眉白了，头发几乎掉光了，只有耳朵以下还残留着少许的毛发，柔软的毛发已经失去了曾经的弹性，看上去，更像是婴儿头上长的茸毛。

在里屋桌子上面的镜框里，我又看见了那张他年轻时的照片，浓眉，大眼，鼻直，口方，即便是和当时的英俊小生达式常比起来，也丝毫不会逊色。年轻时的他曾是母亲的骄傲，我不止一次地听见母亲对别人说起他的照片：那是我哥。"哥"字拉得很长，仿佛有了无限的自豪在里面。母亲有时候甚至会对我们说，等你们长大了，能赶上你舅舅一半我就烧高香了。

我自然没有这样的信心。那时他在沧州的一家拖拉机厂做一个不大不小的头头，天南海北的到处跑业务，一年到头，很少回农村的姥姥家，即便是回来一次也如匆匆过客，我自然是无缘得见一面。但他带回姥姥家的饼干和蛋糕我却每次都可以享受到。那时的饼干和蛋糕是很稀罕的东西，难怪母亲会那样说我们——一个常年和饼干、蛋糕打交道的人，我们怎么能赶上呢？

我羞愧于母亲那样的话语,对他的一切都充满了幻想。偶尔,在新年的气氛里我会看见他一次,本以为他会对我喜爱有加,但他往往只一句"你们来了",就和他的朋友们去喝酒了。没有压岁钱,也没有嘘寒问暖,只留给我一个空洞的背影。直到很多年以后,我才能够站在他的面前,听他的絮絮叨叨,恍若儿时那样的渴望。

但这一切都阻挡不了他在我心目中的地位,每每与伙伴们说起,也是含了无限的骄傲,他是我心里永远的情结。

那一年,一个回家探亲的军人不知道是有意还是无意,邂逅了他在合作社当售货员的女儿,并展开了一次惊天动地的自由恋爱。很多人都知道那个军人是冲着他去的,他当然知晓,以他的阅历,军人的动机根本骗不了他的眼睛,但是他同意了这门亲事。他的意见直接导致了以后许多故事的发生。用他的话说,一切都没有想到。

他的大儿子十九岁就结婚了,女方大出好几岁,他也同意了。后来他的单位解决子女农村户口的问题,但必须是没结婚的。他给儿子想了假离婚的办法,但女方死活不同意,大儿子就那样留在了农村。还好的是,小儿子终于留在了身边。

姥姥去世的那一年,母亲和他发生了一次史无前例的争吵,起因是姥姥死去的时候身边竟然没有一个亲人。在母亲一把鼻涕一把泪的疯狂数落中,他落荒而逃。争吵的后果直接导致了母亲和他多年的互不来往,直到有一天他忽然给母亲打来了一个电话。

那时他正在沧州的一家医院里,据大夫说,差一点儿就不行了。重获生命的他忽然想起了还有一个多年未曾联系的妹妹,就托老家的人打听了母亲的电话。那一刻,母亲泣不成声。病好后,他专程来看过一次母亲,斯时,两人都已是白发苍苍。

他退休了,小儿子和小儿媳都下了岗。那个军人在和他的女儿有了一个女儿后两人也分道扬镳,理由是没有共同语言。军人的动机显然不是当初冲他去那么简单,在争取留部队后想方设法地讨得了一个首长女儿的欢心。如果仅仅是这些大家也就都认了,让大家无法接受的是,他的女儿再嫁后竟然生了一个残疾的儿子,一时风云惨淡,一家人陷入了一场从来也没有过的困境之中。

那个秋天,我陪着他走在我们生活小区的马路上,秋风吹落了无数的树叶,也将他多年的两个遗憾留给了我。他说第一个遗憾是没有给子女们找到一份稳定的工作,而这些他在当时走走后门是完全可以做到的。第二个遗憾让我的心灵颤动了很久,他说没有趁在位时捞上一笔,要不也不会弄得晚年

这么困难。

我知道他所指的困难——除了儿女的窘境,舅母常年有病,一直靠药物支撑。而他所患的冠心病本来可以做个支架,就是因为没钱,只好草草出院,每天靠锻炼身体来维持。

他站在我的身边,我能够看清他脸上所有的忧伤。曾几何时,他那么的高高在上,我用仰视都不一定能看到我想看到的东西;而此刻,当晚年来临,当秋风给大地带来一色的萧瑟,他在我的面前忽然清晰起来。我听懂了他的内心世界,在人生的秋天,本来应该是硕果累累,可是他的庄稼地却是青黄不接,满目苍凉。

我用手机拨通了母亲家的电话,然后递给他,我听见电话里母亲叫一声"哥"然后就沉默了,母亲肯定是在那边哭了。他的脸色也在变,他一边说着都挺好的都挺好的,一边走到外面的院落里,那里有一株枣树,上面已经没有了果实。透过窗户,他一直在抹着眼睛,他肥胖的身体在秋天的阳光下显得臃肿而脆弱,仿佛随时都可以坍塌下来。

那一刻,我的心忽然柔软下来,这个秋天,我来的正是时候。

夜晚,我就睡在他的一间很狭小的偏房里。他一边收拾着床上那些乱七八糟的东西,一边说,你就在这里凑合一晚上吧,也别嫌舅舅寒酸,不管睡在哪儿,反正闭上眼睛天就亮了。

他自顾自地说着,我却愣怔在那里,他的话仿佛含了极大的禅意。是啊,闭上眼睛天就亮了,人生,有时候不过是轻轻一叹。

夜里,起风了,秋风拂过窗外的暗夜,仿佛在吹落一地的尘埃。

旧　时　光

一、老　浴　池

　　老浴池坐落在山南低洼的大学生楼的一侧,从外面看,如果不是一根高大的砖砌的烟囱,也许会被认做是一个堆积杂物的仓库。浴池的大门常年关闭着,只有运煤车到来的时候,才会嘶哑地打开。大门中间开着一扇只容一人进出的小门,进出时需缩了脖颈,否则就有碰到额头的可能。铁制的大门上面,绿色的油漆剥落,仿佛经历了多少沧桑的岁月。浴池的看门人多由即将退休的老头组成,一个姓赵,一个姓巫,再一个姓什么我已经记不起来了。他们坐在一间狭小的售票室里,目光从低矮的小窗口里射出来,既是一种等待,也是一种把守。

　　那时的门票并不贵,两毛钱,绿色的第三版的纸币,往窗口一放,那些老头就会慢腾腾地撕一张澡票。粉红色的纸张,上面盖了房管局的公章,如果没有那枚公章,澡票也许会显得单薄,有了那枚公章,便有了一个巨大的支撑:房管局。

　　我第一次去浴池洗澡,大概要推溯到刚从农村出来的1985年。那年冬天,我告别了母亲,也告别了学校,独自一人跟了父亲到这个远离家乡的山沟里来从事一种职业。虽说不愿,却也无可奈何。人生有很多的无可奈何和身不由己,每次想起这次改变人生的际遇,我总会用这样的理由来安慰自己。人们常说,如果你改变不了现实,那么你就只有顺应现实,在现实中去寻找一条自己喜欢的道路。不过那时我还不懂得这些,纯属走一步看一步罢了。

　　那次洗澡是父亲带我去的,在售票室的门口,父亲一一对看门的老头赵、巫介绍说这是我的儿子。我看见他们的目光很迅速地投射到我的身上,随即一个个笑逐颜开地说,很不错嘛。我不知道他们的"很不错"是指什么,如果依我当时的身高和相貌,无论如何也不会归列到不错的队伍里。父亲喊他们赵师傅、巫师傅,而让我喊他们大爷。我拘谨的目光护住自己单薄的身体,仿佛在与他们做一种无声的抗争。后来我才知道,那个巫师傅是我的老乡,他的孙子和我一样,也加入了这次谋生的队伍。那次洗澡,他们没有收澡票,还说什么一个单位的,小子又是第一次来,算了算了。

160

浴池对我是陌生的。阴暗的走廊，狭窄的休息室，还有那种扑鼻而来的说不清楚的味道。尤其面对那么多赤裸裸的身体，无论我的感官，还是内心，都有了一种从未有过的羞涩感。那是我第一次在别人面前赤裸自己的身体，也是第一次看见父亲赤裸的身体。站在那里，仿佛有无数的眼睛从四面八方扫射过来。但稍稍镇静下来，却发现都是自己的心理在作怪。没有人刻意地来注视我，他们更多的都是像父亲一样，脱衣，然后拿着洗浴用品走向浴池。那种坦然就像走在大街上一样。跟在父亲身后，我的眼睛只敢朝向地面，那里有我看不见的窘迫和内心的慌乱。在入水的刹那，我几乎慌不择路。水面掩盖了一切，也让我的目光有了从容的境地。

在我工作的单位，也有一个很大的浴池，不过离我工作的地点很远，所以更多的时候，我还是会在某一个公休日，拿了毛巾肥皂去老浴池把自己洗漱一番。那时我已经不用再由父亲带着去了，我已经适应了一个人去洗澡的过程。两毛钱，对赵大爷巫大爷客气地打招呼，虽然他们有时也说不用买票了，但我一直坚持着买票。我不想欠别人什么，也不想沾父亲的光，在我的潜意识里，似乎还没有这样的打算。在更衣室里，我已经很从容了，再也感觉不到那些从四下里射过来的让自己拘谨的目光了，而更多的时候，是我把目光投向那一个个来洗澡的人，在彼此目光的相碰中寻找一种默契。李师傅是我在浴池认识的第一个忘年交。他的头发花白，个子不高，有着很大的肚腩。那时的胖人不是很多，所以依我当时的判断，他应该是一个生活很优裕的人。他第一次喊我给他搓背，我惊讶于他对一个陌生人的请求。我迟疑了一会儿，在还没来得及拒绝的时候，他已经把手里的毛巾递给我了。第一次给别人搓背我多少有一些拘谨，所以很用力，搓得手腕都有些疼了。后来他说也要给我搓时，我慌乱地拒绝了，在这个陌生的世界里，我还缺少自由应对的能力。我曾在他的邀请下去过他家里一次，那是一幢三层的楼房，从外面看，楼房精致漂亮，有其他的楼房所不具备的阳台，和我的住处更是天壤之别。他住在二楼，满屋子的花草一度让我睁大了好奇的眼睛。他客气地给我倒水，拿水果，他说他退休之前是某个单位的总工程师，现在空闲下来，多少有一些无所事事，洗澡和养花是他晚年生活的主要内容。我看着他墙上不同年代的照片，想象着他年轻时的样子，不觉有些戚然。我无法把他和巫师傅、赵师傅联系在一起，他们应该是两个层面上的人，只不过晚年的结局，却有着很大的相似。这样的想法多少让我的心情有一些沉重。后来我告辞下楼的时候，李师傅坚持着要送下来，还边走边说，看你们多好啊，赶上了好年头。

在老浴池坚持了几年？我没有用心地去统计过。其实统计也没有什么意义，时光总会一点点过来，又一点点过去的，就像看门人赵大爷他们，在这样的岗位上消磨了几年光景之后,已经在我的视线中不见了。而那个巫大爷,有一次也长吁短叹,说最后沦落到看大门实在心有不甘。我不了解他们的过去,就像不了解父亲的过去一样,在他们那一代人的身上藏着很多很多陌生的过去,而那样的过去对我们这一代人来说是无关紧要的。每一个人都会有自己的历史,老浴池也是如此,若干年后,有几个人会记得它现在的模样,以及常常出没于此的匆匆过客?

老浴池的拆除是在房管局被其他单位合并之后的事情了,据说要在老浴池的地方建一座崭新的居民楼。看着轰然倒下的高大的烟囱,我的心里忽然涌上一种淡淡的忧伤。这几年,其实正是老浴池给了我认识外面世界的机会,它就像一扇门,訇然就把我原来的岁月关在了门外。我的成长,我的时光,我的一切的一切都被它严格地划分开来。它让我懂得洗澡的过程不仅仅只是搓去身上的污垢,更多的是给我接受世界的坦然和被世界接受的不安。它串起了我曾经有过的苍白的心路历程,让一个懵懂的青年随着它的存在和消失,渐渐地成熟起来。

二、小　商　店

说它小,是因为它的确不大。蜗居在一座三层的居民楼下,几棵高大的白杨遮掩了它"百货商店"的招牌,不显山不露水的,如果不是川流不息三三两两的顾客,恐怕没有人会在第一时间认出它。商店的门是里外两开的,绿色木门中间的玻璃上,有一些清晰可见的手印。门的不锈钢把手已经没有了昔日的光泽,上面锈迹斑斑,布满了时光的痕迹。每推一次门,门轴就发出一声很刺耳的叫声,似乎在告诉里面的人"有人来了",同时又像在表示着一种抗议,是因为疼它才叫出了声音。如果不是那个招牌,我还以为它就是农村那种简单的代销社。而事实上,不管是小商店,还是代销社,它们对我都充满了吸引力。

进得里面,才知道它远远比农村的代销社要大一些,它分上下两层,每层由左右两部分组成。一楼的左边是副食,油盐酱醋食品,空气中充满了它们混合在一起的味道。右边是生活日用品,父亲第一次带我来小商店,就是在日用品柜台给我买了一双棉皮鞋和一只上海产的"海鸥"牌手表。皮鞋是第一次穿,手表也是第一次戴,两样东西一共花去了九十九元九角五分。那时候不能讨价还价,一切都是明码标价。九十九元九角五分,这样的数字似乎代表着一种残缺,一种遗憾。很像我那时候的境遇,仅仅一步之差,就让我偏离了原来的人生轨迹,走到另一条陌生的路上来了。

商店的二楼，一边是布匹，一边是五金。站在二楼楼梯口的窗前，正好可以看见对面老浴池的房顶。房顶上面洒落了一些枯黄的树叶，还有一些简单的管道设施，也许由于年久失修，早已经失去了它们原来的功用。

商店里的售货员大多是女性，也有一两个男性，年纪均已是很大了，戴着蓝色的套袖，安静地坐在柜台后面的凳子上，有时也会俯身于柜台，眼睛一动不动地凝视着柜台里的物品。我想他们一定是很寂寞吧，如果换作我，不知道能不能像他们那样安然。

我那时的收入不高，第一个月的收入是三十七元。不知道是单位的办事人员故意给我们留的，还是大家都一样，发到我手里的钞票都是崭新的五元和两角的。第一次挣钱，难免有些兴奋，当天就拿着那些钱去了小商店。先是给自己买了一个搪瓷茶缸，然后又买了一套牙具，我原来在农村没有刷牙的习惯，但是到了这里，必须学会这些简单的事情。两角钱的新票我没舍得花，就一直保存下来，现在据说它们的价值已经翻了十几倍了，这倒是一个意外的惊喜。

有时候，我常常困惑，一个小小的商店，怎么能承载得起上万人的日常消费呢？商店里，从来也没有拥挤过，而那些商品，似乎也从来没有短缺过，今天去是那样的，明天去也是那样的，有的甚至常年都是一个样子地摆在那里。我不知道那些售货员一年四季面对着这些被时光尘封的商品，心里会做怎样的感想，如果这商品是人，恐怕也会坐老了吧。

在一楼卖副食的女售货员中，有一个可以算做是我的老乡。有一次我去买酱油，那时的酱油都是散装的，装瓶的时候必须用漏斗。我那时的口音基本还是老家的腔调，也没有想在这样的地方不应该用方言。我说，给我来一斤"青酱"。那个女售货员显然是听懂了，但她还是皱眉抛了一句话过来，什么是"青酱"，是酱油好不好？她看我有些窘，又马上圆场说，你是沧州的吧？我点点头，却像做错事一样地逃出来。后来再去，再也没敢说过青酱，倒是她笑呵呵地说，是不是要买青酱？我知道她是善意的，可是在她善意的背后，却是我走入社会后的一个简单缩影——一个青涩少年，似乎还没有准备好怎样迎接这些汹涌而至的东西，它们却已经悄悄地来了。

转年的冬天，父亲给我在老浴室南面的大学生单身楼里找了一间宿舍。不和父亲住在一起了，自由的时间好像忽然多起来，不上班的早晨，我往往会睡到上午九点，起来洗漱之后随便吃一点东西。那时候，我喜欢上了小商店里卖的一种面包。据说是单位里自己做的，味道极好，很适合我的胃口。面包很便宜，两毛钱一个，一个可以顶上一顿早餐，按说是很实惠的了。每次我去小商店，往放面包的柜台前一站，我的沧州老乡就会说，两个还是五个？她一边麻利地给我装面包,一边说,老吃这种东西怎么行?因为久了,我和她已经很熟悉了。我说,能填饱肚子就行,穷人哪有那么多的讲头啊。她笑笑说,你父亲对你也太放心了。其实她不知道,父亲对我是不放心的,只是我自己喜欢这样做罢了。

小商店的动迁大概是在1994年的春天,那时我还在天津的一家单位实习,这样的消息让我多少有一些失落,其实我已习惯了小商店里的一切,即便是它的小,在我看来也不失为一种恰到好处。但是新商场的落成,让它的小更显出历史的痕迹,它是一个时代的缩影,平平淡淡,波澜不惊。面对它的背影,我的脑海里总会出现那个戴着套袖俯身于柜台的老售货员,他们的寂寞是始于内心的,而这种寂寞恰恰是小商店被动迁的真正理由。

小商店被改造了,叮叮当当地动了一些土方,门也被改到侧面去了。它的用途在那一段时间不得而知,后来因为参加党校的学习,通知的地点就是小商店,这才知道它成了单位党校的所在地了。坐在那样的教室里,总会有一种酱醋陈旧的味道。尤其当我站在二楼的窗户向外张望的时候,老浴室的屋顶已经不见了,取而代之的是一座七层高的居民楼,高高的居民楼挡住了我的视线,也挡住了我内心的张望。

小商店迁了,老浴池消失了,同时消失的,还有我的背影,以及曾经走过的路。

三、上 夜 校

前几年,为了能够拿到一个本科文凭,我又拿起书本上了一次夜校。每夜混迹于各色人中,使我不由得想起第一次上夜校的事情来。

那应该是1986年的事情了,那一年的冬天对我来说,特别地冷。先是不再读书了,然后又离开了家乡。异地的风虽然很客气地接待了我这个陌生的他乡人,但是那种孤单和冷寂却是谁也无法代替的。每天我都要到一个叫"一泵"的变电站做一个值班电工,然后领回一点可以糊口的薪水。那时的日子简单而茫然,直到车间里传下消息说,夜校要招生了,我才忽然觉得似乎有点事情可以做了。

夜校的地点在一所中学,有高高的围墙和挺拔的白杨,门是铁制的,上方挂了某某中学的标牌。第一次去那里虽然有一种陌生感,但那种扑面而来的书香还是让我想起了一年前离开的校园。那里虽然没有电灯,也没有暖气,除了几间破旧的教室,别的什么都没有,但离开它仍旧是让我感到难舍的。夜校给了我一种如梦的感觉,它与我原来的学校相比,简直就是天堂。

夜校报名的人很多,看来大家都很重视这样的学习机会。有的人看上去年龄很大了,还满脸虔诚地在那里排队,让我不由得暗升佩服之心。和我一起报名的还有我的同事张海,我们同一年参加工作,又在一个车间,无形中关系就近了很多。他的个子比我高,脸色有些苍白,大概荷尔蒙分泌过剩,一脸的小疙瘩,他跟我说话的时候,手就一直不停地摸那些小疙瘩,似乎那样就可以掩盖他内心的空虚。他的经历比我好一些,在老家上过高一,据说因为不忿于老师的偏向,一气之下退了学,没想到正好赶上父亲的单位招农合工,就参加了工作。他对自己的工作很满意,对人生也没有什么打算,每天过得忙忙碌碌,比我要充实得多。

夜校离家不是很远,步行大约需要20分钟的时间,每天下班之后匆匆忙忙地吃完饭就得往学校里赶,时间虽然有一些紧张,但是能够重温旧梦,却也不觉得辛苦,反倒有一种快乐在里面。我报的是高中班,授课的老师有四个,邓、张、王、李,分别担着数学、语文、物理、化学的课程,据说他们都是当地学校的高中老师,业绩在单位里也都是数一数二的,从他们讲课的水平看,似乎也能够印证这一点。教语文的张老师是个女的,年纪有50岁左右了,她讲课很细致,因为时间的限制,每次课程结束她都是欲言又止的样子,好像很不尽兴。她布置的作文,不管有几个写的,她都要拿回家批改。有一次她给我作文开头的批语是:言简意赅,开门见山,提出论点。看得出她是一个善于鼓励学生的老师,对我大概也是一种启蒙。在此之前,作文一直是我最憷头的,后来爱上写作,在那时是连想都不敢想的事。教物理的王老师是毕业于天津大学的老牌大学生,人很瘦,戴了一副高度的近视眼镜,常常穿一身蓝色中山装。他讲课很有特点,常常把怎样对待人生穿插在讲课之中,让人觉得老师的"传道"并不比"授业"轻,反而要重要得多。记得有一次我问他我们上夜校的结果是什么,他说,也许没用,也许很有用,这谁也说不好,但是充实一下自己不是什么坏事。不管什么文凭,就好比是一张门票,你不进公园它永远没用,可是你有了它,就可以随时走进公园。他的话听来有很大的哲理性,这使我不得不认真地来对待自己的这次选择。

夜校开始的时候还轰轰烈烈的,但是没有多久,学生中就有一些旷课甚至退学的了。其实这也不能怪学校,上夜校本来就属于自愿性质的,除了毕业的时候能够拿到一张毕业文凭,其他什么都没有,这完全靠学生自己的控制力。对于学生的旷课学校里除了一些简单的批评,是没有什么办法的。张海那时候也是三天打鱼两天晒网了。他说,不知怎么的,我一上课就想睡觉,再说了,天天匆匆忙忙的,一点意思也没有。他比我大几岁,荷尔蒙的过多分泌常常使他处于一种苦闷之中。我们是农合工,户口在农村,而我们单位又没有女农合工，如果从农村找女朋友也不是不行，但随之而来的住房、孩子入托等等都是恼人的问题。我理解他的苦闷，也不去劝他，每个人都有自己的打算，能管好自己的事情就已经不错了。

因为学生的过多缺课，学校大概把意见反映到各单位了。有一天车间主任召集我们青工开座谈会，说我们现在年龄还小，正是学东西的时候，最好别把自己的年华耽误了，夜校是一个磨炼人意志的地方，大家要懂得珍惜。他还拿车间的技术员做例子，说他自学成才，不仅拿了电大的毕业证，现在也已是车间的绝对骨干了，以后车间用人也是向有文化的人倾斜的，现在虚度时光，以后大家会后悔的。最后他又拿自己做例子，说自己要不是没有文化，早就当上厂长了。

车间主任的话真真假假，却也没有白说，有一阵子单位里上夜校的人又都回到了课堂，但是没多久，又稀稀落落三三两两了。

有一段时间，我也曾动摇过，还一度旷过几堂课，课本也在窗台上落满了灰尘。直到有一次在马路上遇到教语文的张老师，她很亲热地对我说，你生病了吗？好几天没看到你了，如果想补课的话可以告诉我。看着她关切的眼神，我忽然觉得有些内疚，我胡乱地应付了张老师，但转天就去上课了。我觉得即便是学不到什么，能够坚持上课也是对那些老师的回报。

两年的时间不算很长，却也不是很短，四百多个夜晚，很快就过去了，有时候我总觉得夜校就像一个舞台，隐藏着很多我们无法看见的契机，有些人只是走了一下过场，而有些人却把它当成了生命中必须要经历的过程。

拿到高中毕业证书的时候，已经是1988年的冬天了。那年的冬天似乎也没有那么寒冷了，盖了大红印章的毕业证书，仿佛是冬天里的一把火，让我的夜校之旅尘埃落定。一切都还是原来的模样，单位里并没有因为我们多了毕业证书就真的重视我们，我也没有觉得自己增长了多少知识，好像一切都没有发生过一样。

几年后，当我拿着职工大学的录取通知书去报到的时候，我才知道，两年的夜校生活对我来说是多么重要。在那里，我看到了夜校教物理的王老师，那时他已经做了职工大学的校长。我说，又来给您当学生了。他呵呵地笑了说，大浪淘沙，当初那么多夜校的学生，最后奔出来的只有你们几个啊！他人依旧瘦着，依旧穿了蓝色的中山装。几年后，他死于一场车祸，曾让我的心情暗淡了多日。

多少年过去了，夜校的时光从不曾在我的脑海里消失，反倒总让我感到一种新鲜感。以现在人的心态，如果再有那样的夜校，恐怕是没有人会上的。社会的发展，让人们越来越功利。我也曾自忖，如果不是因为利益上的需要，

本科的夜校我会去上吗？有这样的时间,喝点茶水聊聊天,该是多么惬意的事情。

偶尔,我还会翻出夜校的毕业证书,大红的印章依旧,只是照片上我的眼神,茫然不知所向。

四、神山东路

它最初给我的印象似乎只是一条羊肠小道,盘踞在高高的半山腰,斑驳的岩石犹如一道道简单的写意画,让我在十年以后想起它时还有着一份清晰的印记。不过,十年以后,当它所在的生活区不断扩大的时候,它的身躯也跟着扩张了许多,那时它已经有了自己的名字:神山东路。

第二次走在它的上面,我的身份已经发生了巨大的变化。十年前,我充其量只是一个学龄前儿童,而十年后,我已经有了一份正式的工作,并在它一头的一套简陋的平房里安了家。我无法说出这是一种怎样的宿命,似乎我生下来一切的成长都是为了它而来的。

那时的它依旧很单薄,一边是陡峭的山崖,石头的缝隙里长满了倔强的松树和一些不知名的灌木,另一边则临着深沟,黄土在它的边缘裸露着,辅以荒芜的杂草,给人以触目惊心的感觉。沟的下面是一个当地很大的村庄,村里的人都讲着一口艰涩的方言,想弄懂一句,必须得有人帮着翻译。山外有山,人外有人,那时我才知道,在我未知的世界里,这句话所包容的东西太多太多。

我那时的工作不是很忙,因为是三班倒,所以有很多自由的时间。我最喜欢的是一个人顺着神山东路预留的窄窄的台阶,爬到神山顶上去看远方的风景。那时的山顶还没有整修,除了荒芜的杂草树木之外,只有一处圆形的用石头和水泥修筑的贮水池,据说那是整个生活区的用水所在。贮水池上面没有栏杆,只有一个铁制的盖子,一把锈迹斑斑的大锁封住了进口。那样的防护在现在看来,简单得不能再简单了,或者说连防护也谈不上,是很容易遭到破坏的。好在那时有这样心思的人不是很多,所以那些年也没有什么事情发生。平时有些人会攀着石头的缝隙爬到贮水池上面,把眼睛凑在大铁盖子的缝隙里向里面张望,我想除了黑,他们是什么都不会看到的。我一次也没有上去过,我对幽深的东西一向有恐惧感,这也可能是我性格中的某种遗憾。

在山顶上可以眺望远处的风景,在书本上熟识已久的太行山脉从东到西,给我的感觉是震撼的,在那样的景致里,我的头脑里常常会忽然蹦出"五岭逶迤腾细浪,乌蒙磅礴走泥丸"一类的诗句。看来,在震撼的景致面前,每个人都会有一些豪迈的冲动的,这样的冲动在我以后的生活里常常出现,可惜自己不是诗人,无法准确地表达出自己当时的心情,即便是简单的描述也没有留下几行。

那时我还没有朋友,除了单位里几个一起参加工作的同事,能说上话来的人几乎没有,为此,父亲没少说我迂,不懂得处事之道。父亲的话让我既反感,又没有办法,后来索性不去理会,任自己随意地发展下去。

在神山东路的尽头,有一家简单的书报厅,虽然不知道买什么,但我也喜欢凑在那里。卖书报的是一个有些年纪的老头,穿一身绿色的邮电服装,口音像当地人,但又不完全是,总之是可以听懂的。开始我只买一些自己熟悉的报纸,比如《语文报》,后来为了扩大自己的爱好,又买一些《书法报》来看。时间久了,和那个老头也有些熟悉了,偶尔他还会打开后门让我进去随意地翻看里面的杂志和报纸。有一次被父亲看见了,回家还说我,很有本事嘛!我不知道他说的本事是指什么,但是本着自己的爱好去接触一些人总是难免的,所以也不往心里去。《小说月报》就是我在书报厅里偶然翻看到的,就此一发而不可收,稀稀落落买了有一大堆了,在家里占据了书柜很大的面积,去年我想处理掉,但又不想像废书报那样简单地卖掉,索性挂在了一个旧书交易的网站上,一块钱一本,但很少有人问津,只有一个人发了信息来,问都有哪些年份的,我发了信息过去,他却没有音讯了。悻悻然中给自己找了一些借口,本来就不舍得卖嘛。至今那些杂志依旧放在我的书橱中,偶尔拿出来翻看一下,感觉也很好,但是心境却有很大的变化了,唯一不变的是对它的喜欢。

神山东路的拓宽是在某一年的春天,先是来了一些勘测人员,然后是一队农民工,他们在马路一侧窄窄的空地上安营扎寨,工具设备摆了一地。神山东路被栅栏隔成了两边,每天穿过需小心翼翼,这样还常有监护人善意的提醒。所谓的拓宽,其实就是把山硬生生地切去一块。因为距离生活区太近,不能放炮炸山,那些农民工就只能用钢钎一下一下地凿,等山石有缝的时候再一点点撬开,这真是一项考验人耐心的工程。每天路过,我的目光总是要情不自禁地停留在那些农民工的手上,粗糙,花白,看不到一点血色。有时候我常常庆幸自己有了一份固定的工作而不必来凿石开路,我想世界就是这样分割安排的,总是让一些人舒适,一些人劳苦。

马路扩建不久,在马路的右侧就出现了三家商铺:一家商品批发店,一个摩托修理铺,还有一家图书租赁店,书店起了个很奇怪的名字:读来读去。我去过几次,发现里面都是一些武侠言情类的图书,兴趣不是很大,在看完一套《天龙八部》之后,我再也没有去过。倒是那家摩托修理铺,成了我常去的地方。修理铺的老板姓王，和我的岳父是老乡，所以每次去修车，都很客气，干活精细，价钱上也不是很高，闹得我很有些过意不去，仿佛欠了他什么似的。因为手艺好，他的店铺终于一天比一天的大起来，后来因为影响交通，他被责成搬走了，具体搬到哪里去，他说过，我却没有记住，终究是消失了。

马路扩建的那一年，母亲也从老家迁来，不再种地了，当然是一家人的幸福。但是没有多久，母亲就要父亲去给她找份事做。恰好那时的街道办招清洁工，母亲就报了名。先是负责一栋单身宿舍的卫生清扫，后来又被调配去扫马路，地段竟然是神山东路末尾向南的区域。因为怕难堪，一家人还一度产生了分歧，但母亲坚持着要去，她总说，扫地就能挣到钱，比种地强多了吧，这样的好事在农村往哪里找去啊。好在是清晨，天还不亮，可以避开很多的行人，我也去过几次，后来就被母亲拒绝了。因了母亲的这份坚持，55岁之后，她竟然可以拿到五百多元的退休金，这样的结局却是我们原先没有想到的。

1997年，我成家了，房子在另一个生活区，离神山东路有一段不算很长的距离。虽然不怎么走那条路了，但是逢上周日，我依旧会穿越神山东路去看父母，每次看到神山东路那套我住了几年的简陋平房时，我的心里总会有一种莫名的悸动。

现在的神山东路，依然不能用宽敞来形容，当汽车成了主要的交通工具之后，依然是逼仄和狭窄的。有限的山体，显然不能够再来一次扩展，那样极有可能伤到它的心肺，城建部门似乎也没有这样的打算，他们把越来越多的楼房建在了别处，这样可以起到分流的作用。当然更重要的一点是这条路老了，连我们当初这样的青涩少年，也已经跨过不惑之年，"向青草更青处漫溯"了。

单身宿舍

那年冬天,我从家里搬出来,到一个叫"神山单身生活区"的宿舍里居住。那是一座很普通的四层楼房,据说是建于1969年的某一天,按年头应该和我的年龄差不多。想一想十多年前它在这里落成,而我却在遥远的异地呱呱落地,似乎冥冥中有一种缘分。世界这么大,而独有它给我一个落脚的地方,不是缘分是什么呢?我一向不信什么,但是对人生的走向却一直抱有一些迷信的想法。俗话说,人的命,天注定。我这么想人生好像也并不过分。

我住在二楼,是阴面,紧挨着厕所,所以挨着厕所的那面墙根一直有点潮湿。父亲说,凑合着住吧。我看看父亲没有吭声。在这之前,我一直和父亲睡在一张木板床上,晚上我常常被他的呼噜声吵醒。在他那间住了七八年的小屋里,我实在厌倦了那种逼仄的空间,每次走进那间小屋,我的呼吸总有一种紧迫感,我总想空气都跑到哪里去了?后来父亲好像也觉得我长大了,再睡在一起就不方便了,所以我便搬了出来。面对着属于自己的一块天地,我还能说什么呢,我差一点儿就要在心里欢呼了。

宿舍的面积不是很大,如果靠着窗户一边放一张床的话,中间还可以有一米半左右的空间,正好可以放一张简陋的三屉桌,这使我有机会在桌子上放一些自己喜欢的书籍。其实我也没有什么书籍,有几本初中的语文课本,上面有我喜欢的几首古诗词,没事的时候拿出来念上一遍,的确很能打破一些寂寞。还有一些报纸,是从父亲的单位里要来的,看了一遍又一遍,有的已经不想看了,后来从同事那里看到几本破旧的《辽宁青年》,就不遗余力地借过来,偶尔翻一翻,有些文字竟然能够打动我的内心。宿舍里配备了一把椅子,一个暖壶,喝开水要下楼到很远的锅炉房里打,路上可以碰上很多像我这样的单身青年,他们的面容陌生而遥远,仿佛黑白电影里一闪而过的镜头,给人以模糊的感觉。单身宿舍里还有一些其他免费的东西,现在都不记得了。姐姐曾经送给我一面小镜子,没事的时候,我就对着它照啊照的,嘴巴上的毛毛就是那时候一点点地钻出来,直到黑糊糊的,到那时我才知道什么是青春期,就像春风一样,来了也就来了。

对门是一个复员的老兵,姓张,五十来岁的光景。他与爱人两地分居,与我一样过着单身生活,或许是同病相怜的缘故,他看上去很和善,也很好接触。他曾拍着我肩膀说,小伙子,有事吭声啊。他在门上贴了一幅自己的书法作品:天生一个仙人洞。他的字写得很好,至少我这样认为,我觉得他是一个很会给自己寻找乐趣的人,一间普通的宿舍竟然可以称为仙人洞,这里面的奥妙或许只有他自己知道。他用煤油炉自个儿在屋里做饭,我一听到刺啦的声音,就知道不是中午就是黄昏了。他曾客气地喊我一块儿尝尝他的手艺,但我没去,我总觉得平白无故地吃人家一顿饭,好像不太合适。

虽然叫单身宿舍,但是居住的并不都是单身。我粗略地估计了一下,整个二楼,最少有五家像对面老张那样的复员老兵,只不过他们有家属住在这里,所以就显得家庭味浓了一些,再加上他们的孩子,谁家有点动静整个楼道里就都知道了。本来他们是应该到家属楼里居住的,因为没有房子或者户口的问题就只好住在这里,一家三口,或者四口挤在一间单身宿舍里。我曾经去过他们的宿舍,但只是一会儿的工夫,我就觉得呼吸困难,想一想自己一个人享受与他们一样大的空间,真有点幸福。

在那些老兵之中,有一位竟然是我的老乡,从他的口音中我也能感觉到那种亲切。他常常喊我去他的宿舍里吃一些零食,比如刚上市的玉米,或者红薯。有一次他竟然要我喝酒,我推辞了数次,终究没拧过他,勉强地喝了一小杯白酒,辣得眼泪差点掉下来。我的老乡却不顾我的窘相,自己嘿嘿地乐着说,现在你就是男人了,男人哪有不喝酒的,听我的没错。他的妻子也刚从老家来,有一个十几岁的儿子,他用一个人的工资养活三口人,他说,总比在农村强吧,孤儿寡母的,你也知道,种地难啊。他还说,老子干了二十多年了,还他妈的住这种房子,哪里像人住的!我知道他们很苦,他们面临的绝不仅仅是一个房子的问题,让我想一下,我也会想出一大堆让人头疼的问题。

父亲常来,有时候很突然地拍响我的房门,仿佛警察查户口似的,进了门,就东张西望的,好像我藏了什么秘密。偶尔会说,明天(或者后天)回家吃顿饭,你姐也回来。我诺诺地应了,却很反感。我不喜欢他这种方式的到来,我觉得随着年龄的增大,我和他的话好像越来越少。有时候看着他匆匆离去的背影,我真想让他留下来,就坐在我的床沿上,和我面对面地说上几句话,工作的,或者生活的。

单身宿舍里很安静,如果白天不上班,我会感觉到安静得可怕。百无聊赖的时候,我会一个人一直从一楼上到四楼,大家都去上班了,不上班的也都在默默地等待。没有更多的消耗体力的地方,也没有更多的挣钱的门路,平淡是生活的主题。有时候我觉得宿舍楼简直就像一个巨大的容器,你使劲地晃,也不一定能够听到声音。

我在单身宿舍住了将近八年,如果不是宿舍楼要拆除,我可能还要一直住下去。八年,八年啊,人的一辈子有多少个八年啊,可惜在那时我却不知道

这样去思考时间和人生的关系。更多的时间里我在逡巡、彷徨和寻找，我不会吸烟，也不喜欢喝酒，当然更没有爱情。但是在那样的环境里我却学会了简单的处世之道，对邻里的表现更是超越了一个青年所应有的世故，我渐渐地脱离了刚从农村出来时的土气，学会了用一个城里人的眼光来看待眼前的一切。有时候连父亲也不得不承认，我从家里搬出来是一种正确的选择。

如果说八年单身宿舍的生活使我成长的话，那么单身宿舍就是一个完美的道具，直到现在我也不知道如果换一个生活环境自己会变成什么样子。每个人都会有类似的经历，我想这样的生活或许不会再有了，就像"文革"，或者其他具有历史意义的年代一样，它很快就会在人们的眼前消失，如果能记着它，也是像我这样喜欢怀旧的人。直到现在我还记得对门老张从单身宿舍搬走时的情景，他一边扯着"仙人洞"一边说，人啊，就这种德行，不走的时候厌倦，走的时候还真有点舍不得。

是啊，谁能没有这样的感慨啊，因为这里掩藏着一段人生，无论什么时候翻开，都能听到那回旋于岁月深处的声音。

现在，当年的单身宿舍已经变成了一座很漂亮的小学校园，有一天我送儿子去上学的时候，竟意外地碰到了我的老乡，虽然他的脸上皱纹纵横，可是我仔细地瞧了瞧，却仍然看到了一丝当年住单身宿舍时的模样。

处处野菜

一、凉拌马齿苋

有一年的初夏,我和妻子带着3岁的儿子去石家庄的一家医院看头发,其实也没有什么大问题,只是有些黄软,好像发育不良的样子。看毕,出得医院的大门,已是正午时分,便在距医院不远的地方找了一家小饭馆,点菜的时候,忽然就看到了它:凉拌马齿苋。

菜不贵,只要六元钱。其实价钱倒是次要的,关键是它的名字,曾经在很多文学作品中看到的野菜。食欲不由得被它勾了起来,未征得妻子的同意我就点下了它。

菜端上来,盘不大,青花瓷的样子。盘中的马齿苋,有些黑,看上去好像发酵过,茎都软了,叶子也残缺不全,但是从叶片的形状上,我还是一眼就认出了它——原来这就是传说中的马齿苋啊,不过是田间地头随处可见的一种野菜罢了,只是我不知道它的学名,生生地产生了这么多年的期望。

在我们乡间,马齿苋应该是最常见的一种野菜了。它的名字有很多种,每个地方的叫法都不同,在我们那里,叫它马英子菜,为什么这样叫,却也没有具体的答案。记得小时候,每到春夏,我常常挎了篮筐,呼朋引伴地去地里拔马齿苋。它是我们最喜欢的一种野菜,地里成片成片的,蹲在那里一会儿就能挖到一大篮筐的马齿苋。马齿苋既可人吃,也可喂猪。我们挖的马齿苋,多半是为了喂猪,据说吃野菜长大的猪肉香,但那时人们大多没有这样的想法,只是想省一些粮食罢了。

凉拌马齿苋的味道很好。坐在那里,我仿佛又回到了故乡的青纱帐,曾经消失了多年的少年生活一下子涌上心头,让我有些情不自禁。但是3岁的儿子并不买账,他只是吃了一口就吐了出来,说难吃难吃。倒是妻很配合,我们两人一人一筷,很快就风卷残云,看着妻不满足的样子,我答应她回家后自己去做。

马齿苋的吃法有很多种,除了凉拌以外,还可以把它切成段,晒成干,蒸包子吃。但马齿苋的生命力很顽强,往往要在烈日下暴晒上很多的时日。每次看它们在阳光下不屈的姿态,我总会想起母亲曾经对我说过的一句话,别看它们是野菜,有些地方比人还坚强呢。不知道母亲为什么要说这样的话,也许她是从"野火烧不尽,春风吹又生"的野草那里引申过来的吧。但母亲没有文化,对我们人生的启迪大抵也只有这些。生活拮据的那些年,每到春节,母亲总会用马齿苋做馅,给我们蒸几屉晶莹剔透的包子。在那缺少蔬菜的年代,马齿苋的确给我们带来了节日的味道。虽然吃掉它们需要很用力地咀嚼,但在它们清香的气味中,那些咀嚼也成为一种奢侈的享受了。

马齿苋能够成为餐桌上的菜肴,我想肯定是现代人的创造了。现在的人们讲究吃绿色蔬菜,似乎一带上"野生"两个字,就有了无穷大的魅力,殊不知,它们的药用价值远远比"野生"两个字更具有诱惑力。《生草药性备要》上说它"治红痢症,清热毒,洗痔疮疳疔"。《滇南本草》上说它"益气,清暑热,宽中下气,润肠,消积滞,杀虫,疗疮红肿疼痛"。不管怎么说,在以后的日子里,它肯定会受到人们越来越多的喜欢和追捧。

自石家庄回来以后,每年的春天,我都要带上妻、子去田野中踏春,顺便掐一些马齿苋的嫩尖回来,过一遍热水,然后配以蒜末香油味精等等作料,在野菜的清香中回忆往事。这样的日子简单而快乐,时至今日,儿子已经记住了很多野菜的名字,我想他们这一代,还是不能离田野太过遥远了。

二、面条菜

每年春天,在我住所附近的麦地里,总要长出一种叶长茎细的野菜,当地人叫它面条菜。我们刚搬到这里居住的时候,对它有一种本能的抵触,它既没有马齿苋外形好看,也没有蓁菜的诱惑力,看上去,它就像田地里随意长出的一种草,纯属给春天凑热闹的。

但是它在当地很有市场,不仅当地人要拔了在集市上卖,连我们企业里的大部分人也会在春天到来的时候,蜂拥到麦田里,对它们进行一种"掠夺",那情景略等于踏春。

我忘记母亲是在哪一年加入到拔面条菜的队伍里了,也许她想给退休以后的生活中增加一些色彩,也许是受了楼下李婶的影响,反正是在某一个周末的上午,她打电话过来,说中午要做一种神秘的野菜给我们吃。

母亲的手艺很好,早年在农村劳作,后来离开农村找了一份适合她的工作。从早前至今,家里的饭菜一直都是她做的。母亲一向节省,一棵白菜,她会把外面的白菜帮子腌成咸菜,中间稍好一些的叶子用来炒菜,最里面的白菜心凉拌。她的做法以前我们无话可说,后来却是一致地反对了,腌白菜帮子,都哪朝哪代的老皇历了。

但母亲做的野菜却是大家都喜欢的。我们最爱吃她做的马齿苋包子,那种香,也许用一个"抢"字可以表达我们贪吃的样子。

那个周末的中午,我们第一次吃到了面条菜。在吃之前,母亲还故意卖了一个关子,让我们猜一猜它的名字,但是我们都无言以对,离开土地很多年了,虽然我自以为对它们并不陌生,但仍是被问住了。

母亲告诉我们这是面条菜的时候,我多多少少有些意外——那样的一种野菜,能有什么好味道啊?

依旧是凉拌的,碧绿的颜色显然是马齿苋无法比的,它们堆在精致的瓷盘里,像一道艺术品。

在母亲的怂恿下,我勉强吃了一口,初入口的面条菜有一些粗糙,似乎过了一遍热水也没有去掉它们的棱角,但嚼起来并不生硬,反而是一种软软的感觉,类似于面条,我想,也许这就是它名字的来历吧。

许是出于一种对野菜的喜爱,我很快就接受了它,它的外表虽然看起来有些普通,但在饭桌上传递的那种春天的气息却是无法掩盖的。据说它们是春天里长出来的第一种野菜,万事开头难,它们的生长也不会很容易吧。

人不可貌相,海不可斗量。野菜也是这样的吧,当初我对它的抵触,也是一种做人的缺陷吧。

至今我也不知道它的学名是什么,有什么营养价值,我曾想去查找一些辞书,却又不知从何查起,索性也不去刨根问底了。

每年,母亲总会在春天到来的第一时间里把它们拔回来,给我们做可口的凉拌面条菜。有一次母亲曾对我们说,趁着胳膊腿还能动,给你们调调口味,等我动不了,你们想吃也吃不到了。母亲的话让人有些伤感,但我知道,在面条菜里,藏着她对我们的情感。

三、来自远方的野菜

有一年的春天,我无意中说起自己喜欢吃野菜,没想到第二天,车间的窦书记就给我带了一些过来,还说,你不是喜欢吃野菜吗?看看这个味道如何?看他认真的样子,我倒有些不好意思起来。本是一句随意而出的话,怎么能当真呢?打开,野菜我认识,是蘸酱吃的蓳菜,也有叫苦菜的,和马齿苋一样,是田间地头的常客。小时候,我在农村,时常拔了它们喂猪。偶尔,一家人也吃上一回。蓳菜味儿苦,和苦瓜的苦一样,苦过之后却别有一番滋味,是去火的一味良药。这么多年,我已经很久没有吃过蓳菜了,愿望里倒是有过,只是这种野菜不像面条菜那么好找,而我也没有漫山遍野去寻找的耐心,现在旧梦重温,我的眼睛都快冒出光来了。蒌菜很新鲜,好像刚从地里拔来的一样,连菜叶断裂处冒出的白色的汁液都清晰可见,我情不自禁地拿起一棵放在嘴里,苦涩一瞬间就占据了我的味觉。窦书记说,如果你喜欢,哪天我带你去拔。

窦书记是北方人,当年从部队转业到我们单位,倏忽二十年,应该算是老前辈了。老爷子性情敦厚,天天乐呵呵的,把什么都看得很淡。他在我们年轻人中的威望很高,车间里有什么不愉快的事情,他一说,也就都稀里糊涂地过去了。他常常说,有什么过不去的,连《三国》里都说,"古今多少事,都付笑谈中"呢,快乐比什么都强。受他的影响,大家处得一直都很好,车间每年都要被评上先进集体,这一点,窦书记功不可没。

跟窦书记第一次去拔蒌菜是在一个早晨,他嘱咐我们要穿长衣长裤,最好穿平底鞋。那时小麦还没有出穗,正在攒足了劲儿拔节。早晨的露水已经有了,这时我们才知道为什么要穿长衣长裤了,原来是为了保护自己。他带着我们左转右转,上坡下坡,在小麦地里一通长走,我们一度还丧失了信心,以为他也找不到蒌菜的生长地了。但是看他很从容的样子,我们也没有打退堂鼓。蒌菜的生长地很有规律,类似于洋姜,一旦在哪里落了脚,每年都会在那个地方生长,生生不息,连年不绝。就在我们走得腰酸腿疼的时候,窦书记一指前面的麦地说,到了。

我们蹲下来仔细寻找,果然发现在麦子的间隙里有很多的蒌菜。大部分的蒌菜还都没有长大,一些叶片还卷曲着没有长开,朦朦胧胧的,让人不忍采摘。那一次我大获丰收,不仅满足了自己的口欲,还给母亲送去了一些。母亲看着那些蒌菜一度有些惊讶,她说,以后我也跟你们一起去吧。但我摇摇头说,你想吃多少,我去给你拔。

一连几年,每年春天蒌菜发芽的时候,窦书记都要带了我们一起去重温旧梦。这样的活动类似于踏青,早晨的空气给了我们抒发性情的机会,面对着满目的青山绿野,还会有什么烦恼的事情呢?

但好景不长的是,窦书记退休了。我们都有些郁闷,然而让我们更郁闷的是他退休后搬到天津去了,一分两地,没有他的带领,我们像没头的大雁,再也没有去拔蒌菜的兴趣了。

偶尔春天里通个电话,他说正在天津郊区的地里拔蒌菜呢,有空你们来玩吧,这里的蒌菜长得可好呢,根粗叶大,苦味十足,让你一次吃个够。

放下电话没有几天,忽然接到一个陌生人的电话,在弄清楚彼此之后,他说窦书记让我从天津带了一些蒌菜给你,你过来拿吧。

看着那些嫩绿的蒌菜,我的心里一片翻腾,这些来自远方的野菜,带着多少令人感动的气息呢？

四、处处野菜

"荠菜马兰头，姊姊嫁到后门头"，每次读周作人先生《故乡的野菜》，我的眼前总会出现这样的场景：当春天降临，万物复苏，一场春雨过后，田野里的那些野菜都冒出了嫩尖，孩子们一边在家门口做游戏，一边唱着野菜的歌谣。这样的场景总让我情不自禁，仿佛游戏中的那个孩子就是我自己。

但与周先生不同的是，我的家乡在华北平原，无论地理环境，还是风土人情，都与他的家乡有很大的差异。那里每到春天，风都刮得睁不开眼睛，漫天的黄土从南到北，似乎鼓足了劲儿想把冬天彻底赶走似的。几场大风过后，就是野菜的天下了。"忽如一夜春风来，千树万树梨花开"，野菜也是这样的气势，就像是谁发了号令似的，放眼望去，满世界都是它们的身影儿。

我一点也不赞同周先生那种诗意的野菜情结，其实再美的歌谣也掩饰不了其生活背后的窘迫。我们小时候的拔野菜，都有一种迫不得已的意味，不像现在的城市人，拔野菜往往成了一种消遣。在我的印象里，每年家里都会养一头大白猪，为了节省粮食，拔野菜就成了主要的渠道。有时候我会拔上一天的野菜，因为太多，手都被染成了绿色，好几天都洗不掉。但是看到猪撒欢吃菜慢慢长大的样子，却又有一种成就感。所以每年春天到来的时候，我总是又喜欢又害怕，喜欢的是春天里的新气象，害怕的是一年的劳作又要开始了。

关于野菜的歌谣，我的印象里几乎没有，至于像"荠菜马兰头，姊姊嫁到后门头"这样优美的语句，我更是没有听到过。野菜代表了一个季节，也代表了一个时代，现在的乡村人，恐怕再也没有人背着菜篮子去拔野菜了，野菜在田野里的诗意存早就烟消云散了。即便是周先生，放到现在，恐怕也不会找到孩子们一边做游戏一边唱童谣的场景了。但野菜是永远都不会消失的，它生长在我们的记忆里，会陪着我们慢慢地老去。

在我的笔记本里，曾记载着一首不知道从哪里抄来的关于野菜的诗歌，不妨抄录在这里供大家揣摩：那年的野菜一直在蔓延，挤满后来的岁月，那年的野菜让一个少年懂得，苦涩是生命的元素，陌生的乡下，那个春天，野菜是我的远亲近邻，四月的黄土地，野菜，远比庄稼亲切和生动，常常代替我们的言辞，在简洁的饭桌上，热气腾腾，风里雨里，野菜和我们一起茁壮成长。多少年后，野菜朴实的姿态总是绕过，我背后的山山水水，在如花的岁月独具风采，野菜源源而来，无边无际的清香中，我只能化作一株同样的野菜。

　　能写出这样独具情感的诗篇，我想作者一定是一个真正懂得野菜的从农家走出来的孩子。他的细致，他的体贴，把野菜和人的关系描写得唇齿相依，非一般人所能为也。诚如作者所言，野菜是一种岁月，在我们背后的山水中，独具风采。

喻红散文

【作者简介】

喻红，女。生于二十世纪六十年代中期，2006年开始在全国各地的报刊发表文学作品。中国国土资源作家协会理事，广西作家协会会员。鲁迅文学院第七届中青年作家高级研讨班学员。

山水清音

一

大化,是一个我早就计划要去的地方,那里山清水秀,有着令我着迷的神奇。到底神奇在哪里？我不知道。正因为不知道,所以就更是充满好奇。

我希望自己能把一些东西丢弃得远远的,在远方被化之。然后轻装回来！

我期待大化能大化我。

我告诉父亲自己要跟随广西作协到大化采风,父亲立刻来了兴致。他告诉我,在20世纪70年代初,他曾在大化找矿。对于那里的山山水水有着浓厚的情感。我父亲是一位老地质队员,从他还是一个热血青年开始,他的脚步就在广西的山山水水间跋涉,他跟许多与他一样的热血青年,把青春献给了广西这片热土。我想,那时候的父亲一定跟山一样俊朗,还有着水一样的柔韧。

父亲告诉我,当年他所在的地质分队就在大化附近的六也找矿。有一次他们分队用吉普车从都安运送炸药到六也,安全条例规定雷管和炸药是不能放在一起的,而分队只有一辆车,只能另外用自行车拉雷管了,这个任务就落在了作为分队领导的父亲肩上。父亲骑着自行车在崎岖的山路上,硬是把雷管从都安拉到了几十公里外的六也。父亲感叹,那时候的路是九曲十八弯的泥沙路,非常难走。我不能明白那是怎样的路,到底有多崎岖。

大化瑶族自治县,县域古为百越之地,秦属桂林郡地,汉元鼎六年划入定周县,五代十国时统属宜州地,宋归右江道,元属田州路,明清时隶属思恩府,民国时和新中国成立后分属都安、巴马瑶族自治县和马山县。1988年10月始成立大化瑶族自治县。

我父亲当年在这里找矿的时候,大化县尚未成立呢。大化县的设立,是因了大化和岩滩两座国家级电站的建立。大化也有"南方水电城"之美誉。水电站的建立,带动了大化的经济,也拉动了大化的旅游。

大化瑶族自治县位于广西中部偏西的红水河中游,距离广西首府南宁并不远,走高速路也就一个多小时的路程。近处的风景,总是容易被忽略。或

许是因为近,才有了心理距离吧?我们的心,常常飘向远方,远方才是梦的着陆点。

坐在车里,我一路无语,双目贪婪地穿透车窗,把远山,田野尽情摄入眼底。带着些许好奇,些许期待,些许无法言明的惆怅。为何会有惆怅?真的好比就要见到苦苦思念的情郎一般,思念的过程美妙无比,真要面对面了,思念就终结了。过程所有的动感凝固,不再飘逸。反正我说不清楚,也就懒得去深究。

很多年前,我曾见过红水河,那时候的红水河在车窗外,在公路旁的深谷里,随着汽车的飞奔,在目光中红水河近了又远了。此刻,我就站在了红水河边,行走在红水河边,被晚风轻拂。我的心,竟然如风般轻灵,清爽,柔软而又激荡。红水河青幽幽的,缓缓从眼前流向远方。如此温柔清凌的河水,就是多年前我见过的那条奔腾的红水河吗?是我的父亲几十年前蹚过的红水河吗?那山,那水,时光交错。

一夜无梦,睡得安稳踏实。我起了个大早,要到红水河边看日出。跨出电都大酒店,展现在眼前的是一片接天连地的薄雾,远山被遮住了,近处的景物也都朦朦胧胧。红水河畔的清晨静悄悄,只有清洁工扫地的"沙沙"声穿过雾气,吸引了我的目光。顺着熟悉的声音寻去,清洁工的身影在雾中忽隐忽现,我看到了自己的身影。那一刻我是多么羡慕这位清洁工同行。她每天在如诗如画的红水河畔挥帚而蹈,天宽地阔,山清水幽;而我,只能在城市狭小的楼宇间穿行,清理昨夜醉鬼的污物,四处飞舞的塑料袋餐巾纸,仅有的接近自然的落叶,全被车轮碾碎。

走在清洁一新的河堤上,远处的山色渐渐露出轮廓。习惯了喧嚣的城市生活,突然享受到这样静谧的清晨,一时竟有梦游的感觉。生活在这里的人是多么幸福啊!我有了一丝挣扎的念头,那么多人向往城市不知道为哪般?城市人向往宁静的能呼吸大自然清新气息的乡野,却又留恋城市生活又是为哪般?人是那么矛盾痛苦地生活着,有那么多的杂念。我有一位朋友,他在大化工作生活了三十年,当他听到我对大化的赞美,平平淡淡说了句:"我每天在红水河边散步,我怎么不觉得她有那么美呀?"真的是只缘身在此山中吗?为什么我们总是忽略了身边的风景?为什么我们总是对身边的美景无动于衷?真的是他乡的月亮更圆吗?还是源于距离产生美感?我不得而知。

我独自走在红水河边,看着天光渐渐明亮,看着三三两两悠闲地晨练的人,我是多么羡慕他们呀。他们呼吸着最清新的空气,享受着最静谧的清晨,他们与山水相伴,与自然相融。

二

今天要游览的八十里画廊,位于广西壮族自治区大化瑶族自治县古河四十二公里的红水河段,是大化水电站建成形成的三百至五百米的峡谷水库。在朋友的博客中,我曾无数次游览过他拍摄的八十里画廊风光,被如诗如画的风光醉倒。心里就计划找个时间,一定要是雨天,到大化一览雨中的八十里画廊。女儿曾笑我,哪有你这样出游的。我自己也好笑,是啊,哪有我这样出游的?很少有人选择雨天出游,除非遇上,那是情非得已。我喜欢雨天,喜欢在下雨的时候走出家门,到大自然中和雨亲密接触。说不清楚那是出于怎样的情绪。我喜欢雨带给我的世界。我已经在朋友的画册中欣赏过了日出时的、日落时的、艳阳高照的八十里画廊,这雨中的情景定要亲自一睹为快。

准备乘车前往八十里画廊游览观光的时候,老天竟然真的下起了"哗啦啦"的大雨,这让游兴正浓的人感到沮丧。我却心生欢喜,这是我想要的,雨中的世界,一定别具风味。

上了游船,我选择了一个靠窗的位子坐下。雨点滴落在透明的窗上,晶莹剔透。透过这样的屏风看外面的风景,有磨砂玻璃一般的感觉。山水画,我喜欢淡墨涂染的效果,山的厚重,色彩的轻柔,那种感觉很飘忽,仙境一般。山是什么名,有何种故事,导游的解说词已经不是我需要的了,我喜欢用自己的眼睛和心灵感受山、水、雨带给我的视觉冲击和涤荡。

我把目光探出窗外,只见清幽幽的河水,盛开千万朵水花,有的似莲花,有的似皇冠。水面,风的吹拂,雨滴的涟漪,一个要吹皱,一个要荡开中,挤压出一道道水痕,水痕似龙,似蛇,舞动着,盘旋着。想不到风和雨能在柔滑无骨的水面作出那么精美的画来。这是我从来没有见到过的奇特景象。我把手伸出窗外,想让雨滴和风在我的手掌上也画上活灵活现的龙或者蛇来。我的手,没有一条河流,没有一个水面,只是一个平凡女子的肢体,怎能与奇妙的自然相提并论?我多想握住一些什么东西,握得紧紧的。可是,雨,握不住;风,握不住;眼前的山握不住,远去的水握不住,山间飘荡的云雾握不住。只好任眼色变成了轻飘柔曼的云雾,缠绕在山腰上了。任其一忽儿飘到山顶,一忽儿飘到山脚,一忽儿飘在翠竹间;山色水色,烟波中曼舞,凌波微步。这下子,我终于领会到为什么叫"八十里画廊"了。每一次目光的移动,就是一幅精美的画,而且还是移动的画廊。不信你自己去看。

正沉醉在水天一色的景色中,身后响起了山歌声。我转过身来一看,唱山歌的是两位穿着民族服装的男子,一个比较敦实,一个比较清瘦。他们的

双声非常和谐动听。虽然我也会说壮族话,但还是没能听懂全部内容。后来,歌手先把歌词说了再唱,我这才听懂。他们的歌词都是现编现唱,他们唱八十里画廊的自然风光,唱八十里画廊的物产,唱八十里画廊两岸勤劳的各族人民。这是任何的歌唱大赛都无法比拟的哦。他们休息的时候,刚好坐在我旁边。他们告诉我,他们都是土生土长的当地人,红水河养育了他们祖祖辈辈,他们对红水河的风光怎么看都看不够,天天看都还觉得很美丽,红水河里的鱼,天天吃都吃不腻。他们告诉我:"春天的时候,红水河两岸开满了火红的木棉花,看到没有,就是岸上那些高大笔直的树。"他们指点着岸上的树木告诉我:"春天的时候你再来,你会看到两岸漫山遍野的红木棉,不知道有几美哦。"他们带着浓重壮族口音的话语,淳朴,自豪,充满幸福感。

《淮南子·地形训》把赤水(红水河)视为帝之神泉的记载,红水河被壮族人民视为母亲河。聚居在红水河两岸的人们,对养育了自己的母亲河的崇敬自是尽在不言中了。

一边聊着,我的眼睛一边滴溜溜地跟着窗外的山色转。烟雨迷离中,一群清秀的仙女向我走来,我赶紧拉开舱门,跑到船头上。导游小姐过来把我拽住,说是危险,把我带到了船顶上。老天呀,船顶上视野开阔,前后左右被水、山、河岸上的翠竹、绿树、碧草包围。船顶上有一个小阁楼,可以避雨,很多人都在里面,透过雨帘赏山色。我站在阁楼的屋檐下,任雨飘在身上,任风吹拂脸庞。这下子目光可以赤裸裸直视烟雨画廊。山,一会儿是浓淡相宜的水墨画,一会儿是清秀俊逸的山水国画。两岸青山在往后慢慢游动。游船前方的水面,落花点点,龙游蛇舞。船后方的水面,一波一波,山歌一样多声部向两边荡开。迎面而来的山,云雾缭绕半山间,似女子飘逸的腰带。这才是在画中行的感觉嘛。

一片群山似孔雀开屏,一片群山似仙桃。而我的感觉,所有的群山更像躺着的女子,乳峰挺立天地间。山,因水而秀,水,因山而媚。

雨,渐渐变小了,由大提琴换成小提琴。说到女人,故事多了起来。船行至一个弯度最大的水域,只见河岸成一条优美浑圆的红色曲线镶在青山碧水间,如一个侧躺着的女子诱人的臀部。导游员的声音,穿过雨丝飘了过来。这里就是有名的"情人湾",左岸木棉成林,右岸枫树成片。在大化电站还没建成之前,红水河像一匹脱缰的野马,日夜狂奔。男人们在这条水道上行船,把上游的土特产、农产品源源不断地往下游运送,再把下游的布匹、日用品逆水而上,送到大石山区。这个弯,是当年红水河最险恶的地段之一,船经常在这里翻。家里的女人,每当男人们行船,她们就来到这里,默默祷告上苍,保佑男人们平安归来。"情人湾"由此得名。

风景最旖旎的地方,河道最险恶。这让我不由得浮想联翩,我倒情愿是这样一个故事:当年在红水河上行船的壮家阿哥(这一带主要聚居的是壮族),他们在奔腾的红水河中一路放歌,两岸秀山丽水,挺拔的山峦是乳峰,柔美的线条是腰肢,飘逸的云雾是长发,浑圆的曲线是臀部,摇曳的翠竹是舞动的长袖。阿哥们心醉迷离,行至险滩而不知,触了礁,翻了船。于是,阿妹们悄悄来到河湾,放歌告诫行船的阿哥们:"哥呀哥,莫恋岸边山和水,这里滩多湾又险。哥呀哥,妹在家里等你回。"阿妹的歌声火辣辣,赛过风景不知几多倍。阿哥们听到歌声,心神安宁,顺利通过险滩。情人湾呀情人湾,情妹妹放歌,情哥哥心安。

现在的情人湾,水域宽广,平静清澈,高峡出平湖,险滩不见了,见到的是摇曳婀娜的竹林。春天木棉红,夏天花草艳,秋天枫叶绚丽。

我站在船上,风轻拂发梢,雨轻吻脸庞。在我的身旁,一串歌声唱起:"一条大河波浪宽,风吹稻花香两岸,朋友来了有好酒,若是那豺狼来了迎接它的有猎枪。"唱歌的是一位诗人,他一定是被这山水陶醉了。什么比酒更醉人?这山,这水,这雨,这歌声,这唱歌的人,这烟雨画廊。

我也不由得跟着哼了起来:一条大河波浪宽……

三

在上七百弄途中,有一段蜿蜒的山路,路沿着山势辗转而上,弯弯曲曲,车子盘旋着,身后一条飘带不断延长。临近山顶有一块大石,大石上刻着四个红彤彤的大字:八里九弯! 站在此处回望过处,山路如一条巨龙,在群山间飞舞,非常壮观。

站在八里九弯处,看着眼前飞舞的、蜿蜒的、盘旋的山路,一个骑着自行车的男子迎面而来,那是四十多年前的父亲,他就是从这条路骑着自行车,从都安县拉着雷管前往六也。现在是柏油路,汽车爬山尚且那么艰难,当年我年轻的父亲,是如何骑着自行车翻越那些泥沙铺成的山路的? 我的父亲,如我父亲一样的众多的地质队员,他们在大化这块热土上,洒下多少汗水,付出多少艰辛呢?

站在这里,我的心里也八里九弯起来。

这是八月中旬的一个中午,太阳很热情。从八里九弯上车,继续前行,目的地是七百弄。七百弄乡是大化瑶族自治县海拔最高的大石山区,全境为世界罕见的典型喀斯特地貌,石山连绵,峰峦叠嶂,高峰丛,低洼地,层层相套,规模宏大,幽深神奇。中外专家考察后评论该区是大自然赐予人类的宝贵遗

产,是山弄的"世界公园"。

我是一个喜欢山的女人,但是我从来没有把女人当成山。女人成了山,多少有点霸道,霸道的女人就不可爱了。我站在广西大化县七百弄(深洼地在瑶语中称为弄)观景台山顶时,心里立马颠覆了"男人似山,女人如水"这个曾在我许多文字中出现过的句子。展现在面前的群山,就这样直扑扑以"七百弄,女人山"六个字闯进我的心间。绿树为发,翠草做衣,一群清清纯纯的女子在目力所及范围内轻歌曼舞。这是怎样的群舞呀!在四百八十六平方公里范围内,海拔八百米以上的山峰九千多座,世界上岩溶高峰丛最密集的地方,千山万弄竞秀。

如果此时有薄雾,那是怎样的磅礴!

如果此时有彩霞,那是怎样的绚丽!

如果此时细雨绵绵,天地山被雨相连,那是怎样的混沌!

此时,太阳透过云彩,在群山洒下斑驳的光,好像舞台上迷幻的灯影,让座座女人山熠熠生辉,彩衣飘飘。

站在观景台上,环顾四周,只见山就像一个个躺着的女人,丰乳高耸,曲线优美,沟壑纵横,奇峰幽谷,从我的眼前向漫无边际的天边以排山倒海之势延绵而去。曾看过许多人体摄影,女人柔美的曲线在逆光中,波浪一样,山峰一样展现迷人的线条,让我陶醉。那是因为我还没有看到七百弄波浪翻涌般的群山。见过了七百弄姿态万千的高峰丛深洼地,我想以后不会再有人体能让我着迷。山,是陆地露出水面,沐浴星光日月,经过亿万年的风雨侵袭,历练而成。人,生生死死,长寿则百来年,怎能与山相提并论。

我的心,我的整个的人,就这样被这群山穿透。

七百弄大石山区山高弄深,是人类难以居住之地。可是这里却生存着世世代代勤劳的瑶、壮、汉各族同胞。他们靠山吃山,在岩缝中种植玉米,在山弄中垦出一块块梯田。在这"非人类生存之地"谱写着动人的传奇。在这里生活的人们有着山一样的性格,山有着人一样的柔美。不知是山大化了人,还是人大化了山?我真想自己也被这山、这人大化了。在自己的心中筑起一座女人山。

看过一部电视剧,只记得其中一句台词:"这个世界既然有苦难,总得有人来承担,那就让女人来承受吧。"为何要选择女人来承受呢?我一直觉得不公平,女人天生就该受苦吗?此刻,在千山万弄的群山环抱中,我体会到了女人的含义。女人,躺下是肥沃的田地,繁衍养育;女人,挺立成了山,从内心世界到形体都坚韧、柔美、俊秀,刚柔相济。瞧那圆润的山峰,是大地上最富于母性的标志。她们挺立亿万年都不会衰老。瞧她们是多么丰满自信,她们永远不用担心乳房会随着年龄的增长而下垂，不用担心不戴乳罩的尴尬，她们就那样挺立在天地间，自自然然，纯纯净净。母性的山，蕴涵更仁厚的信念。都说自信的女人最美丽，当女人有了山一样毫无杂念的淳朴，那是怎样的一种大美呀。我体会着女人与山的通联，却无法体会出山更深层次的含义。山，在我眼里，以一些形态生存着。我知道，事实上并非那么简单。

我不知道此刻被浩浩荡荡延绵不绝的群峰环拥的男士们有着怎样的感受。男人已经习惯了把自己当成女人的山。在这样波峰澎湃充满母性的浩瀚山海里，男人是把自己当成孩子，还是把自己装扮成父性的载体？这真是一个有趣的问题。

地球上有着许许多多的名山大川，每座名山大川都有着美丽的装饰，人们把它们的名字排列，戴上华丽的桂冠，给它们举办选美大赛，让它们相互媲美。

在导游小姐的介绍中，总有着这样的介绍：此处风景堪比啥啥啥的。七百弄不用去和任何一个名胜景点相比，最自然的自己，是最美的。做自己没什么不好！每一个人是独特的，每一座山也如此。俗话说："人比人，气死人"，那么山比山就山山都带着别山的影子了。在众多珠光宝气的美女中，最耀眼的一定是天然去雕饰的最淳朴自然清纯的那位。所以，应该大声地、自豪地说："在中国西南广袤的岩溶地区，广西大化瑶族自治县北部，布努瑶居住的大石山区七百弄，有着独一无二的风貌，世界上洼地最多最密的岩溶峰丛区七百弄。"《孟子·尽心下》中言："大而化之为之圣。"大化七百弄大可大行其道，使天下化之。人回归自然之道，山能化之吗？我嘈杂的心，七百弄能化之吗？

七百弄啊七百弄，连接山外的公路已经筑起，在奇峰幽谷中犹如一条飘逸的彩带，这条彩带是七百弄各族人民劈悬崖、破坳口，修筑出来的四十七条屯级公路；另一条彩带飞越千山万弄穿织起深谷洼地高峰，横贯乡境，向高山幽谷的七百弄输送着动力和光明；山弄里水柜星罗棋布，池中是一汪汪心愿，明亮纯净质朴犹如蓝天白云。这一切让七百弄，质朴中有了明星的气质。虽然现在还有很多人不认识大化七百弄，不要紧，酒香不怕巷子深。七百弄会是一个令人瞩目的地方。

大化七百弄岩溶地质公园，像一个正在掀起面纱的美人，以山奇惊人、洼幽迷人、洞美醉人的姿态，清清纯纯爽爽朗朗徐徐走进我的内心，并将穿越我的文字向世人走去。

四

小时候在乡村生活,乡村的东西皆是自然生长,本真色彩的。偶尔发现一株畸形的植物,便会感到新奇,喊了很多小朋友来一起观看。那时候并不知道这个世界上还有以丑为美这回事。在读了龚自珍的《病梅馆记》后,才知道原来还有这样的审美方式。不过,在龚自珍的心中,那些丑陋之极的并不是美,而是摧残。心里倒又模糊了,到底怎样才算是美呢? 这种疑惑伴随着我好多年。

我喜欢自然生长的东西,那是在乡村。待我到了城市里生活,发现城市里的树都被人类规划统一,整整齐齐。看上去真是壮观、美丽。开花的树,曲曲折折的、斜的、方的、圆的,形形色色,多姿多彩。又觉得这样也很好啊。倒是想起那《病梅馆记》中说的:"梅以曲为美,直则无姿;以欹为美,正则无景;以疏为美,密则无态。"一联系起来,这曲、欹、疏全是画面中的韵味了。叹那龚自珍枉费了一番心机,空悲切了。

20世纪90年代初,地质行业不景气,很多地质队都利用自身优势搞起来第三产业。我有幸进了单位里的工艺厂,工艺厂用化石生产砚台、茶具、奇石等艺术品。在工艺厂里开始接触到奇石。奇石以丑、漏、空为美。越丑越有人喜欢,奇丑为大美!

因为有《病梅馆记》在前,对这样的审美有了认同,于是开始关注有关奇石方面的东西,譬如奇石的收藏,鉴赏等等。

大自然赋予草绿、花艳、水清、山黛;而最巧夺天工的莫过于奇石了。赏石、藏石、爱石者在中国人数众多,历史久远,形成了中国传之久远的奇石文化。当某样东西形成文化后,其底蕴和价位自是不可同日而语,此石非彼石了。

说起来好笑,自那以后我也喜欢在乱石堆里翻石头看,那多是建筑用的卵石。我看石头的色泽,光滑度,形状;看石头上的斑点,线条。我还真的在乱石堆里找到好几个相形图的石头,一个是椭圆形的黑色的卵石,上面盘着一条非常逼真的白龙;一个是有一只小白羊的褐色的卵石,可惜,这些石头在搬家的时候丢失了。

俗话说:不到草原不知道天宽地阔。我想说的是:不到大化不知道奇石的魅力。大化石唯美,是一种玉化了的观赏石。

红水河全长六百五十九公里,流经的地区多为红土高原,水呈红褐色,所以被起名为红水河。红水河的起点是贵州、广西两省区边界的南盘江、北盘

江汇合处的双江口,流经广西的天蛾县、大化瑶族自治县、合山市、来宾县等地区。红水河出产的大化石、彩陶石、天峨石、来宾石等,统称为红水河石。

红水河石是近些年来新发现的一个石种,是我国众多新发现和新开发的石种中的佼佼者,而红水河石中的大化石为奇石中的珍品。

我听父亲讲,当年在红水河边,随便都能捡到现在人们所说的奇石,只是那时候忙于工作,只是在心里感叹一番,站着观赏一番也就罢了。人在没有解决温饱问题的时候,是没有闲情逸致的。吃饱才是第一要事。如果知道那些石头在今天价值连城,所有的地质队员都会成为大富豪。因为地质队员所行走的地方,多是没人去过的,见过的奇石,奇山,奇水是外人不可想象的,获得奇石的机会比别人要多得多。当然也有人受不了那石头的姿色、花色、画色的吸引,把喜爱的石头扛了回去的,这些人现在都成了有地质知识的赏石专家。

当我走进大化奇石珍宝馆的时候,发现大化奇石与我之前了解的奇石有很大程度上的区别。大化奇石颠覆了"皱瘦透漏"的赏石观念。而以"形色质纹"为赏石标准。人们常说的大化石一般指的是大化彩玉石。大化彩玉石生成于古生代二叠纪约两亿六千万年前,属海洋沉积硅质岩。原岩为火成岩与沉积岩之蚀变带硅质岩石,石质结构紧密,摩氏硬度约五至七度,色彩艳丽古朴,呈金黄、褐黄、棕红、深棕、古铜、翠绿、黄绿、灰绿、陶白等多种色泽。大化彩玉石之所以富有光泽,浓淡相宜,线条优美,层理变化有序,纹理清晰,是岩石受水中溶解的多种矿物元素如铁、锰离子致色素的浸染所致。红水河石中的大化石,主要产于岩滩镇一带约数公里的河段。这一带水势变幻莫测,地理环境险恶。想那亿万年的浸润,富含各种色泽和矿物元素的水裹之、冲之、击之、润之,那些水中的顽石,能不得道成仙?有了玉的质感,温润如脂,韵味十足。

先哲孟子所言:"天将降大任于斯人也,必先苦其心志,劳其筋骨,饿其体肤,空乏其身,行拂乱其所为,所以动心忍性,曾益其所不能。"那大自然跟人类相商好了似的,人的修炼,石的修炼竟有异曲同工之妙。大化彩玉石之所以一枝独秀,成为石上石,成气候,也必是老天爷历练的结果啊。

大自然的鬼斧神工,成就了大化彩玉石,大化观赏石应了自然天成的佳话。大化观赏石的美,是一种非常唯美的,自然的,充满诱惑力的美。每一块奇石都具有"唯一性",任何一块奇石都是独一无二的。美石使人产生欲望。这种欲望驱使人们去赏石,藏石,迷石,爱石。于石中领受自然的涤荡,聆听自然之声,感受自然的雅韵。都说精美的石头会唱歌,那是融入了人的心性所致吧。人与自然和谐,才会有悦耳的歌唱。山水之声先于人类,人们对石

的痴恋,亦是对大自然的迷恋。这种迷恋上升到一种文化的高度,人们赏之,乐之,心性愉悦之,在观赏中情感得到升华,陶冶了情操,越接近自然,越接近大美。

不知道在龚自珍的时代,人们是否如赏梅那般赏石?龚自珍在发现这些观赏石的以奇为美,以特为美,他会写一篇《病石馆记》吗?当然了,那梅与这石不是一码事,一个是人为所致,一个是自然天成。穿行在大化奇石珍宝馆里姿态万千的观赏石中,我突发奇想,如果龚自珍观赏了奇石珍宝馆的话,他一定会写下一篇比《病梅馆记》更脍炙人口的佳作来,让大化观赏石流芳百世。

五

带着对奇山、奇水、奇石之乡的无限依恋,带着被山水清音润泽的心灵,回到家里,放拍摄的图片给家人看,全家人都被那山光水色、奇石异彩吸引住了。特别是老父亲,更是连连赞叹:"变了,变了!泥沙路不见了!红水河变了!红水河的险滩不见了,红水河的水变清了,红水河两岸的山更青翠了,红水河的风光更加秀丽了。"这是一位老地质队员对曾工作过的地方。把记忆从脑海深处拉出,一眼跨越几十年,有那穿越时光隧道之感,也就不足为奇了。

兴化映象

路上的风景

2009年初冬,在南京参加完中国国土资源作协第四届文代会暨第四次中华宝石文学奖颁奖典礼后,我和河北的一位文友,跟着兴化的朋友一起坐上大巴,前往兴化。

知道兴化这个地名,是因为有一位朋友是那里人,他常写一些赞美家乡的文章,然后让我点评。从朋友的文字里,我熟悉了兴化的一些风物。说来很奇怪,有些东西你真的不用刻意去记和想着,它会很自然地保留在你的脑海深处,在合适的时候,自己冒出来。

坐在车上,心里不愿去想任何事。在路上的行走,远方,前方充满未知,那个地方也许合你意,也许会让你失望。总之不要抱着太多的幻想,幻想会让你的期望值增高从而降低了你的现场感受。

坐我旁边的是一位八十多岁的老奶奶。她说她是兴化本地人,离开家乡已经有六十年了。车子在南京城里绕来绕去的时候,老人家一语不发,她透过车窗默默地看着窗外。寂寞的路途,陌生的旅伴。我亦是一言不发,闭目养神。车子驶出城市,窗外开始有了田野,河流,飞一样向后跑去的树木。车窗被众多的废气蒙上了一层水汽,老人家掏出一张餐巾纸细细地擦着蒙蒙的车窗,她绕着圈子,一圈一圈渐渐扩大范围,窗外的景色一点一点清晰起来。老人家目不转睛地注视着。

"快到扬州了!"在车子的晃悠中我正昏昏欲睡,老人似是自言自语又似是跟我说。

"扬州?我们路过扬州?"我一个激灵,睡意全消。扬州在我心目中是一个遥不可及的地方,是一个我不知它在何处的神秘之地,我不知道扬州距离南京这样近,这才一个多钟头的路程呀。我的惊讶一层层一浪浪涌出。老人家丝毫不知我内心的波涛翻涌,不急不慢地说:"是的,以前我做青年团工作的时候,从兴化走到扬州,背着背包,先是坐船,再走陆路,整整走了三天。"

"上有天堂,下有苏杭。"老人问我为何不游游苏州、杭州,或者扬州,而去兴化?我说:"苏州、扬州、杭州太有名了,有些城市名气太大,你对它的期望值会飙升，让你的感受跟不上。"其实，我根本不知道从南京到兴化会经过扬州。老人笑了，她说应该多看名胜古迹。我说应该是这样，将来我还会有机会到苏州、杭州、扬州的，要专程去，要一路走一路看，慢慢看。老人话语渐渐多了起来，她问我到兴化干吗，是访友还是探亲？我说是纯粹玩耍的。

听说是特地到她的家乡玩耍的，老人来了兴致，一下子变得健谈起来。她指着窗外的景色滔滔不绝地给我介绍起她的故乡来。

从老人的话语中，我知道了兴化是江苏省历史文化名城，有两千多年的建城历史。自南宋咸淳至清末光绪，有二百六十二人中举，九十三人中进士，在苏北县市罕见。这方神奇的土地孕育了一批又一批人中之杰，闻名遐迩。他们中有古典文学巨著《水浒》作者施耐庵，明代三任宰辅高谷、李春芳、吴甡，"扬州八怪"中的郑板桥、李鱓，"后七子"之一文学家宗臣，著名文艺理论家、"东方黑格尔"刘熙载等。我惊奇于老人的记忆力，她离开兴化已经六十年了，故乡人文景观早就糅合进她骨肉里了吧？我不由得对老人生出敬佩之情。

兴化境内河流纵横，素有"鱼米之乡"的美称。老人指着车窗外的河流说："兴化是一个有两千多年历史的古邑，地处苏中里下河腹地。境内河湖港汊纵横交错，密如蛛网。地势低洼，形如锅底，锅底就是锅头的底部，知道吧？"老人像是告诉我，又不等我回答或者点头，接着说："所以我们兴化有'水乡'之称。到处都是水，去哪里都撑船，双桨的船，现在少见了，多是机动船，吵得很，那时候交通不便，地处偏僻，向有'自古昭阳好避兵'的说法。"老人说到这里，我让她慢些，掏出笔记本，把她的话记了下来。我错把昭阳写成朝阳了。老人见我感兴趣，更是高兴，她说："《兴化县志》有首诗：'我邑独少宛马来，大泽茫茫不通陆；外人羡着桃花园，万钱争租一间屋。'郑板桥是清代著名的书画家、文学家、'扬州八怪'的杰出代表，在海内外享有盛誉呢。郑板桥知道吧？"老人问。我说就是那个"难得糊涂"吧。"对，就是他！兴化就是郑板桥先生的故乡。"车一路飞奔，老人见着河说河的故事，见着村庄说村庄的故事。然后感叹："全变了，河上的船变了，没有双桨的小木船了；村庄变了，全都像别墅区一样了。亲人们告诉我说从南京到兴化只要三个钟头的时候，我怎么都不相信，以前走水路得走三天呢，坐班车得六七个小时，从早上走到傍晚才到兴化。"

从她的言谈中，我感受到了深深的游子情结。故土难忘！我告诉老人家，我是从小在地质队长大的，地质队没有固定的住处，到哪里找矿，就驻扎在哪里。我跟着父母，这里住三年，那里住五年，就这样长大了，我心底里时常感到飘忽，属于那种没有故土的人。故土在父母的话语和思念里。但是我对我的出生地非常怀念。我非常羡慕有故土的人,有了故土,就像树木扎根在深深的泥土里,心里踏实。

老人告诉我,她是个癌症患者。这话让我大吃一惊,看她的气色不像是一个癌症患者呀。她心态平和,说话中气很足,只是脸色有点苍白,看起来没有不健康的样子,倒像是很白皙,很多人买焕肤霜都达不到的那种细腻的色泽。一个八十多岁的老人,还有这样的肤色,让我这个爱臭美的女子望尘莫及。她说她每年都要出去旅行。出去之前先做好功课,然后和老伴相携出发,每到一个地方都住下慢慢看。她掰着手指给我数她走过的地方,发生的故事。可惜只听了三几个,就被车窗外的景色打断了,老人和我,都不约而同地不再吭声,全神贯注地注视着窗外。这个季节,田野静悄悄的,水流静悄悄的,柳树静悄悄的。只见由远及近"淡烟素柳,静野恬水"。素净淡雅的田园,只有泥土的颜色,只有静水在阳光下闪着粼粼波光。偶有一艘小船划来,打破所有的寂静,却让静更静了。

我从来没有见过这样大片大片的农田连在一起,一条一条的水路贯穿田野,一行行的树木在田埂上静立,树木的枝条上都没有了树叶,全都伸展着细细的枝条在空中,有风迎风,无风静立。我从没有见过这样宁静的田野。这种静,并不显得荒凉,倒让人觉得四季的高深莫测,生命的高深莫测,大地的高深莫测。这世上,真正的风景在哪里呢?不就是令你心仪的地方嘛!能让你动心的,就是风景了;走在路上,只要你喜欢,处处皆是风景。

在南京至兴化的路上,遇着了一位渊博的老人,这是最美的风景。

走在路上,我内心里对前方充满憧憬……

在水一方

带着浓烈的情感,我走进了兴化,走进兴化李中水上森林公园。

对于李中水上森林公园我并不陌生,这个地方我神游过无数次,那是在朋友的文章里。朋友是兴化人,他写有一篇美文《奇特的水上森林》,从文中,我知晓了水上森林的来龙去脉。想不到的是自己可以走进这个奇特的水上森林,并与之亲密接触。

李中水上森林公园位于兴化市李中镇,是里下河地区规模最大的人工湿地森林生态系统,也是江苏省最大的人工生态林。这片人工生态林面积一千五百亩,采用林垛沟鱼的立体模式,水杉参天,树梢益鸟欢聚,沟内鱼儿跳跃,林内一片生机。这里是野生动物的天堂,猫头鹰、野鸭、白鹭、黑杜鹃、草鹦鹉、山喜鹊等在此筑巢生息。林中鸟平时有三万多只,最多时有六万多只。

黄昏时分,百鸟归巢,遮天蔽日,景象蔚为壮观。而我去的时候是十二月初,这里已是浓重的初冬色彩,不见了绿色,也不见了鸟儿的踪影。如果刚巧有一场雪飘至,则可领会浓妆淡抹中水杉的俏模样。此刻,秋色尚未走远。

记得有一首歌《梦里水乡》,歌中唱道:"春天的黄昏请你陪我到梦中的水乡,那挥动的手在薄雾中飘荡,不要惊醒杨柳岸那些缠绵的往事,化做一缕轻烟已消失在远方。"歌中的黄昏,水乡,杨柳,轻烟般的往事,在薄雾中飘荡的那件粉色的衣裳,构成令人神往的梦境。

或许,朦胧的梦般的感受,正是致命的诱惑?不得而知。

我们站在李中水上森林公园的木桥码头准备登上木排的时候,岸上一位工作人员说:广西作家你好!这几个字不异于一声惊雷,他怎么知道我来自广西?几位一同前往的朋友也都惊奇地问:你怎么知道她来自广西?我们全都是兴化的。我忍不住乐了:因为我有名气啊!其实,哪来的名气呢?只不过在大自然里心情放松,顽皮的本性暴露无遗。在一旁的兴化朋友早已忍俊不禁了。原来是他捣的鬼。公园的工作人员也笑了,说:是的,你很有名,很高兴你来到我们水上森林公园。在一番善意的调侃中,大家哈哈笑着登上木排。

撑木排的是一位将近七十岁的大叔,身体壮实硬朗,古铜色的脸上挂着淳朴的笑容,让人感到亲切。老人告诉我们,四十多年前这里是一片沼泽地,那时候生产队把树苗分到各家各户,这里就有我种的树呢。老人的说法,引起了我们的兴趣。

这是一个水的世界,这是一个水杉的世界,这是一个水杉和水共同营造的世界。让这个世界诞生的不是上帝之手,而是由于一场对于中国人来说都是前所未有的运动。

运动往往会产生许多事物。地壳的运动,产生了五大洋七大洲。这场叫"抓革命,促生产,促工作,促战备"的运动,发生在 20 世纪 60 年代。那时候以粮为纲,备战备荒,产粮的田地是不能挪作它用的。有一批杉树苗就在这个年代,由于某种原因来到了李中。弃之可惜又无山无坡地种植。充满智慧的李中人民把这些水杉种植在一片沼泽地中,任其自生自灭。水杉有着顽强的生命力,它们遇土而生,遇水而润,不知不觉地在岁月中悄然长大。

社会像一条河流不断地往前走,有多少磨难,有多少曲折,都能沿着河流而来沿着河流而去,并具抗污染的自洁能力。社会充满了水的可塑性和包容性,不论走得多远多离谱,总能找到回归的坦途。人依赖自然而生存,自然因有了人类而显得生动。人又是一种贪婪的动物,他们有无穷的欲望。好在人也善于遗忘,就是这遗忘,让一片水杉得以生存下来并茁壮成长,这才有了今天的李中水上森林公园。或许水乡人都熟稔郑板桥的"难得糊涂"？老人看着我们惊呆的神色，憨厚地笑了，他古铜色的笑容，融化进水杉枣红色的身影中。

木排无声地划破如镜的水面，载着几个寻找自然慰藉心灵的人，进入树影、云影的天光水色之中。

撑木排的老人说，夏天的时候才美，满世界都是绿色，漫天满树都是飞鸟。你得戴着帽子才能进来。笑问为何？老者言说：飞鸟施肥！我等乐之。想那漫天肥料自天而降，一不小心把你的头顶当成一片荒野，想要把这方荒野点染成一方沃土，或者把你的花衣当成了花园。这是鸟儿的乐园，是水杉的天堂，人如能像鸟儿一样单纯，如水一样纯净，如树一样无私，这个世界该是多么美好。人要走进自然，首先应去掉的便是贪婪的心性。福泽福泽，一定与水有关。可惜只有一个郑板桥悟出"吃亏是福"，更多的人不肯吃一点点亏。

这是一个有太阳高挂天边的冬天的下午，太阳很努力想要像夏天一样释放自己的热气，无奈它的热情似乎被春、夏、秋贪婪地采尽了似的。此刻，照射在身上的阳光少了常在热天被形容成的毒辣辣的滋味，有一种慵懒的味道而显得温厚，暖融融的，让这个季节披上一层暖系列的色调。

水在冬阳下也如一只慵懒的猫，静静地躺在阳光里，任岸上的景物尽情地对镜梳妆，要在往日它可是会顽皮地偷偷笑，笑容荡起波浪一层一层，一圈一圈，让树木、小草、蓝天、白云在它的笑中，全都成了哈哈镜里的模样。现在，水不想捣蛋了，它是真心实意想做一面镜子，好让穿上彩衣的植物们好好看看自己的俏模样，或许是水被岸上的景物多彩的模样惊呆了也说不定，一时凝神静观惊讶得把笑容凝固。

要说见多识广莫过于水了，它们流淌着循环往复在天地间。触摸大地触摸蓝天。再高的天，再深的海，再隐秘的角落，再缜密严实的大地深处，无不有水的身影。水是浸透一切的，无处不在的。水汇集在一起成了溪，成了河，成了湖，成了大海。水在兴化这个地方汇集成了一个水乡泽国。水让兴化有了"楚水"的美名。水乡兴化是流淌的、线条状的、融和状的。这种状态，在李中水上森林公园表露得淋漓尽致。

我居住的南方城市，一年四季绿意盎然，满目皆是热热闹闹的绿，从没见过如此绚烂的初冬景色。蠢蠢欲动的心，因展现在眼前浓重的色彩撩拨得燃烧了起来。那一排排水杉身姿亭亭玉立，身着橘红的橙黄的淡黄的棕红的铁锈红的彩衣依次排开。绿的浮萍绿的草，在水杉的身旁围绕。让你感叹：大地是画布，蓝天是背景，自然四季是调色板，自然的神奇之手把所有水杉树都

染成了沉甸甸的、厚实的色泽。就连河道水影中掩藏着不曾走远的秋色,全都成了浓墨重彩的油画。这是一曲水天酿成的歌,这是一首自然天成的诗。这等美景,与一首古老的歌是那样相近:

> 蒹葭苍苍,白露为霜。所谓伊人,在水一方。
> 溯洄从之,道阻且长;溯游从之,宛在水中央。
> 蒹葭萋萋,白露未晞。所谓伊人,在水之湄。
> 溯洄从之,道阻且跻;溯游从之,宛在水中坻。
> 蒹葭采采,白露未已。所谓伊人,在水之涘。
> 溯洄从之,道阻且右;溯游从之,宛在水中沚。

这个下午,整个一千五百亩的李中水上森林公园,只有我们四五个游人。老者把我们送到景区便撑着木排返回码头了。在偌大的水和水杉的世界里,有一条人工修筑的木桥在其间曲曲直直蜿蜒着。不知是谁学着野鸭叫,引来远方一阵阵的和鸣。愈是显得林深水旷了。

我们在林间木桥上穿行着。逆着阳光而去,阳光穿透树林,光斑迷离跳跃。树林空旷,水无声,只闻野鸭声,不见其踪影。

迎着阳光而行,树木全都浴在金色的光中,燃烧的火焰般,一株株,一排排,一片片被水包围。在木排上看,是水包围着树林;在树林里看,是一方方阵容整齐的水杉包围了水;树在水中生,水在树间流。水连天,树影连天。水上有一个红彤彤的森林,水中有一个红彤彤的森林,天地相连,宛如秋水共长天一色。

顺流、逆流,顺光、逆光,美丽的景色总在水天相连处,总在你目光能穿透的远方,却只能遥望无法抵达。心里不由怅然那伊人啊,在水一方。

走在这水杉世界,水的世界,有一种滋味我无法表述出来,景色太精致,笔力无法抵达,内心也无法抵达。何时,我能再来水乡泽国一游,一睹这在水一方的李中水上森林公园夏日的风采?在告别这片世外桃源般的净土时,我萌生了另一个欲望。

千垛万绿

从李中水上森林公园出来,夕阳已经挂在天边,在村落,小桥,流水,田野间忽隐忽现,在光秃秃的树桠间,夕阳的大圆脸在里面进进出出,一忽儿在树梢,远眺;一忽儿隐在树林里,犹抱琵琶半遮面;一忽儿在水面,对镜梳妆;一忽儿跳出,摆脱所有的牵绊,光光净净的一个娇羞的面容,笑眯眯地看着我们凝望她的神态。傍晚的田野,傍晚的乡村,是那样宁静温馨。一晃而过的一幅幅乡村闲适的景象,让我的心儿不由得充满向往。如果自己也能生活在这里,身着蓝底白花的布衣,唤着顽皮儿孙回家吃饭,幸福得脸上也沟壑纵横,该是多么美的景象呀。

驱车来到千岛菜花风景区,红彤彤的太阳已经躲进了远山背后,只剩下一抹微微的橙色涂抹在天际。下得车来,静静站立路旁,对着夕阳沉没的方向,心里有了一丝惆怅。夕照水乡的景色只能在心里想象了。不过也不尽是想象,刚才在车里,我已经收藏了许多画面。只是我有点贪心,想静立或者漫步在夕照下的水乡,让自己走进画面,也成为难忘的风景。这是一刹那的小心眼,一个女人的小心思,很快就被转身面对的千岛菜花风景区给击破了。

展现在眼前的是一望无际的水和一个个小岛组成的风景。说是小岛,其实又不是岛,那是一块块露出水面的地,我仔细看了一下,地里种的是萝卜,正在黑黝黝的地里泛着绿意。说不是岛,好像也不对,一个个在水中央,独立的,形态各异的。兴化人把这些露在水中的地叫做垛。垛,有成堆的意思,如草垛、柴垛什么的。这些在水中央的垛,就该是泥土成堆的意思了吧。心里念着千岛二字,总觉得不如千垛来得惬意。

位于江苏省兴化市缸顾乡东旺村的油菜花景观形成于七百五十年前,每年四月,一望无际的油菜花海令人心旷神怡。我们来得比花早了一些。待到来年花开时,不知是否还能有幸一游?

现在,时值初冬,千岛菜花风景区还不见菜花的踪影,满目皆是绿的菜和静静的水,非常宜人。现在没有一望无际的金灿灿的油菜花,也没有人在这个季节来到这里观光,这倒是一件值得高兴的事。因为你看到的是别人看不到的景色。一个真实的,裸露着泥土的,静雅的河道也没有带着金色的花环的,全都是素面朝天的整个千岛油菜花风景区,只为你一展素颜。你看到了不加任何雕饰的天生丽质的,最真实的,最本质的风景。你可以那么近地靠近泥土,靠近本质的内核。

你静静地走在"一千倾,都净明","水是眼波横"的千岛水乡,走在这"眉眼盈盈处",没有喧嚣,没有争宠的艳丽,你的心,该是何等的清幽自在。

一叶轻舟,由远处划来,又远去;几株芦苇水中伫立,一排排素净的意杨,静立初冬的垛埂上,一个个垛之间的水道,线条柔和优美,水中倒影如镜,素颜淡影,构成一幅幅淡淡的、静静的水乡景色。欲问过客何处去,千岛万绿,无尽盈波幽然处。你的心能不幽然?

夕阳落尽的傍晚,天色尚明,一条橘红色的游览大道,在黑黝黝的土地

间,绿油油的蔬菜间,在明静的水道上穿越,伸向远方。明艳的色彩,那是水乡人对幸福和富裕的憧憬和期盼。走在这条橘红色大道上的我们,心里也充满了希望和憧憬。

来自板桥故居的感知

我在兴化的最后一站是板桥故居。板桥故居在兴化东门外的郑家巷。郑家巷已经不知何处去,倒是有一条充满现代气息的步行街在旁边。板桥故居为南北八间的清代民房建筑。粉壁黛瓦,兰竹萧疏。走进故居,迎面可见赵朴初、刘海粟题写的"郑板桥故居"和"郑燮故居"两块大匾。郑板桥以诗书画三绝盖世,是"扬州八怪"的领衔人物。郑家世代读书,可谓书香门第。郑板桥在这里度过青少年时代,直至乾隆元年,他44岁中进士后才从这里走出家门。走进这充满神奇色彩的板桥故居,踩着地上的青砖,听着自己的脚步声在静静的院子里回响,心里有点惶恐,好像没有得到主人的允许而冒昧闯入,但又无法摒弃内心对"扬州八怪"之首郑板桥的好奇和仰慕。

在板桥故居感受最深的,是每一个注目都是一幅画,每一个画面都有竹或菊或兰。那竹,那菊,那兰,全都不糊涂地茂盛着。

郑板桥是"扬州八怪"中最受人们称道的画家。他有诗、书、画三绝,三绝中又有三真:真气、真诀、真趣。他的兰、竹之作,遍布世界,驰誉中外,深得人们的喜爱和推崇。人们喜爱和推崇的不仅是他的书画,更是他的人品。郑板桥在潍县做官,恰逢荒年,开官仓放粮赈济灾民,有人阻止。郑燮说:"都到什么时候了,要是向上申报,辗转往复,百姓怎么活命? 要是上边降罪,我一力承担。"于是开官仓赈济灾民,郑板桥的这一时糊涂,让上万人得以活命。任命到期的时候,潍县的百姓沿路相送,可见百姓对他的爱戴非同一般。郑板桥向潍县的百姓赠画留念,画上题诗一首:"乌纱掷去不为官,囊橐萧萧两袖寒。写取一枝清瘦竹,秋风江上作渔竿。"可见其两袖清风,是一个清官。郑板桥说:"难得糊涂,聪明难,糊涂尤难,由聪明转入糊涂更难。放一著,退一步,当下心安,非图后来福报也。"可见他绝对是一个聪明的人,绝对是一个不贪心的人,不贪心的人才会心安。所以他眼里的竹才会挺劲孤直,具有一种孤傲,刚正,倔强不驯之气。

在板桥故居真正见识了其"不可居无竹"这一偏爱。他在《题靳秋田素画》中说:"三间茅屋,十里春风,窗里幽竹,此是何等雅趣,而安享之人不知也;懵懵懂懂,没没墨墨,绝不知乐在何处。惟劳苦贫病之人,忽得十日五日之暇,闭柴扉,扣竹径,对芳兰,啜苦茗。时有微风细雨,润泽于疏篱仄径之间,俗客不来,良朋辄至,亦适适然自惊为此日之难得也。凡吾画兰、画竹、画石,用以慰天下之劳人,非以供天下之安享人也。"可见其性情之大自由。这种自由,在他的书法中表现得淋漓尽致。他的书法筛捡真草隶篆用笔,独创一体,自称"六分半书";字形变化多端,章法诡谲有致,摇曳多姿,是书中奇宝啊。闭目一想,那不是竹影吗?风中竹、雨中竹的摇曳飞舞纸上,亦是由心中流淌而来。板桥故居书房的檐下,种着一丛青竹,板桥在书房里便可透过窗子,欣赏竹影,就像在欣赏一幅天然的画。郑板桥的每一次抬头,眼前不是竹影便是幽兰或是雅菊,无怪他说:"凡吾画竹,无所师承,多得于纸窗粉壁日光月影中耳。"可见那胸有成竹非一日之寒啊。

这天的阳光很好,透过每一扇窗子照射进来,使得板桥故居的每一间房屋,每一个窗前都阳光灿烂,只是郑板桥已不在,他留给这个世界的精神财富却如阳光般照耀着世人,警醒着世人。让行走在这充满竹、兰、菊之气的空间里的人,既想糊涂又想聪明,既想吃亏又怕吃亏。我在这里糊里糊涂尽情拍照,直到相机内存卡爆满,电池耗尽。不过大老远地来,自是不肯吃亏的了。只待回去慢慢回想行走的幸福。

从兴化回来,我写了好几篇文字,想以板桥故居作结尾。郑板桥名气太大,研究他的人很多,我不知自己该从哪里去写郑板桥,写他的故居,写他的竹、兰和菊。

郑板桥是值得仰视的。仰视二字又让人窒息,感觉自己呼吸重一点都有污染空气之嫌。在这样的情绪中,心里非常惆怅。晚上我和女儿散步回来,遇着附近居民的傻儿子。傻儿子比我女儿大一些,有二十多岁了,他长得胖乎乎的,目光呆滞。他一个人晃着双腿走在夜里,不知道他要溜达到何处?他是否知道霓虹灯是美丽的?是否知道过往的美女是可爱的?他是否还饿着肚子?他的手指放在嘴里吸着。他笨重地从我们娘俩身边走过。女儿说:他真幸福!他不用思考,不用忧虑。

这是幸福吗?这种幸福给你你要吗?反正我是不要的,我宁可被思考和忧虑缠绕着,至少我知道幸福是什么,痛苦是什么。我们在羡慕别人的时候,不知道自己所拥有的一样弥足珍贵。郑板桥说:"吃亏是福",可是我们谁肯吃亏呢?总觉得自己拥有的太少。平时我们老是说难得糊涂,都是聪明过头的缘故。我不知道自己怎么一下子变得那么好口才,其实我不是要与女儿说教,我也是在反省自己。要说糊涂还真是难,这不,一点点契机又要起了小聪明。